丰子恺
艺术的逃难

丰子恺　著/绘

杨子耘 杨朝婴 编
宋雪君 吴 达

上海三联书店

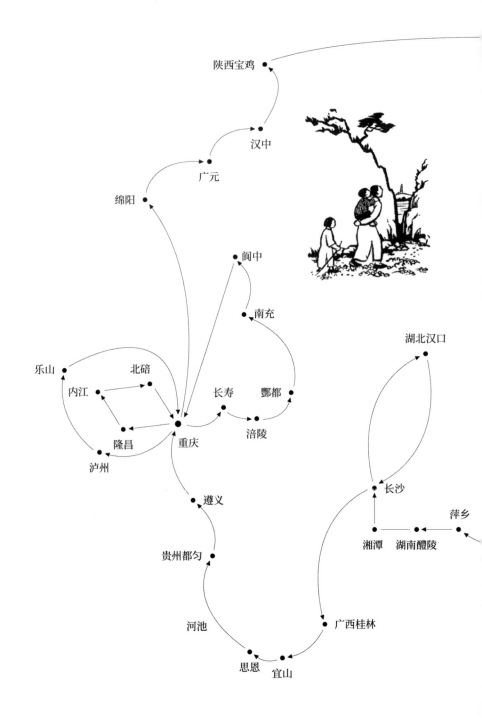

陕西宝鸡

汉中

广元

绵阳

阆中

南充

湖北汉口

乐山　　北碚

内江　　　　长寿　　酆都

隆昌　重庆　　涪陵

泸州

遵义

长沙

萍乡

湘潭　湖南醴陵

贵州都匀

河池

广西桂林

思恩　宜山

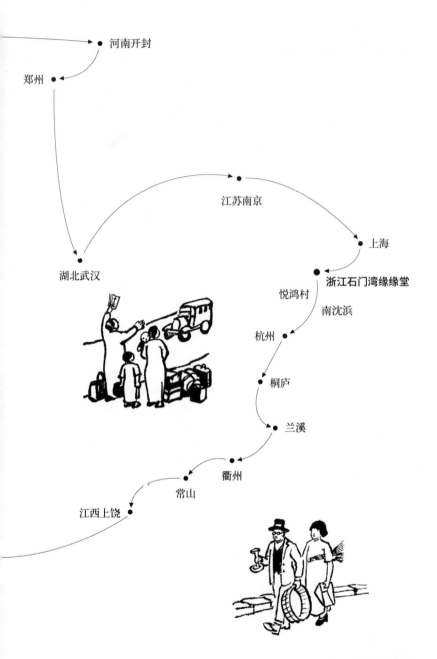

河南开封

郑州

江苏南京

上海

湖北武汉

浙江石门湾缘缘堂

悦鸿村

南沈浜

杭州

桐庐

兰溪

衢州

常山

江西上饶

逃难路线图

图书在版编目（CIP）数据

丰子恺·艺术的逃难 / 丰子恺著、绘；杨子耘等编.
—上海：上海三联书店，2021.6
ISBN 978-7-5426-7379-4

Ⅰ．①丰… Ⅱ．①丰… ②杨… Ⅲ．①散文集–中国–现
代 ②漫画–作品集–中国–现代 Ⅳ．①I266 ②J228.2

中国版本图书馆CIP数据核字（2021）第057415号

丰子恺·艺术的逃难

著　绘　者／丰子恺
编　　　者／杨子耘　杨朝婴　宋雪君　吴　达
责任编辑／程　力
特约编辑／刘文硕　王兰英
装帧设计／鹏飞艺术　刘洺铄
监　　制／姚　军
出版发行／上海三联书店
　　　　　（200030）中国上海市漕溪北路331号A座6楼
邮购电话／021-22895540
印　　刷／三河市中晟雅豪印务有限公司
版　　次／2021年6月第1版
印　　次／2021年6月第1次印刷
开　　本／710×1000　1/16
字　　数／177千字
印　　张／25

ISBN 978-7-5426-7379-4/I · 1694

定　价：66.00元

目录

第三编　　"一到汉口，仿佛睡醒了。因为此间友朋咸集，民气旺盛，我从来不曾如此明显地意识到自己是一个中华国民！我不惯拿枪，也想拿五寸不烂之笔来参加抗战。"

第四编　　"我们的抗战艺术，务求广受四万万民众的理解。欲广受理解，内容非仁爱不可，外形非浅显不可。托尔斯泰的艺术论，可以作为我们的抗战艺术的指针。"

第五编　"带了从一岁到七十二岁的眷属十人，和行李十余件，好容易来到遵义。看见比我早到的张其昀先生，他幽默地说：'听说你这次逃难很是"艺术的"？'我不禁失笑，因为我这次逃难，的确是受艺术的帮忙。"

序言

　　丰子恺一家十人的逃难之路，走过了十多个省，行程近两万里。按当时的交通状况，这样一群老老小小，包括七十多岁缠小脚的岳母，还有逃难途中出生的小儿，可以想见是多么艰辛。

　　这一路上的所见所闻，丰子恺都用他的钢笔记录了下来，都用他的毛笔画了出来。丰子恺的这些文章与绘画，大致分为两条主线——宣传鼓动抗日，记录可歌可泣的全民抗战，以及这一路上对岳母的关心照顾和对孩子们的抚养教育。下面就着重说说贯穿本书的这两条主线。

　　丰子恺是立下"宁做流浪汉，不当亡国奴"的誓愿踏上逃难之路的。他心里很明白，如果不迈出这一步，后果不堪设想。在逃到桂林的时候，丰子恺曾与中共党员、作家舒群有很多交往。据舒群回忆，丰子恺在彻夜畅谈中"往往要提及那念念不忘的'缘缘堂'。这座几乎以他毕生之力在故乡石门湾建造起来的家园，是他整个物质的财产、精神的财富，犹如他的生命，却在'八一三'后，毁于日军的炮火中。讲到动心时，他落泪长叹：'我今生今世再不能够重建第二个"缘缘堂"了！'还说：

'我出走是很犹豫的、很反复的，是舍不得的，我的书都在那里啊！我为什么最后下决心带着全家逃亡，把"缘缘堂"丢掉了、不要了呢？别人不理解周作人之所以做汉奸，我理解。周作人就是因为舍不得他北平的"缘缘堂"，因为舍不得，他就没有出走。日本人利用了他，由此变成了汉奸。这是前车之鉴，我无论如何不能做汉奸。精神的、物质的财产我全部丢掉，就是因为不能做汉奸！'"

确实是这样，以当时丰子恺在民间的名气与威望，而且还是曾留学日本的知识分子，日本人肯定不会放过他的。丰子恺的老师夏丏尊

空袭也，炸弹向谁投？怀里娇儿犹索乳，眼前慈母已无头，血乳相和流。

1921年从日本归来时

先生便是一个例子，他因为德高望重并精通日语而被日本人抓获，关在上海的大桥监狱集中营。后来还是内山完造先生凭着日本人的身份全力游说，才被保释出狱，但他的身体也就此垮了。

在抗战宣传和抗战策略方面，丰子恺身体力行并有自己独到而超前的见解。在桂林师范学校任教时，他带领学生贴标语，画抗战漫画。丰子恺曾赠送漫画《嘉兴所见》给他的朋友、文字学大家林之棠先生，并填了一首《望江南》："空袭也，炸弹向谁投，怀里娇儿犹索乳，眼前慈母已无头，血乳相和流。"林之棠把画发表在他任教的西迁华中大学校刊《华大桂声》上，学生们读了顿时群情激昂。战火逼近后华中大学又迁到云南昆明，校刊更名为《华大滇声》，林之棠填了首《陌上花·赠桂林丰子恺兄》，在校刊上发表。这首《陌上花》里有这样一句："丈夫应杀敌，何当思后退？此志无人能解，一片丹心，付与绿窗啼鹧。"指的是当时流行的对于迁校的一种偏激认识。丰子恺一定是与林之棠讨论过这个问题。丰子恺这样记述：当时桂林师范学校对于迁校之事议论纷纷，有人甚至提出迁校到桂林北面的龙胜深山里，还有几所学校赞成并打算同行。如果形势吃紧，甚至还有想让学校学员都改组成游击队，投笔从戎举枪杀敌的。丰子恺说："我对此说不敢赞成。我为此新生之桂林师范惋惜。桂林师范在广西各中学中，宗

《华大桂声》

旨最为远大，希望最为丰厚。我被邀初到桂林时，会见校长，即承告'以艺术兴学''以礼乐治校'之旨。此旨实比抗战建国更为高远。"丰子恺的"比抗战建国更为高远"的志向，在他 1938 年 11 月 18 日的日记里写得明明白白："武力侵略，必不能持久。日本迟早必败。我们将来抗战胜利，重新建国的时候，就好比吾人大病初愈，百体疲乏，需要多量的牛奶来营养调理，方能恢复健康。桂师便是一种牛奶，应该把它好好地保藏起来，留给将来，不要在病中当作白开水冲药吃了。"这一观点，在当时得到了很多人的认可，西迁浙江大学的校长竺可桢也这样认为，他在 1941 年 7 月 13 日的日记中写道："八点半开始举行典礼。余报告，励学生以建国事业大于抗战。"在抗战最艰难的日子，能够有这样高屋建瓴的远见，是很不容易的。如果盲目冲动硬拼，损失的是一大批将来建设祖国的栋梁之材。

本书的另一条主线是他对老人的敬重与对孩子的教育。

丰子恺的岳母，是在即将逃难的时候恰巧来缘缘堂串门，便加入了逃难的队伍。出行时大家还抱有不久就能返乡的幻想，谁知避寇桐庐一段时间，敌人又逼近了，只得再次西行。丰子恺犹豫不决：岳母年纪大了，如果继续一起逃难，也许身体吃不消，左思右想还是把岳母留下来托人照管。但船行不久，他就后悔了，让人返回桐庐接岳母同行。从此，无论爬山、涉水，岳母都有人陪着背着抬着，直到在重庆沙坪坝定居以后因病逝世。

丰家的孩子大多是丰子恺自己承包教育，在需要考学校时再报名插班学习，参加考试。丰子恺有自己的教育理念。他曾写过一篇文章，叫《无学校的教育》，批评民国时期的教学方式。所以丰家的孩子们都不用去上学，缘缘堂时期是这样，逃难路上更是这样。丰子恺信奉他的老师李叔同推崇的文艺观："应使文艺以人传，不可人以文艺传。"这也就是先学做人，再提高文才学习技艺，也即先器识而后文艺。

丰子恺教孩子算术，只是把基本道理说一遍，然后就让他们自己去想，自己去研究，自己去做练习。到了要报考学校以前，他就让子女到当地的学校去插班读书，然后参加考试。

这种家庭教育中教得最多的是古诗词。与一般孩子背古诗词不同，丰子恺教的是吟唱。他的家乡石门镇位于古代吴越的疆界，用那里的方言来吟唱古诗词是最为恰当的。这种用方言吟唱的方法，即使较长的古诗也能轻松熟读并不易忘记。比如白居易的《买花》《卖炭翁》《新丰折臂翁》《琵琶行》《长恨歌》等，孩子们都会吟唱。吟唱这一学习方式一直延续到丰家的第三代甚至第四代。

抗战时期的丰子恺就是这样的，他克服各种困难，乐观向上不气馁，一直坚持到胜利的这一天。有人说丰子恺是一本书，一本很大的书，一本丰富多彩的书，一本可以读一辈子的书，而《丰子恺·艺术的逃难》，就是这本书里最高光的一章。接下来让我们翻开书页，进入丰子恺的这一篇章。

（本文作者系丰陈宝之子、丰子恺外孙杨子耘）

第一编

"走了五省，

经过大小百数十个码头，

才知道我的故乡石门湾，

真是一个好地方。"

战时的儿童

编者导言

你现在翻开的这本书里，有丰子恺在抗日战争期间逃难的种种艰辛，既有无以为家的狼狈与尴尬，更有躲避日本人飞机轰炸的惊心动魄，以及他对于七十多岁岳母和子女一路的呵护。但所有这些付出都是值得的，因为从逃难开始，丰子恺就是在践行他立下的"宁做流浪汉，不当亡国奴"的誓愿。

丰子恺的大女儿丰陈宝后来回忆说："抗战八年中，我们的生活很艰苦。我们曾经在逃难船上那个不大的船舱中一家九人挤在一起席地而卧；我们曾经忍着肚饥、淋着滂沱大雨坐在卡车上，逃向没有日本鬼子的安全地带；我们曾经在船上提心吊胆地看着敌机狂炸近在咫尺的南昌；我们曾经一天多次忙于逃警报；我们看见过被炸断手臂、躺在血泊中的死者；我们曾经借住在走廊低得要碰头的破旧小屋里；我们曾经居住在窗外河滩上经常枪毙犯人的楼房里；我们曾经住在供着死者牌位的祠堂里；我们还曾与放着腐臭尸体的灵场为邻……但是，尽管如此，我们与沦陷区的老百姓不同：我们始终与日本鬼子相隔一段距离。物质生活虽差，但精神上是舒畅的，感觉上是自由的！我们没有尝过路上遇到东洋鬼子搜身的味道，更难以想象向日本鬼子鞠躬时那种受到屈辱的心情。"

丰子恺与家人的这一段逃难经历，从他的家乡浙江桐乡石门镇的缘缘堂开始，那一天，日本军机对没有设防的小镇进行了野蛮轰炸，丰家老幼，揣着每个孩子拿出来的一些压岁钱，便仓皇踏上了漫长的逃难之路……

（杨子耘）

仓皇

辞缘缘堂——避难五记之一

民国二十六（1937）年十一月下旬，寇以迂回战突犯我故乡石门湾，我不及预防，仓促辞缘缘堂，率亲族老幼十余人，带铺盖两担，逃出火线，迤逦西行，经杭州、桐庐、兰溪、衢州、常山、上饶、南昌、新喻、萍乡、湘潭、长沙、汉口，以至桂林。当时这路上军输孔急，人民无车可乘。而况我家十余人中半是老弱，不堪爬跳，不能分班，乘车万无希望。于是只有坐船，浮家泛宅，到处登岸休息盘桓。因此在途有数月之久。许多朋友早已到了长沙、汉口，我独迟迟不至，消息全无。有的人以为我们全家覆没了。因此每到一处，所遇见的旧友新知，必定在寒暄中惊问我流亡的经过。我一一报告，有时一天反复数次，犹似开留声机片一般。家里的孩子们听得惯了，每当我对一新客重述的时候，必在背后窃笑，低声说道："又是一遍！"我自己也觉得可笑。又觉得舌敝唇焦，重复得实在可厌。然而因为温习的次数太多，每次修补整理，所以材料已经精选，措辞颇得要领。途中我就陆续把这些话记录在手册中。然而这是朋友垂询时所答复的话，不过是我们流亡经过的梗概而已。等到客人去了，我们这个流亡团体共聚在旅舍中，或者共坐在船舱里的时候，闲谈的资料便是流亡前后的种种细事。有时追谈战兴以前的生活，有时回顾仓皇出走的光景，有时详述各处所得的见闻，有时讨论今后避地的方针。感叹咨嗟，慷慨激昂，惊愕忧疑，轩渠笑乐，好比自然界的风雨晦明，变化无定。我们的家庭空气，从来没有这么多样的！于是我又把这些琐屑的谈话资料随时记在手册中。这手册就好比一个电影底片，放映出来的是我家流亡生活的全景。

民国二十八（1939）年春，我家离去桂林，迁居宜山。夏天又离开宜山，迁居思恩。思恩地在深山之中，交通阻滞。我们住在欧阳氏[①]榴园中的小楼上，几乎终日不闻世事。我偶在山窗下展开手册来，检点过去的流亡生活，觉得如同一场幻梦。这梦特别清晰，一切景象，历历在目。可用文章记述，也可用图画描写。于是乘兴握笔，拟把手册中的记载演成五篇记事。开头写第一记《辞缘缘堂》时，不胜感慨。"古者重去其乡，游宦不逾千里。"我为不得已而远离乡国。如今故园已成焦土，飘泊将及两年，在六千里外的荒山中重温当年仓皇辞家的旧梦，不禁心绪黯然，觉得无从下笔。然而环境虽变，我的赤子之心并不失却；炮火虽烈，我的匹夫之志决不被夺，它们因了环境的压迫，受了炮火的洗礼，反而更加坚强了。杜衡芳芷所生，无非吾土；青天白日之下，到处为乡。我又何必感慨呢？于是吟成两首七绝，用代小序：

> 秀水明山入画图，兰堂芝阁尽虚无。
> 十年一觉杭州梦，剩有冰心在玉壶。

---

① 欧阳氏，为作者在桂林师范学校的学生，名欧阳同旺。

江南春尽日西斜，血雨腥风卷落花。

我有馨香携满袖，将求麟凤向天涯。

＊　　＊　　＊

　　走了五省，经过大小百数十个码头，才知道我的故乡石门湾，真是一个好地方。它位在浙江北部的大平原中，杭州和嘉兴的中间，而离开沪杭铁路三十里。这三十里有小轮船可通。每天早晨从石门湾搭轮船，溯运河走两小时，便到了沪杭铁路上的长安车站。由此搭车，南行一小时到杭州；北行一小时到嘉兴，三小时到上海。到嘉兴或杭州的人，倘有余闲与逸兴，可屏除这些近代式的交通工具，而雇客船走运河。这条运河南达杭州，北通嘉兴、上海、苏州、南京，直至河

乘凉　石门湾木场桥　廿三年七月

北。经过我们石门湾的时候,转一个大弯。石门湾由此得名。无数朱漆栏杆玻璃窗的客船,麇集在这湾里,等候你去雇。你可挑选最中意的一只。一天到嘉兴,一天半到杭州,船价不过三五元。倘有三四个人同舟,旅费并不比乘轮船火车贵。胜于乘轮船火车者有三:开船时间由你定,不像轮船火车的要你去恭候。一也。行李不必用力捆扎,用心检点,但把被、褥、枕头、书册、烟袋、茶壶、热水瓶,甚至酒壶、菜榼……往船舱里送。船家自会给你布置在玻璃窗下的小榻及四仙桌上。你下船时仿佛走进自己的房间一样。二也。经过码头,你可关照船家暂时停泊,上岸去眺瞩或买物,这是轮船火车所办不到的。三也。倘到杭州,你可在塘栖一宿,上岸买些本地名产的糖枇杷、糖佛手;再到靠河边的小酒店里去找一个幽静的座位,点几个小盆:冬

乘凉夜饭

笋、茭白、荠菜、毛豆、鲜菱、良乡栗子、熟荸荠……烫两碗花雕。你尽管浅斟细酌，迟迟回船歇息。天下雨也可不管，因为塘栖街上全是凉棚，下雨不相干的。这样，半路上多游了一个码头，而且非常从容自由。这种富有诗趣的旅行，靠近火车站地方的人不易做到，只有我们石门湾的人可以自由享受。因为靠近火车站地方的人，乘车太便；即使另有水路可通，没有人肯走；因而没有客船的供应。只有石门湾，火车不即不离，而运河躺在身边，方始有这种特殊的旅行法。然客船并非专走长路，往返于相距二三十里的小城市间，是其常业。盖运河两旁，支流繁多，港汉错综。倘从飞机上俯瞰，这些水道正像一个渔网。这个渔网的线旁密密地撒布无数城市乡镇，"三里一村，五里一市，十里一镇，廿里一县"。用这话来形容江南水乡人烟稠密之状，决不是夸张的。我们石门湾就是位在这网的中央的一个镇。所以水路四通八达，交通运输异常便利。我们不需要用脚走路。下乡，出市，送客，归宁，求神，拜佛，即使三五里的距离，也乐得坐船。倘使要到十八里（我们称为二九）远的崇德城里，每天有两班轮船，还有各种便船，决不要用脚走路。除了赤贫，大俭，以及背纤者之类以外，倘使你"走"到了城里，旁人都得惊讶，家人将怕你伤筋，你自己也要觉得吃力。唉！我的故乡真是安乐之乡！把这些话告诉每天挑着担子走一百几十里崎岖的山路的内地人，恐怕他们不会相信，不能理解，或者笑为神话！孟子曰："生于忧患，死于安乐。"这回江南的空前浩劫，也许就是这种安乐的报应吧！

　　然而好逸恶劳，毕竟是人之常情。克服自然，正是文明的进步。不然，内地人为什么要努力造公路，筑铁路，治开垦呢？忧患而不进步，未必能生；安乐而不骄惰，决不致死。所以我对于我们的安乐的故乡，始终是心神向往的。何况天时胜如它的地利呢！石门湾离海边约四五十里，四周是大平原，气候当然是海洋性的。然而因为河道密布如网，水陆的调剂特别均匀，所以寒燠的变化特别缓和。由夏到冬，由冬到夏，渐渐地推移，使人不知不觉。中产以上的人，每人有六套衣服：夏衣、单衣、夹衣、絮袄（木棉①的）、小绵袄（薄丝绵）、大绵袄（厚丝绵）。六套衣服逐渐递换，不知不觉之间寒来暑往，循环成岁。而每一回首，又觉得两月之前，气象大异，情景悬殊。盖春夏秋冬四季的个性的表现，非常明显。故自然之美，最为丰富；诗趣画意，俯拾即是。我流亡之后，经过许多地方。有的气候变化太单纯，半年夏而半年冬，脱了单衣换棉衣。有的气候变化太剧烈，一日之内有冬夏，捧了火炉吃西瓜。这都不是和平中正之道，我很不惯。这时候方始知道我的故乡的天时之胜。在这样的天时之下，我们郊外的大平原中没有一块荒地，全是作物。稻麦之外，四时蔬菜不绝，风味各殊。尝到一物的滋味，可以联想一季的风光，可以梦见往昔的情景。往年我在上海功德林，冬天吃新蚕豆，一时故乡清明赛会、扫墓、踏青、种树之景，以及绸衫、小帽、酒旗、戏鼓之状，憬然在目，恍如身入其境。这种情形在他乡固然也有，而对故乡的物产特别敏感。倘然遇见桑树和丝绵，那更使我心中涌起乡思来。因为这是我乡一带特有的产物，而在石门湾尤为普遍。除了城市人不劳而获以外，乡村人家，无论贫富，春天都养蚕，称为"看宝宝"。他们的食仰给于田地，衣仰给于宝宝。所以丝绵在我乡是极普通的衣料。古人要五十岁才得衣帛，我们的乡人无论老少都穿丝绵。他方人出重价买了我乡的输出品，请"翻丝绵"的专家特制了，视为狐裘一类的贵重品；我乡则人人会翻，乞丐身上也穿丝绵。"人生衣食真难事"，而我乡人得天独厚，这不可以不感谢、惭愧而且惕励！我以上这一番缕述，并非想拿来夸耀，正是要表示感谢、惭愧、惕励的意思。读者中倘有我的同乡，

---

① 木棉，指棉花。

约 1937 年初于石门丰同裕染坊

或许会发生同感。

缘缘堂就建在这富有诗趣画意而得天独厚的环境中。运河大转弯的地方，分出一条支流来。距运河约二三百步，支流的岸旁，有一所染坊店，名曰丰同裕。店里面有一所老屋，名曰惇德堂。惇德堂里面便是缘缘堂。缘缘堂后面是市梢。市梢后而遍地桑麻，中间点缀着小桥、流水、大树、长亭，便是我的游钓之地了。红羊①之后就有这染坊店和老屋。这是我父祖三代以来歌哭生聚的地方。直到民国二十一年缘缘堂成，我们才离开这老屋的怀抱。所以它给我的荫庇与印象，比缘缘堂深厚得多。虽然其高只及缘缘堂之半，其大不过缘缘堂的五分之一，其陋甚于缘缘堂的柴间，但在灰烬之后，我对它的悼惜比缘缘堂更深。因为这好比是老树的根，缘缘堂好比是树上的枝叶。

---

① 　红羊，指洪秀全、杨秀清。

枝叶虽然比根庞大而美观，然而都是从这根上生出来的。流亡以后，我每逢在报纸上看到了关于石门湾的消息，晚上就梦见故国平居时的旧事，而梦的背景，大都是这百年老屋。我梦见我孩提时的光景：夏天的傍晚，祖母穿了一件竹衣①，坐在染坊店门口河岸上的栏杆边吃蟹酒。祖母是善于享乐的人，四时佳兴都很浓厚。但因为屋里太窄，我们姐弟众多，把祖母挤出在河岸上。我梦见父亲中乡试时的光景：几方丈大小的老屋里拥了无数的人，挤得水泄不通。我高高地坐在店伙祁官的肩头上，夹在人丛中，看父亲拜北阙。我又梦见父亲晚酌的光景：大家吃过夜饭，父亲才从地板间里的鸦片榻上起身，走到厅上来晚酌。桌上照例是一壶酒，一盖碗热豆腐干，一盆麻酱油，和一只老猫。父亲一边看书，一边用豆腐干下酒，时时摘下一粒豆腐干来喂老猫。那时我们得在地板间里闲玩一下。这地板间的窗前是一个小天井，天井里养着乌龟，我们喊它为"臭天井"。臭天井的旁边便是灶间。饭脚水常从灶间里飞出来，哺养臭天井里的乌龟。因此烟气、腥气、臭气，地板间里时有所闻。然而这是老屋里最精华的一处地方了。父亲在室时，我们小孩子是不敢轻易走进去的。我的父亲中了举

① 竹衣，一种用细小竹枝编穿而成的夏衣。

人之后就丁艰①。丁艰后科举就废。他的性情又廉洁而好静，一直闲居在老屋中，四十二岁上患肺病而命终在这地板间里。我九岁上便是这老屋里的一个孤儿了。缘缘堂落成后，我常常想：倘得像缘缘堂的柴间或磨子间那样的一个房间来供养我的父亲，也许他不致中年病肺而早逝。然而我不能供养他！每念及此，便觉缘缘堂的建造毫无意义，人生也毫无意义！我又梦见母亲拿了六尺杆量地皮的情景：母亲早年就在老屋背后买一块地（就是缘缘堂的基地），似乎预知将来有一天造新房子的。我二十一岁就结婚。结婚后得了"子烦恼"，几乎年年生一个孩子。率妻糊口四方，所收入的自顾不暇。母亲带着我的次女住在老屋里，染坊店及数十亩薄田所入虽能供养，亦没有余裕，所以造屋这念头，一向被抑在心的底层。我三十岁上送妻子回家奉母。老屋抚育了我们三代，伴了我的母亲数十年，这时候衰颓得很，门坍壁裂，渐渐表示无力再荫庇我们这许多人了。幸而我的生活渐渐宽裕起来，每年多少有几叠钞票交送母亲。造屋这念头，有一天偷偷地从母亲心底里浮出来。邻家正在请木匠修窗，母亲借了他的六尺杆，同我两人到后面的空地里去测量一会，计议一会。回来的时候低声关照我："切勿对别人讲！"那时我血气方刚，率然地对母亲说："我们决计造！钱我有准备！"就把收入的预算历历数给她听。这是年轻人的作风，事业的失败往往由此；事业的速成也往往由此。然而老年人脚踏实地，如何肯冒险呢？六尺杆还了木匠。造屋的念头依旧沉淀在母亲的心底里。它不再浮起来。直到两年之后，母亲把这念头交付了我们而长逝。又三年之后，它方才成形具体，而实现在地上，这便是缘缘堂。

犹记得堂成的前几天，全家齐集在老屋里等候乔迁。两代姑母带

_____

① 丁艰，又称丁忧，遭到父母的丧事，此处指丧母。

了孩童仆从，也来挤在老屋里助喜。低小破旧的老屋里挤了二三十个人，肩摩踵接，踢脚绊手，闹得像戏场一般。大家知道未来的幸福紧接在后头，所以故意倾轧。老人家几被小孩子推倒了，笑着喝骂。小脚被大脚踏痛了，笑着叫苦。在这时候，我们觉得苦痛比欢乐更为幸福。低小破旧的老屋比琼楼玉宇更有光彩！我们住新房子的欢喜与幸福，其实以此为极！真个迁入之后，也不过尔尔，况且不久之后，别的渴望与企图就来代替你的欢乐，人世的变故行将妨碍你的幸福了！只有希望中的幸福，才是最纯粹、最彻底、最完全的幸福。那时我们全家的人都经验了这种幸福。只有最初置办基地，发心建造，而首先用六尺杆测量地皮的人，独自静静地安眠在五里外的长松衰草之下，不来参加我们的欢喜。似乎知道不久将有暴力来摧毁这幸福，所以不

大头天话

屑参加似的。

缘缘堂构造用中国式，取其坚固坦白。形式用近世风，取其单纯明快。一切因袭，奢侈，烦琐，无谓的布置与装饰，一概不入。全体正直，（为了这点，工事中我曾费数百元拆造过，全镇传为奇谈。）高大，轩敞，明爽，具有深沉朴素之美。正南向的三间，中央铺大方砖，正中悬挂马一浮先生写的堂额。壁间常悬的是弘一法师写的《大智度论·十喻赞》，和"欲为诸法本，心如工画师"的对联。西室是我的书斋，四壁陈列图书数千卷，风琴上常挂弘一法师写的"真观清净观，广大智慧观。梵音海潮音，胜彼世间音"的长联。东室为食堂，内连走廊、厨房、平屋。四壁悬的都是沈寐叟的墨迹。堂前大天井中种着芭蕉、樱桃和蔷薇。门外种着桃花。后堂三间小室，窗子临着院落，院内有葡萄棚、秋千架、冬青和桂树。楼上设走廊，廊内六扇门，通入六个独立的房间，便是我们的寝室。秋千院落的后面，是平屋、阁楼、厨房和工人的房间——所谓缘缘堂者，如此而已矣。读者或将见笑：这样简陋的屋子，我却在这里扬眉瞬目，自鸣得意，所见与井底之蛙何异？我要借王禹偁的话作答："彼齐云落星，高则高矣。井干丽谯，华则华矣。止于贮妓女，藏歌舞，非骚人之事，吾所不取。"我不是骚人，但确信环境支配文化。我认为这样光明正大的环境，适合我的胸怀，可以涵养孩子们的好真、乐善、爱美的天性。我只费了六千金的建筑费，但倘秦始皇要拿阿房宫来同我交换，石季伦愿把金谷园来和我对调，我决不同意。自民国二十二年春日落成，以至二十八年残冬被毁，我们在缘缘堂的怀抱里的日子约有五年。现在回想这五年间的生活，处处足使我憧憬：春天，两株重瓣桃戴了满头的花，在门前站岗。门内朱楼映着粉墙，蔷薇衬着绿叶。院中秋千亭亭地立着，檐下铁马丁东地响着。堂前燕子呢喃，窗内有"小语春风弄剪刀"的声音。这和平幸福的光景，使我难忘。夏天，红了樱桃，绿了芭蕉，在堂前作成强烈的对比，向人暗示"无常"的幻象。葡萄棚上的新叶，把室中人物映成绿色的统调，添上一种画意。垂帘外时见参差人影，秋千架上时闻笑语。门外刚挑过一担"新市水蜜桃"，又来了一担"桐乡醉李"。喊一声"开西瓜了"，忽然从楼上楼下引出许多兄弟姊妹。傍晚来一位客人，芭蕉荫下立刻摆起小酌的座位。这畅适的生活也使我难忘。秋天，芭蕉的叶子高出墙外，又在堂前盖造一个天然的绿幕，葡萄棚上果实累累，时有儿童在棚下的梯子上爬上爬下。夜来明月照高楼，楼下的水门汀映成一片湖光。各处房栊里有人挑灯夜读，伴着秋虫的合奏，这清幽的情况又使我难忘。冬天，屋子里一天到晚晒着太阳，炭炉上时闻普洱茶香。坐在太阳旁边吃冬春米饭，吃到后来都要出汗解衣裳。廊下晒着一堆芋头，屋角里藏着两瓮新米酒，菜橱里还有自制的臭豆腐干和霉千张。星期六的晚上，儿童们伴着坐到深夜，大家在火炉上烘年糕，煨白果，直到北斗星转向。这安逸的滋味也使我难忘。现在飘泊四方，已经两年。有时住旅馆，有时住船，有时住村舍、茅屋、祠堂、牛棚。但凡我身所在的地方只要一闭眼睛，就看见无处不是缘缘堂。

平生不善守钱。余剩的钞票超过了定数，就坐立不安，非想法使尽它不可。缘缘堂落成后一年，这种钞票作怪，我就在杭州租了一所房子，请两名工人留守，以代替我游杭的旅馆。这仿佛是缘缘堂的支部。旁人则戏称它为我的"行宫"。他们怪我不在杭州赚钱，而无端去做寓公。但我自以为是。古人有言："不为无益之事，何以遣有涯之生？"我相信这句话，而且想借庄子的论调来加个注解：益就是利。"吾生也有涯，而利也无涯，以有涯遭无涯，殆已！已而为利者，殆而已矣！"所以要遣有涯之生，须为无利之事。杭州之所以能给我优美的印象者，就为了我对它无利害关系，所见的常是它的艺术方面的缘故。那时我春秋居杭州，冬夏居缘缘堂，书笔之余，恣情盘桓，饱尝了两地的风味：西湖好景，尽在于春秋二季。春日浓妆，秋季淡抹，一样相宜。我最喜于无名的地方，游众所不会到的地方，玩赏其胜景。而把三潭印月、岳庙等大名鼎鼎的地方让给别人游。人弃我取，人取我与。这是范蠡致富的秘诀，移用在欣赏上，也大得其宜。西湖春秋佳日的真相，我都欣赏过了。夏天西湖上颇热，冬天西湖上颇冷。苏东坡^①说："毕竟西湖六月中，风光不与四时同。"某雅人说："晴湖不及雨湖，雨湖不及雪湖。"言之或有其理，但我不敢附和。因为我怕热怕冷。我到夏天必须返缘缘堂。石门湾到处有河水调剂，即使天热，也热得缓和而气爽，不致闷人。缘缘堂南向而高敞，西瓜、凉粉常备，远胜于电风扇、冰淇凌。冬天大家过年，贺岁，饮屠苏酒，更非回乡参加不可。我常常往返于石门湾与杭州之间，被别人视为无事忙。那时我读书并不抛废，笔墨也相当的忙；而如此忙里偷闲地热心于游玩与欣赏，今日思之，并非偶然，我似乎预知江南浩劫之将至，故乡不可以久留，所以尽量欣赏，不遗余力的。

　　"八一三"事起，我们全家在缘缘堂。杭州有空袭，特派人把留守的女工叫了回来，把"行宫"锁闭了。城站被炸，杭州人纷纷逃乡，我又派人把"行宫"取消，把其中的书籍器具装船载回石门湾。两处的器物集中在一处，异常热闹，我们费了好几天的工夫，整理书籍，布置家具。把缘缘堂装潢得面目一新。邻家的妇孺没有坐过沙发，特地来坐坐杭州搬来的沙发。（我不喜欢沙发，因为它不抵抗。这些都是朋友赠送的。）店里的伙计没有见过开关热水壶，当它是个宝鼎。上海南市已成火海了，我们躲在石门湾里自得其乐。今日思之，太不识时务。最初，汉口的朋友写信来，说浙江非安全之地，劝我早日率眷赴汉口。四川的朋友也写信来，说战事必致扩大，劝我早日携眷入

---

① 苏东坡，系作者误写，应为杨万里。

川。我想起了白居易的《问友》诗："种兰不种艾，兰生艾亦生。根荄相交长，茎叶相附荣。香茎与臭叶，日夜俱长大。锄艾恐伤兰，溉兰恐滋艾。兰亦未能溉，艾亦未能除。沉吟意不决，问君合何如。"铲除暴徒，以雪百年来浸润之耻，谁曰不愿？糜烂土地，荼毒生灵，去父母之邦，岂人之所乐哉？因此沉吟意不决者累日。终于在方寸中决定了"移兰"之策。种兰而艾生于其旁，而且很近，甚至根荄相交，茎叶相附，可见种兰的地方选得不好。兰既不得其所，用不着锄或溉，只有迁地为良。其法：把兰好好地掘起，慎勿伤根折叶。然后郑重地移到名山胜境，去种在杜衡芳芷所生的地方。然后拿起锄头来，狠命地锄，把那臭叶连根铲尽。或者不必用锄，但须放一把火，烧成一片焦土。将来再种兰时，灰肥倒有用处，这"移兰锄艾"之策，乃不易之论。香山居士死而有知，一定在地下点头。

1937 年春丰子恺在缘缘堂二楼书房

然而这兰的根，深固得很，一时很不容易掘起，况且近来根上又壅培了许多土壤，使它更加稳固繁荣了。第一，杭州搬回来的家具，把缘缘堂装点得富丽堂皇，个个房间里有明窗净几，屏条对画。古圣人弃天下如弃敝屣；我们真惭愧，一时大家舍不得抛弃这些赘累之物。第二，上海、松江、嘉兴、杭州各地迁来了许多人家。石门湾本地人就误认这是桃源。谈论时局，大家都说这地方远离铁路公路，不会遭兵火。况且镇小得很，全无设防，空袭也决不会来。听的人附和地说道："真的！炸弹很贵。石门湾即使请他来炸，他也不肯来的！"另一人根据了他的军事眼光而发表预言："他们打到了松江、嘉兴，一定向北走苏嘉路，与沪宁路夹攻南京。嘉兴以南，他们不会打过来。杭州不过是风景地点，取得了没有用。所以我们这里是不要紧的。"又有人附和："杭州每年香火无量，西湖底里全是香灰！这佛地是决不会遭殃的。只要杭州无事，我们这里就安。"我虽决定了移兰之策，然而众口铄金，况且谁高兴逃难？于是存了百分之一的幸免之心。第三，我家世居石门湾，亲戚故旧甚多。外面打仗，我家全部迁回了，戚友往来更密。一则要探听一点消息，二则要得到相互的慰藉。讲起逃难，大家都说："要逃我们总得一起走。"但下文总是紧接着一句："我们这里总是不要紧的。"后来我流亡各地，才知道每一地方的人，都是这样自慰的。呜呼！"民之秉夷，好是懿德。"普天之下，凡有血气，莫不爱好和平，厌恶战争。我们忍痛抗战，是不得已的。而世间竟有以侵略为事，以杀人为业的暴徒，我很想剖开他们的心来看看，是虎的？还是狼的？

阴历九月二十六日，是我四十岁的生辰。这时松江已经失守，嘉兴已经炸得不成样子。我家还是做寿。糕桃寿面，陈列了两桌；远近亲朋，坐满了一堂。堂上高烧红烛，室内开设素筵。屋里充满了祥瑞之色和祝贺之意。而宾朋的谈话异乎寻常；有一人是从上海南站搭火车逃回来的。他说：火车顶上坐满了人，还没有开。忽听得飞机声，火车突然飞奔。顶上的人纷纷坠下，有的坠在轨道旁，手脚被轮子碾断，惊呼号啕之声淹没了火车的开动声！又有一人怕乘火车，是由龙华走水道逃回来的。他说上海南市变成火海。无数难民无家可归，聚立在民国路法租界的紧闭的铁栅门边。日夜站着。落雨还是小事，没得吃真惨！法租界里的同胞拿面包隔铁栅抛过去。无数饿人乱抢。有的面包落在地上的大小便中，他们管自挣得去吃！我们一个本家从嘉兴逃回来。他说有一次轰炸，他躲在东门的铁路桥下。看见一个妇人抱着一个婴孩，躲在墙脚边喂奶。忽然车站附近落下一个炸弹。弹片飞来，恰好把那妇人的头削去。在削去后的一瞬间中，这无头的妇人依旧抱着婴孩危坐着，并不倒下；婴孩也依旧吃奶。我听了他的话，想起了一个动人的故事，就讲给人听：从前有一个猎人入山打猎，远远看见一只大熊坐在涧水边，他就对准要害发出一枪。大熊危坐不动。他连发数枪，均中要害，大熊老是危坐不动。他走近去察看，看见大熊两眼已闭，血水从颈中流下，确已命中。但是它两只前脚抱住一块大石头，危坐涧水边，一动也不动。猎人再走近去细看，才看见大石头底下的涧水中，有三匹小熊正在饮水。大熊中弹之后，倘倒下了，那大石头落下去，势必压死她的三个小宝贝。她被这至诚的热爱所感，死了也不倒。直待猎人拨去了她手中的石头，她方才倒下。猎人从此改业。（我写到这里，忽把"它"字改写为"她"，把"前足"改写为"手"。排字人请勿排错，读者请勿谓我写错。因为我看见这熊其实非兽，已经变人。而有些人反变了禽兽！）呜呼！禽兽尚且如此，何况于人。我讲了这故事，上述的惨剧被显得更惨，满座为之叹息。然而堂前的红烛得了这种惨剧的衬托，显得更加光明，仿佛在对人说："四座且勿悲，有我在这里！炸弹杀人，我祝人寿。除了极少数的暴徒以外，世界上没有一个人不厌恶惨死而欢喜长寿，没有一个人不好仁而恶暴。

仁能克暴，可知我比炸弹力强得多。目前虽有炸弹猖獗，最后胜利一定是我的！"坐客似乎都听见了这番话，大家欣然地散去了。这便是缘缘堂最后一次的聚会。祝寿后一星期，那些炸弹就猖獗到石门湾，促成了我的移兰之计。

民国廿六年十一月六日，即旧历十月初四，是无辜的石门湾被宣告死刑的日子。古人叹人生之无常，夸张地说："朝为媚少年，夕暮成丑老。"石门湾在那一天，朝晨依旧是喧闐扰攘，安居乐业，晚快忽然水流云散，阒其无人。真可谓"朝为繁华街，夕暮成死市"。这"朝夕"二字并非夸张，却是写实。那一天，我早上起来，并不觉得什么异常。依旧洗脸，吃粥。上午照例坐在书斋里工作，我正在画一册《漫画日本侵华史》，根据了蒋坚忍著的《日本帝国主义侵略中国史》而作的。我想把每个事件描写为图画，加以简单的说明。一页说明与一页图画相对照，形似《护生画集》。希望文盲也看得懂。再照《护生画集》的办法，照印本贱卖，使小学生都有购买力。这计划是"八一三"以后决定的，这时候正在起稿，尚未完成。我的子女中，陈宝、林先、宁馨、华瞻四人向在杭州各中学肄业，这学期不得上学，都在家自修。上午规定是用功时间。还有二人，元草与一吟，正在本地小学肄业，一早就上学去。所以上午家里很静。只听得玻璃窗震响，我以为是有人在窗棂上碰了一下之故，并不介意。后来又是震响，一连数次。我觉得响声很特别：轻微而普遍。楼上楼下几百块窗玻璃，仿佛同时一齐震动，发出远钟似的声音。心知不妙，出门探问，邻居也都在惊奇。人家猜想，大约是附近的城市被轰炸了。响声停止了以后，就有人说："我们这小地方，没有设防，决不会来炸的。"别的人又附和说："请他来炸也不肯来的！"大家照旧安居乐业。后来才知道这天上午崇德被炸。

正午，我们全家十个人围着圆桌正在吃午饭的时候，听见飞机声。

不久一架双翼侦察机低低地飞过。我在食桌上通过玻璃窗望去，可以看得清人影。石门湾没有警报设备。以前飞机常常过境，也辨不出是敌机还是自己的，大家跑出去，站在门口或桥上，仰起了头观赏，如同春天看纸鸢，秋天看月亮一样。"请他来炸也不肯来的"这一句话，大约是这种经验所养成的。这一天大家依旧出来观赏。那侦察机果然兜一个圈子给他们看，随后就飞去了。我们并不出去观赏，但也不逃，照常办事。我上午听见震响，这时又看见侦察机低飞，心知不妙。但犹冀望它是来侦察有无设防。倘发见没有军队驻扎，就不会来轰炸。谁知他们正要选择不设防城市来轰炸，可以放心地投炸弹，可以多杀些人。这侦察机盘旋一周，看见毫无一个军人，纯是民众妇孺，而且都站在门外，非常满意，立刻回去报告，当即派轰炸机来屠杀。

下午二时，我们正在继续工作，又听得飞机声，我本能地立起身，招呼坐在窗下的孩子们都走进来，立在屋的里面。就听见砰的一声，很近。窗门都震动，继续又是砰的一声。家里的人都集拢来，站在东屋的楼梯下，相对无言。但听得墙外奔走呼号之声，我本能地说："不要紧！"说过之后，才觉得这句话完全虚空。在平常生活中遇到问题，我以父亲、家主、保护者的资格说这句话，是很有力的，很可以慰人的。但在这时候，我这保护者已经失却了说这句话的资格，地面上无论哪一个人的生死之权都操在空中的刽子手手里了！忽然一阵冰雹似的声音在附近的屋瓦上响过，接着沉重地一声震响。墙壁摆动，桌椅跳跃，热水瓶、水烟袋翻落地上，玻璃窗齐声大叫。我们这一群人集紧一步，挤成一堆，默然不语，但听见墙外奔走呼号之声比前更急。忽想起了上学的两个孩子没有回家，生死不明，大家担心得很。然而飞机还在盘旋，炸弹机关枪还在远近各处爆响。我们是否可以免死，尚未可知，也顾不得许多了。忽然九岁的一吟哭着逃进门来。大家问她"阿哥呢？"她不知道，但说学校近旁落了一个炸弹，响得很，学校里的人都逃光，

愿作安琪儿，空中收炸弹。

阿哥也不知去向。她独自逃回来，将近后门，离身不远之处，又是一个炸弹，一阵机关枪。她在路旁的屋宇下躲了一下，幸未中弹。等到飞机过了，才哭着逃回家来。这时候飞机声远了些，紧张渐渐过去，我看见自己跟一群人站在扶梯底下，头上共戴一条丝绵被（不知是何时何人拿来的），好似元宵节迎龙灯模样，觉得好笑；又觉得这不过骗骗自己而已，不是安全的办法。定神一想，知道刚才的大震响，是落在后门外的炸弹所发。一吟在路上遇见的也就是这个炸弹，推想这炸弹大约是以我家为目标而投的。因为在这环境中，我们的房子最高大、最瞩目，犹如鹤立鸡群，刽子手意欲毁坏它。可惜手段欠高明。但飞机还没离去，大有再来的可能，非预防不可。于是有人提议，钻进桌子底下，而把丝绵被覆在桌上。立刻实行。我在三十余年前的幼童时代，曾经做此游戏，以后永没有钻过桌底。现在年已过半，却效儿戏；又看见七十岁的老太太也效儿戏，这情状实在可笑。且男女老幼共钻桌底，大类穴居野处的禽兽生活，这行为又实在可耻。这可说是二十世纪物质文明时代特有的盛况！

我们在桌子底下坐了约一小时，飞机声始息。时钟已指四时，在学的孩子元草，这时候方始回来。他跟了人逃出学校，奔向野外，幸未被难。邻居友朋都来慰问，我也出去调查损失，才知道这两小时内共投炸弹大小十余枚，机关枪无算。东市炸毁一屋，全家四人压死在内，医生魏达三躲在晒着的稻穗下面，被弹片切去右臂，立刻殒命。我家后门外五六丈之处，有五人躺在地上，有的已死，脑浆迸出。有的还在喊"扶我起来！"（但我不忍去看，听人说如此。）其余各处都有死伤。后来始知当场炸死三十余人，伤无算。数日内陆续死去又三十余人。犹记那天我调查了回家的时候，途中被一个邻妇拉住。她告诉我，她的丈夫和儿子都被难。"小的不中用了，大的还可救。请你进去看。"她说时，脸孔苍白，语调异常，分明神经已是错乱了。我不懂医法又不忍看这惨状，终于没有进去看，也没有给她任何帮助。只是劝她赶快请医生，就匆匆回家。两年以来，我每念此事，总觉得异常抱歉。悔不当时代她去请医生，或送她药费。她丈夫是做小贩的，家里未必藏有医药费，以待炸弹的来杀伤。我虽受了惊吓，未被伤害，终是不幸中之幸者。

我的妹夫蒋茂春家在三四里外的村子——南沈浜[①]——里。听见炸弹声，立刻同他的弟弟继春摇一只船来，邀我们迁乡。我们收拾衣物，于傍晚的细雨中匆匆辞别缘缘堂，登舟入乡。沿河但见家家闭户，

---

① 指南深浜。亦作南沈浜、南圣浜，距作者家乡不远。

处处锁门。石门湾顿成死市。河中船行如织,都是迁乡去的。我们此行,大家以为是暂避。将来总有一日回缘缘堂的。谁知其中只有四人再来取物一二次,其余的人都在这潇潇暮雨之中与堂永诀,而开始流离的生活了。

舟抵南沈浜,天已黑,雨未止,雪雪(我妹)擎了一盏洋油灯,一双小脚踏着湿地,到河岸上来迎接。我们十个人——岳老太太(此时适在我家做客,不料从此加入流亡团体,一直同到广西)、满哥(我姐)、我们夫妇,以及陈宝、林先、宁馨、华瞻、元草、一吟——闯入她家,这一回寒暄,真是有声有色。吾母生雪雪后患大病,不能抚育;雪雪从小归蒋家。虽是至戚,近在咫尺,我自雪雪结婚时来此“吊烟囱”(吾乡俗称阿舅望三朝为吊烟囱)之后,一直没有再访。一则为了茂春和雪雪常来吾家,二则为了我历年糊口四方,归家就懒于走动。这一天穷无所归,而昧夜投奔,我初见雪雪时脸上着实有些忸怩。这农家一门忠厚,一味殷勤招待,实使我更增愧感!后门外有新建楼屋两楹,乃其族人蒋金康家业。金康自有老屋,此新屋一向空着,仅为农忙时堆积谷物之用。这时候楼上全空,我们就与之暂租,当夜迁入。雪雪就像“嫁比邻”一样,大家喜不自胜。流亡之后,虽离故居,但有许多平时不易叙首的朋友亲戚得以相聚,不可谓非“因祸得福”。当夜我们在楼上席地而卧,日间的浩劫的回忆,化成了噩梦而扰每个人的睡眠。

次日大雨,僮仆昨天已经纷纷逃回家去,今后在此生活都得自理。诸儿习劳,自此开始。又次日,天晴。上午即见飞机两架自东来,至石门湾市空,又盘旋投弹。我们离市五里之遥,历历望见,为之胆战。幸市中已空,没有人再做它们的牺牲者,此后它们遂不再来。我家自迁乡后,虽在一方面对于后事忧心忡忡;但在他方面另有一副心目来享受乡村生活的风味,饱尝田野之趣,而在儿童尤甚。他们都生长在城市中，大部分的生活在上海、杭州度送。菽麦不辨，五谷不分。现在正值农人收稻、采茶菊的时候，他们跟了茂春姑夫到田中去，获得不少宝贵的经验。离村半里，有萧王庙。庙后有大银杏树，高不可仰。我十一二岁时来此村蒋五伯（茂春同族）家做客，常在这树下游戏。匆匆三十年，树犹如昔，而人事已数历沧桑，不可复识。我偃卧大树下，仰望苍天，缅怀今古。又觉得战争、逃难等事，藐小无谓，不足介意了。

访蒋五伯旧居，室庐尚在，圮坏不堪。其同族超三伯居之。超三伯亦无家族，孑然一身，以乞食为业。邮信不通，我久不看报，遂托超三伯走练市镇（离村十五里），向周氏姐丈家借报，每日给工资大洋五角。每次得报，先看嘉兴有否失守。我实在懒得去乡国，故抱定主意：嘉兴失守，方才出走；嘉兴不失，决计不走。报载我有重兵驻嘉兴，金城汤池，万无一虑。我很欢喜，每天把重要消息抄出来，贴在门口，以代壁报。镇上的人尽行迁乡，疏散在附近各村中。闻得我这里有壁报，许多人来看。不久我的逃难所传遍各村，亲故都来探望。幼时业师沈蕙荪先生年老且病，逃避在离我一里许的村中，派他的儿子来探询我的行止。我也亲去叩访、慰藉。染坊店被炸弹解散，店员各自分飞，这时都来探望老板。这是百年老店，这些人都是数十年老友。十年以来，我开这店全为维持店员五人的生活，非为自己图利，但亦惠而不费。因此这店在同业中有"家养店"之名。我极愿养这店，因为我小时是靠这店养活的。然而现在无法维持了。我把店里的余金分发各人，以备不虞之需。若得重见天日，我一定依旧维持。我的族叔云滨，正直清廉，而长年坎坷，办小学维持八口之家。炸弹解散他的小学。这一天来访，皇皇如丧家之狗。我爱莫能助。七十余岁的老姑母也从崇德城中逃来。她最初客八字桥王蔚奎（我的姐丈）家，后来也到南沈浜来依我们。姑母适崇德徐氏，家富，夫子俱亡，朱门深院，内有寡媳孤孙。今此七十者于患难中孑然来归，我对她的同情实深于任何穷人！超三伯赴练市周氏姐丈家取报纸，带回镜涵的信。她说倘然逃难，要通知她，她要跟我们同走。我的二姐，就是她的母亲，适练市周氏。家中富有产业及骂声。二姐幸患耳聋，未尽听见，即已早死。镜涵有才，为小学校长；适张氏一年而寡，孑然一身，寄居父家。明知我这娘舅家累繁重，而患难中必欲相依，其环境可想而知。凡此种种，皆有强大的力系缠我心，使我非万不得已不去其乡。

村居旬日，嘉兴仍不失守。然而军队已开到了，他们在村的前面掘壕布防。一位连长名张四维的，益阳人，常来我的楼下坐谈。有一次他告诉我说："为求最后胜利，贵处说不定要放弃。"我心中忐忑。晚快，就同陈宝和店员章桂三人走到缘缘堂去取物。先几天吾妻已来取衣一次。这一晚我是来取书。黑夜，像做贼一样，架梯子爬进墙去，揭开堂窗，一只饿狗躺在沙发上，被我们电筒一照，站了起来，给我们一吓。上楼，一只饿猫从不知哪里转出来，依着陈宝的脚边哀鸣。我们向菜橱里找些食物喂了它。室中一切如旧，环境同死一样静。我们向各书架检书，把心爱的、版本较佳的、新买而尚未读过的书，收拾了两网篮，交章桂明晨设法运乡。别的东西我都不拿，一则拿不胜拿；二则我心中，不知根据什么理由，始终确信缘缘堂不致被毁，我们总有一天回来的。检好书已是夜深，我们三人出门巡行石门湾全市，好似有意向它告别。全市黑暗，寂静，不见人影，但闻处处有狗作不平之鸣。它们世世代代在这繁荣的市镇中为人看家，受人给养，从未挨饿，今忽丧家失主，无所依归，是谁之咎？忽然一家店楼上发出一阵肺病者的咳嗽声，全市为之反响，凄惨逼人。我悄然而悲，肃然而恐，返家就寝。破晓起身，步行返乡。出门时我回首一望，看见百多块窗玻璃在黎明中发出幽光。这是我与缘缘堂最后的一面。

邮局迁在我的邻近，这时又要迁新市了。最后送来一封信，是马一浮先生从桐庐寄来的。上言先生已由杭迁桐庐，住迎薰坊十三号。下询石门湾近况如何，可否安居，并附近作诗一首。诗是油印的，笔致犹劲，疑是马先生亲自执钢笔在蜡纸上写的。不然，必是其门人张立民君所书。因为张的笔迹酷似其师。无论如何，此油印品异常可爱。自有油印以来，未有美于此者也。我把油印藏在身边，而把诗铭在心中，至今还能背诵：

礼闻处灾变，大者亡邑国。奈何弃坟墓，在士亦可式。
妖寇今见侵，天地为改色。遂令陶唐人，坐饱虎狼食。
伊谁生厉阶，讵独异含识？竭彼衣养资，殉此机械力。
铿钑竟何裨，蒙羿递相贼。生存岂无道，奚乃矜战克？
嗟哉一切智，不救天下惑。飞鸢蔽空下，遇者亡其魄。
全城为之摧，万物就磔轹。海陆尚有际，不仁于此极。
余生恋松楸，未敢怨逼迫。蒸黎信何辜，胡为罹锋镝？
吉凶同民患，安得殊欣戚？衡门不复完，书史随荡析。
落落平生交，遁处各岩穴。我行自兹迈，回首增怆恻。
临江多悲风，水石相荡激。逝从大泽钓，忍数犬戎阨？
登高望九州，几地犹禹域？儒冠甘世弃，左衽伤旄及。
甲兵甚终偃，腥膻如可涤。遗诗谢故人，尚相三代直。

（将避兵桐庐，留别杭州诸友。）

这信和诗，有一种伟大的力，把我的心渐渐地从故乡拉开了。然而动身的机缘未到，因循了数日。十一月二十日下午，机缘终于到了：族弟平玉带了他的表亲周丙潮来，问我行止如何。周向我表示，他家有船可以载我。他和一妻一子已有经济准备，也想跟我同走。丙潮住

正思秋信到，一叶落中庭。

在离此九里外，吴兴县属的悦鸿村。我同他虽是亲戚，一向没有见面过。但见其人年约二十余岁，眉目清秀，动止端雅。交谈之后，始知其家素封，其性酷爱书画，早是我的私淑者。只因往日我常在外，他亦难得来石门湾，未曾相见。我窃喜机缘的良好，当日商定避难的方针：先走杭州，溯江而上，至于桐庐，投奔马先生，再定行止。于是相约明日下午放船来此，载我家人到他家一宿，次日开船赴杭。丙潮去后，我家始见行色。先把这消息告知关切的诸亲友，征求他们的意见。老姑母不堪跋涉之苦，不愿跟我们走，决定明日仍回八字桥。雪雪有翁姑在堂，亦未便离去。镜涵远在十五里外，当日天晚，未便通知，且待明朝派人去约。章桂自愿相随，我亦喜其干练，决令同行。其实在这风声鹤唳之中，有许多人想同我们一样地走，为环境所阻，力不从心，其苦心常在语言中表露出来。这使我伤心！我恨不得有一只大船，尽载了石门湾及世间一切众生，开到永远太平的地方。

这晚上检点行物，发现走路最重要的东西没有准备：除了几张用不得的公司银行存票外，家里所余的只有数十元现款，奈何奈何！六个孩子说："我们有。"他们把每年生日我所送给的红纸包统统打开，凑得四百余元。其中有数十元硬币，我嫌笨重，给了雪雪。其余钞票共得四百元。不知从哪一年开始，我每逢儿童生日，送他一个红纸包，上写"长命康乐"四个字，内封银数如其岁数。他们得了，照例不拆。不料今日一齐拆开，充作逃难之费！又不料积成了这样可观的一个数目！我真糊涂：家累如此，时局如彼，会不乘早领出些存款以备万一，直待仓皇出走时才计议及此。幸有这笔意外之款，维持了逃难的初步，侥幸之至！平生有轻财之习，这种侥幸势将长养我这习性，永不肯改了。当夜把四百金分藏在各人身边，然后就睡。辗转反侧之间，忽闻北方震响，其声动地而来，使我们的床铺格格作声！如是者数次。我心知这是夜战的大炮声。火线已逼近了！

但不知从哪里来的。只要明日上午无变,我还可免于披发左衽。这一晚不知如何睡去。

次日,十一月二十一日上午,阿康(染坊店的司务)从镇上奔来,用绍兴白仓皇报道:"我家门口架机关枪,桥塅下摆大炮了!听说桐乡已经开火了!"我恍然大悟,他们不直接打嘉兴;却从北面迂回,取濮院、桐乡、石门湾,以包围嘉兴。我要看嘉兴失守才走,谁知石门湾失守在先。想派人走练市叫镜涵,事实已不可能;沿途要拉夫,乡下人都不敢去;昨夜的炮声从北方来,练市这一路更无人肯走,即使有人肯去,镜涵已迁居练市乡下,此去不止十五里路,况且还要摒挡,当天不得转回;而我们的出走,已经间不容发,势不能再缓一天,只得管自走了。幸而镜涵最近来信,在乡无恙。但我至今还负疚于心。上午向村人告别。自十一月六日至此,恰好在这村里住了半个月。常与村人往来馈赠,情谊正好。今日告别,后会难知!心甚惆怅。送蒋金康房租四元,强而后受。又将所余家具日用品之类,尽行分送村人。丙潮的船于正午开到。我们胡乱吃了些饭,匆匆下船。茂春、雪雪夫妇送到船埠上。我此时心如刀割!但脸上强自镇定,叮嘱他们"赶快筑防空壕,后会不远"。不能再说下去了。

此去辗转流徙,曾歇足于桐庐、萍乡、长沙、桂林、宜山。为避空袭,最近又从宜山迁居思恩。不知何日方得还乡也。

廿八(1939)年八月[①]六日下午三时脱稿于广西思恩

---

① 8月系9月之误,作者来到思恩是8月18日。

桐庐负暄

——避难五记之二

中华民国二十六（1937）年十一月下旬。当此际，沪杭铁路一带，千百年来素称为繁华富庶、文雅风流的江南佳丽之地，充满了硫黄气、炸药气、厉气和杀气，书卷气与艺术香早已隐去。我们缺乏精神的空气，不能再在这里生存了。我家有老幼十口，又随伴乡亲四人，一旦被迫而脱离故居，茫茫人世，不知投奔哪里是好。曾经打主意：回老家去。我们的老家，是浙江汤溪。地在金华相近，离石门湾约三四百里。明末清初，我们这一支从汤溪迁居石门湾。三百余年之后，几乎忘记了自己的源流。直到二十年前，我在东京遇见汤溪丰惠恩族兄，相与考察族谱，方才确知我们的老家是汤溪。据说在汤溪有丰姓的数百家，自成一村，皆业农。惠恩是其特例。我初闻此消息，即想象这汤溪丰村是桃花源一样的去处。其中定有良田美池，桑竹之属，和黄发垂髫怡然自乐的情景。而窃怪惠恩逃出仙源，又轻轻为外人道，将引诱渔人去问津了。我一向没有机会去问津。到了石门湾不可复留的时候，心中便起了出尘之念，想率妻子邑人投奔此绝境，不复出焉。但终于不敢遂行。因为我只认得惠恩，并未到过老家。惠恩常居上海。战起前数月我曾在闸北青云路他的寓中和他会晤。闸北糜烂以后，消息沉沉，不知他逃避何处。今我全无介绍，贸然投奔丰村，得不为父老所疑？即使不被疑，而那里果然是我所想象的桃花源，也恐怕我们这班四体不勤、五谷不分的人一时不能参加他们的生活。这一大群不速之客终难久居。因此回老家的主意终归打消。正在走投无路而炮火逼近我身的时

马一浮

候，忽然接到马湛翁①先生的信。内言先生已由杭迁桐庐，住迎薰坊十三号，并询石门湾近况如何，可否安居。外附油印近作五古《将避兵桐庐留别杭州诸友》一首（见第一记②）。这封信和这首诗带来了一种芬芳之气，散布在将死的石门湾市空，把硫黄气、炸药气、厉气、杀气都消解了。数月来不得呼吸精神的空气而窒息待毙的我，至此方得抽一口大气。我决定向空气新鲜的地方走。于是决定先赴杭州，再走桐庐。这时候，离石门湾失守只有三十余小时，一路死气沉沉，难关重重。我们一群老弱，险些儿转乎沟壑。幸得安抵桐庐，又得亲近善知识，负暄谈义。可谓不幸中之大幸。其经过不可以不记录。

①　马湛翁，即马一浮（1883—1967），号湛翁、蠲叟等。国学家、书法家、篆刻家，近代新儒家学派的代表人物之一。新中国成立后历任浙江文史馆馆长、中央文史馆副馆长等。
②　第一记即避难五记之一《辞缘缘堂》。

十一月二十一日下午一时，我们全家十人和族弟平玉、店友章桂，共十二人，乘了丙潮放来的船，离去石门湾，向十里外的悦鸿村（即丙潮家）进发。这是一只半新旧的乡下航船，并非第一记中所述的玻璃窗红栏杆的客船。我们平时从来不坐这种船。但在这时候，这只船犹如救世宝筏，能超度我们登彼岸去。其价值比客船高贵无算了。因为四乡的船只都被军队统制。丙潮这只船不被封去，是万一的挂漏。上午他押送空船从悦鸿村开来，路上曾经捏两把汗。幸而没有意外。道经五河泾，我从船窗里望见河岸上的小茶店门口，老同学吴胜林与沈元（最近他已病死在失地里了！）二人正在相对品茗，脸上没有半点笑容。吴是本地人。沈是我的邻居，石门湾被炸后迁避在这乡下的。我颇想招呼他们，向他们告别。并且，假如可能的话，我又颇想拉他们下船，和他们一同脱离这苦海。然而事实上我并不招呼他们。因为他们都有父母，还有妻子；他们的生活都托根在本地，即使我的船载得下他们两家的人，他们必不肯跟了我去飘泊。所以我不向他们招呼、告别，免却了一番无用的惆怅。石门湾镇上的人，像他们这样生活托根在本地的占大多数。像我这样糊口四方的占最少数。所以逃出的很少，硬着头皮留着的很多。"听天由命！""逃不动，只得不逃！""逃出去，也是饿死！"这是他们的理由或信念。我每次设身处地地想象炮火迫近时的他们的情境，必定打几个寒噤。我有十万斛的同情寄与沦落在战地里的人！

船到悦鸿村，已是傍晚，更兼细雨。石埠子发滑，丙潮一一扶我们上岸。预备在他家吃了夜饭，略事休息，于半夜里开向杭州。丙潮的继母，是我的叔母的妹妹。虽有这瓜葛，我一向没有到过他家。今日突然全家登门，形势颇为唐突，但也顾不得了。丙潮的父亲是修行的，正在庙里诵经，大约是祈祷平安。丙潮的母亲，我叫她五娘姨的，捧着水烟筒出来迎接，连忙督率媳妇去为我们备夜饭。我们走进他

好友不期至

风急飞花昼掩门

们的房间里去休息，看见他们也有明窗净儿，窗外也有高高的粉墙。
我虽同他家素少来往，但一见就可推知这是村中的小康之家。想象
他们在太平时代，饱食暖衣，养生丧死无憾，又有"月明松下房栊静，
日出云中鸡犬喧"的清趣，真可令人羡煞。但是现在，村上也早已闻
到风声鹤唳。常有邻人愁容满面，两眼带着贼相，偷偷地走进来，对
屋里的人轻轻地讲几句话。屋里的人也就愁容满面，两眼带了贼相。
炮火的逼迫，已使得全村的房屋田地都动摇起来。我似乎看见，这主
人家的那一副三眼大灶头，根柢已经松动，在那里浮荡起来了。主人
有两房儿媳，均已抱孙。丙潮是次房，有一子方三岁。全家一向融融
泄泄地同居在这村屋中。现在主人将把次房儿孙交付给我，同到天涯
去飘泊，是出于万不得已吧。他的意思是：大难将临，人命不测，而
不孝有三，无后为大。故把两房儿孙分居两处，好比把一笔款子分存

两个银行，即使有变，总不会两个银行同时坍倒。我初闻此言，略起异感；这异感立刻变成严肃与悲哀。这行为富有悲壮之美！为了保存种族，不惜自己留守危境，让儿孙退到安全地带去。这便是把一族当作一体看，便是牺牲个体以保存全体。能推广此心，及于国家、民族和人类，则世界大同也是容易实现的。我极愿替他带丙潮一房出去，同他们共安危。故乡的亲友中，比丙潮亲近而常来往的，不知凡几。今当远行，偏偏和这疏远而素不来往的丙潮在一起，全是天意！而丙潮爱好艺术，视画如命，原属我辈中人，又是天意！

半夜里，大家起身。丙潮夫人把钞票缝在孩子的棉衣领里、背心里，和袖子里了，预备辞家。他们又办了两桌菜，给我们吃半夜饭。将欲下船，丙潮含了两眶眼泪，问我要不要到庙里去向他父亲告别，后半句呜咽不成声了。我在理性上赞成他行这个礼，在感情上不赞成他演这种悲剧，踌躇不能对。后者终于战胜了前者，我劝他不必去了。于是大家匆匆下船。一行大小十五人。行李一共不过七八件。知道行路难，行李大家竭力简单。我们十人，行物已简单到无可再简的程度。每人裹在身上的一套冬衣而外，所谓行李者，只是被褥，日用品如牙刷、毛巾、热水壶等，和诸儿正在学习的几册英文书、数学书而已。我的书籍文具，一概不拿。因为一则拿不胜拿；二则我不知因何根据，确信石门湾不会糜烂，图书没有人要，决定抱易卜生主义："不完全则宁无。"故我离开故乡时，简直是"仅以身免"。不过身边附有表一只，香烟匣一只，香烟嘴一只，和钱袋一只。钱袋内除钞票外，还有指南针一只，石章一方，边款刻着一篇细字《般若波罗蜜多心经》的牙章一方，和鉴赏心经时用的小扩大镜一具。这些旧物至今还随附在我的身边。

船里睡的半夜，不知怎样过去了。天明，船已开过新市镇。天气大晴，而远处有隆隆之声。这显然不是雷，必是炮声或炸弹声。我摸出指南针来一量，知道隆隆之声自北方来。我疑心桐乡、濮院等处已在打过来了。但恐惊吓船里的老幼，就把这恐怖藏在心里独自受用。好在这也同绘画、音乐的鉴赏一样：一幅画数十人共看，看到的并不少；一人独看，看到的也并不多。一支曲数十人共听，听到的并不少；一人独听，听到的也并不多。现在把这恐怖归我一人独自受用，受用的也并不多。然而船里的人终于大家恐怖起来。因为他们疑心这是炸弹声，一定有一批敌机正在附近大肆轰炸。倘使飞过来，我们这船一定是轰炸的目标。因为石门湾被炸后第二天，我们避居在离镇五里的南沈浜时，曾经亲见敌机又来轰炸石门湾。那时镇上的人家早已搬空，只有两只逃难船正在运河里走，就被用机关枪扫射，死了两个背纤的，伤了船里许多人。为有这事实，我们这船不敢再在青天白日之下的运河里走。约上午八九时，我们在一株大树下停泊了。上岸去一看，附近有一所坍损的庙宇，额曰白云庵。我们就进去坐。这庵破得不成样子，显然久已断绝香火了，只有一个老太太正在灶间烧芋艿。我们没吃早饭，正在肚饥，看见地上堆着生芋艿，就向她买，并且托她代烧，再给她柴火钱。老太太答允了，便搬出几个条凳来让我们在廊下坐。屋向南，太阳暖洋洋地晒着，很是舒畅，令人暂时忘记了自己是无家可归的流离者。吃饱了芋艿，女孩儿们穿着大衣，披着围巾，戴着手表，在水边树下往来嬉戏，全同在杭州西湖上游汪庄、郭庄一样。我心中戒严，就吩咐她们回船去把大衣、围巾、手表脱去了，并把两个较新的手提皮箱藏在船舱中。忽然，有四个穿黑衣服的中年男子来了。他们也到庵里来坐，注视我们，并互相耳语。平玉是老于江湖的人，就暗中通知我，教我当心。太阳正大，北方的隆隆声不息，庵门口有中国军源源不绝地开过。忽然飞机声近来了。大家吓得落胆，找地方躲避。幸而不是飞机，是一只小轮船开过。然而我们不敢开船，只得和那四个穿黑衣服的可疑的人在白云庵里默默相对。后来这四人出去了。我疑惧未释，过了一会，走到门外去窥探他们的行踪。但见他们并没有去，却在离庵数十步的树旁交头接耳，徘徊顾视。其视线常向着庵内。时已下午二时半，船人催着要走，我们就下船。四个穿黑衣的人站在远处监视我们下船。平玉走到离开四人最近的地方，故意高声喊道："到新市镇去！"实则我们这船开向与新市镇反对方向的杭州。我想：四人倘继续监视，一定看破这一点。我深恐平玉弄巧成拙，下船后疑惧更增。若果他们乘了小船追上来，不必有手枪，也可取得我们身上的钞票。我们大有转乎沟壑的恐怖。况且时光尚早，太阳正大，敌机的机关枪扫射又另是一种恐怖！

船行将近塘栖，我们又尝到一种异味的恐怖：一只船与我们的船对面行来，船里满装着兵。一个兵士站在船头上，当两船交臂的时候，他向我们的船里探望了一下，没有什么。两船背驰之后，他忽回转头来，向坐在我们的船头上的章桂叫问："喂！矮鬼子在什么地方？"章桂一时听不懂他的话，讨一句添。那兵士重说一遍："矮鬼子在什么地方？"章桂还是听不懂，回答他一个"不晓得"。这时两船已经背驰得很远，这问答就结束了。我坐在章桂邻近的船棚下，分明听见这番问答。最初我也听不懂。因为我虽然从那隆隆的炮声而推测敌已犯桐乡、濮院，然主观不能承认，感情不肯确信；主观和感情之所以反对者，因为我的心中自有一个从某种灵感得来的信念：我决不会披发左衽。因此我确信自己决不会遇到敌人。因此我不预备别人问我们敌人的行踪，最初也不能理解那兵士的话。但是听了两遍，终于听出了。我告诉了章桂，大家回想，又证之以坏境的种种现状，就确信矮鬼子已经逼近我们，这一船兵士是去抵抗的！我探望船外，看见运河之水，既广且深。矮鬼子倘用汽船溯运河而来，我这只人力船定被追及！到那时候要免披发左衽，唯有全家卜居于运河之底，长眠于河床之中。我催船人摇快一点，但没有说明理由。船人不解其意，虚应了一声。

忽然那边有人喊我们停船。我探首一望，喊停船的是另一只兵船，他们一面大喊我们停船，一面拼命地凑近我们来。船上人说："要拉船了。"拼命地逃，不理睬他们。他们的喊声更严厉了。我再探首一望，看见兵士已举枪向我们瞄准，连忙命船人停手。可是风很大，水很急，一时停不得，船就在中流打圈子。打了七八个圈子，兵船已凑得上来，两个兵士拉住了我们的船棚木，两只船就一同在运河的中流打圈子。我以为要逐我们这一群老幼上岸了。幸而不然，只是要借一个船夫。那兵士指着我们的来处说："前方很紧急，我们要赶快运东西去。你借给我一个人，摇三十里路就放他回来。"说着就拉住我们船上把大橹的丫头（三十余岁的男工）①，拼命地拉到他们的船里去。丫头拼命地挣扎，并且叫喊。另一个兵士就拿枪柄来打丫头的屁股。其间我曾经向他们讲些道理，但都不被理睬。到这时候，我大声叫喊了。我劝丫头不要挣扎，我们一定在塘栖等他。谁知我们从此断送了一个丫头。因为我们开到塘栖，看见两岸的商店房屋，统统变成兵营。且有许多兵窥探我们的船，都有想拉的样子。我们势不能在塘栖等丫头的回来，只得管自开了。于是我们在船里作种种检讨：有人说，"摇三十里放回来"是说说的。即使我们真个在塘栖等候，也是徒然。有人说，在这局面之下，我们对丫头爱莫能助了，也没有什么对他不起。唯丙潮有一点不放心：丫头原是丙潮村上的人，由丙潮雇请来为我们摇逃难船的。丙潮知道他身上不曾带钱。假如兵士没有送他工钱，他走回家去，路上要挨饿！为了塘栖等候的失信，我对丫头也万分抱歉。然而没有法子报谢。唯有叮嘱丙潮，船到杭州后，托船人带加倍的工资去送丫头。

半夜里，船摇到了拱宸桥，就在桥外停泊了。大家肚饥。船里有

---

① 在作者家乡一带，从前惯于称独子、宠儿为"丫头""小狗"等。

青天白日下，到处可为乡。

饭而没菜。幸而丙娘娘拿出一个枕头来。枕头里装的是熏豆。于是拆
开枕头，大家用熏豆下饭。有的人嫌它太干，下不得咽。又幸而船上
有酱油。于是用酱油淘饭。吃过了饭，另一只船也开到了，停泊在我
们的旁边。章桂等出去探望，认得船里的人是张班长，便同他攀谈起
来。所谓张班长，是曾在石门湾当过公差的人。为欲探问消息，我也
走出船来和他谈话。他的船很小，没有棚，船上用一张芦扉障风御寒。
时值严冬，况已夜半，船里不能过夜。他正在拿些衣物，想上岸去求
宿；满口咒骂叹息，分明是不胜其悲愤者。我同平玉、章桂、丙潮四
人跟着他上岸，一边问他消息。据说，他是从桐乡来的。他的家眷住
在桐乡。他今天去接，不料桐乡正在杀人放火，他险些儿送了命，幸

而坐了这小船逃脱。讲到这里，其人长叹一声，"唉！我家里的人不知怎么样了！"午夜的寒风把他的余音吹得发抖，变成一种哭声。惊惧之极，我反有余暇来鉴赏他的哭声。我想起颜渊所闻的桓山之鸟的悲鸣声，大约有类于此。我等默默跟着他走，走进一间房子。这房子里面荒凉而广大，好似某种作坊。内有一个伛偻的老头子伴着一盏菜油灯。张班长同他好像本来相熟的，并没有讲什么借宿的话，就把肩上一只行囊除下来放在一堆砻糠旁边的一堆烂木头上。我们再问前方的情形。他在摇头、叹息和颤抖中间断断续续地讲了几句话："啊哟，杀人！""啊哟，放火！""啊哟，强奸！"就把身子钻进砻糠堆里去睡觉了。我们见此情形，面面相觑，大家觉得惊奇，而又发笑。然而这时候没有心情讨论砻糠里如何睡觉的问题，大家默默退去，再去找那伛偻的老头子谈话。我问他："杭州到桐庐还有公共汽车吗？"那老头子向我发出鄙视的笑声，说道："还想汽车？船也没有了！还是前几天，他们雇桐庐船，出到一百六十元！现在是一千六百元也雇不到了！"我们默默地退出。将下船，我叮嘱三人一句话："不要把张班长所说杀人放火等话告诉船里的人。"

回船，我但言情形紧张，船只难得，我们恐非步行不可。就劝大家把行李挑选，求其极简。把可以不带的托船户载回悦鸿村去，免得抛弃道旁。我妻和丙潮夫人皆有难色，但我们力劝，她们终于打开包裹箱子来，复选了一次。我也打开皮箱来，把孩子们正在诵读的三册笨重的英文原本 Stevenson：*New Arabian Nights*（斯蒂文生：《新天方夜谭》）统统拿出；又把英文字典拿出；又把我的一册 *English Japanese Dictionary*（《英日辞典》）拿出；简之又简，结果只剩几册几何演草等买不到的东西而已。于是索性把这些东西塞在包裹里，把其余的东西连皮箱交给船户，请他退回悦鸿村去。时候已过夜半，船里的人互相枕藉地就睡了。我睡不着。我想起了包裹里还有一本《日本帝国主义侵略中国史》和月前在缘缘堂时根据了此书而作《漫画日本侵华史》的草稿。我觉得这东西有危险性。万一明天早晨敌人追上了我，搜出这东西，船里的人都没命。我自己一死是应得的，其他的老幼十余人何辜？想到这里，睡梦中仿佛看见了魔鬼群的姿态和修罗场的状况，突然惊醒，暗中伸手向包裹中摸索，把那书和那画稿拉出来，用电筒验明正身，向船舷外抛出。"咚"的一声，似乎一拳打在我的心上，疼痛不已。我从来没有抛弃过自己的画稿。这曾经我几番的考证，几番的构图，几番的推敲，不知堆积着多少心血，如今尽付东流了！但愿它顺流而东，流到我的故乡，生根在缘缘堂畔的木场桥边，一部分化作无数鱼雷，驱逐一切妖魔；一部分开作无数自由花，重新妆点江南的佳丽。我坐着蒙 就睡，但听见船舱里的孩子们叫喊。有的说胸部压痛了，有的说腿扯不出了，有的哭着说没处睡觉。他们也是坐着，互相枕藉而就睡的，这时吃不消而叫喊了。满哥①被他们喊醒，略为安排，同时如泣如诉地叫道："这群孩子生得命苦！"其声调极有类于曼殊大师受戒时赞礼僧所发的"悲紧"之音，在后半夜的荒寂的水面上散布了无限的阴气。我又不能入睡了。

　　五点钟，天还没亮，大家起身。（其实无所谓起不起，大家坐着睡觉的。）带了初选复选后的精选的行李上岸。虽经精选，连棉被等毕竟也有两三担。但是岸上无人，挑夫无处寻觅。只有几个兵在那里站岗。他们都一脸横肉，杀气腾腾，用电筒探照我们，发见是一群难民，脸上的横肉弛懈而去。我们向附近各处找挑夫，结果找到二人。行李作两担太重。于是轻的东西由各人自己拿了。船里还有两个被包，再也带不动。我不谋于家人，擅自放弃在船里，交船户带回去了。这一

---

① 满哥，即作者之三姐丰满。在作者家乡一带，有一时期盛行以哥、弟称呼姐妹。

件事虽小，却引起了长期的后悔。因为这两个包裹里是两条最上的丝绵被和几件较新的衣服。我们经过江西、湖南，以至广西，一路都没有丝绵。每逢冬天，大家必然回忆起这两个包裹来，而埋怨我的孟浪。因为当时第三个挑夫并非绝对雇不到的。况且后来得到失地里传出来的消息，丙潮家于地方失陷后即遭盗劫，我们所寄存的东西一概被抢。所以当天交船户带回去的东西，等于抛弃路旁！"早知如此，拱宸桥上岸的时候无论如何也背了它走！"直到两年后的现在，我家已由广西深入贵州，家人还常讲这样的话。我最初常在心中窃怪：缘缘堂中无数的衣服、器具、书籍尽付一炬，何以反不及拱宸桥抛弃的一些东西的受人怜惜？后来一想，这里边大有道理：缘缘堂所损失的虽多，其代价是神圣抗战以求最后胜利，是大家所甘心的。拱宸桥所损失的虽小，但由于慌张与无计划，因此足以引起长期的后悔。我更加怀疑世间注重物质的人了。人根本是唯心的动物。义之所在，视死可以如归，何况区区身外之物？情所不甘，一毛也不肯拔，何况拱宸桥船里崭新的丝绵被与衣服呢？

行李已有人挑。言定每人工资三元，挑到六和塔下。但是人的进行还有问题：从拱宸桥至六和塔，三十六华里，十五个人中有十三个能走。只有丙潮家三岁的传农和我家七十岁老太太走不动。丙潮背负了传农，老太太却无办法。摇船的都是丙潮的同村人。我托丙潮商借一人，请其背负老太太。言明送到桐庐，奉送相当的报酬。结果一个长身的壮年人，名叫阿芳的，来应我的聘。就请阿芳背了老太太。一行十六人，行李两担，于晨光熹微中迤逦向六和塔进发。杭州可说是我的第二故乡。小时候①在这里当过五年寄宿生，最近又在这里做了多年的寓公。城中田家园三号我的寓屋，朋友们戏称为我的"行宫"

---

① 小时候，此处指青少年时期。

的，到最近两个月之前方才撤消。所以我们一家人对杭州都很熟悉。但这时候，大家都不认识它了。因为它的相貌已经大变。从前繁盛的街道，现在冷落无人。马路两旁的店铺都关上门，使人误认为阴历正月初。但又没有正月初所特有的穿新衣裳拜年的人，和酒旗戏鼓之类。只是难得有几个本地人战战兢兢地走过，用一双好奇的眼光向我们注视；或者一队兵士匆匆忙忙地开过，用一排严肃的眼光向我们扫射而已。行了一程，老太太发生了问题：她的胸部贴在阿芳的背脊上，一抛一抛地走，上压力大得很。走不到十里路，气喘得说不出话来，决不能再走了。扶了她走呢，一步不过五寸，一分钟可走十步，明天才

江南水乡

走得到六和塔。幸而平玉有门路，出重价访到了一顶轿子。这才如鱼得水，悠然而逝了。我们行了一程，西湖忽然在望。保俶塔的姿态依然玲珑，亭亭玉立于青山之上，投一个清晰的倒影在下面的大镜子中。这分明就是往日星期六我同儿女们从功德林散出时所见的西湖，也就是陪着良朋登山临水时所见的西湖，也就是背着画箱探幽览胜时所见的西湖。如今在仓皇出奔中再见它，在颠沛流离中和它告别，我觉得非常惭愧，不敢仰起头来正面看它。我摸出一块手帕来遮住了脸，偷偷地滴下许多热泪来。辞家以来，从没有流过泪。今天遇于一哀而出涕，窃怪涕之无从。我们平日的自然观照，大都感情移入于自然之中，故我喜，自然亦喜，我愁，自然亦愁。但我当时的自然观照，心理并不如此。我当时把西湖这自然美景当作一个天真烂漫的婴儿看。他不理解环境的变迁，不识得人事的沧桑，向人常作笑颜，使人常觉可爱。在这风雨满城，浩劫将至的时候，他的姿态越是可爱，令人越是伤心。我的涕泪即由此而来。平玉走在我近旁，还以我是为了抛弃故乡的财产，身受流离之苦痛而哭。用不入耳之言，来相劝慰。唉！他如何能理解我的心情！

走到南山路，空袭警报来了。我们一群人，因为走的快慢不同，都失散了。只得各人管自逃命。我逃进一个树林中，看见里面有屋子，屋子里都是兵士。他们都不介意，我也放心了些。过了一会，飞机声响了，炸弹爆发了。声音很远，兵士说是炸钱江大桥。我想，我们正是向着这地方前进，走得快的，逼近目标，一定比我吃惊更多。但也无法顾及他们了。幸而大家无恙，于下午二时许会集于六和塔下的一所小茶馆内。坐在这小茶馆内的三小时的生活，我将永远不能忘却。在这里我尝到了平生从未尝过的恐怖、焦灼、狼狈、屈辱的滋味。现在安居在后方补记此事，提起笔来还觉寒心。我们一到六和塔下，大家又疲又饥。道旁的店铺都关门，只此一家还开着。这就成了我们

一轮红日山边出

的唯一的休息所。店门口还有一个卖油沸粽子的，更是难得。我们泡了几碗茶，吃了些油沸粽子，就开始找船。先问茶店老板。谁知这老板有意趁火打劫，想拿我们作牺牲，他最初笑我们一大群人，到此刻还想走桐庐。他把前几天难民雇船的困难一一告诉我们，其结论是今天无论如何也雇不到了。他告诉我们这钱江大桥的脚上，早已埋藏炸药。早晚可以炸断。昨天敌人已经打到了临平（是骗我们），今天这桥要炸断也说不定。我信以为真，说些好话，请他帮忙。他得意地笑道：“法子倒有一个：走路，凉亭里宿夜。”他说时用手指点我家的七十岁的老太太，又用手指点门外细雨蒙蒙中的泥泞的路。时候已是下午三时，茶店老板的帮助已经绝望。我只有委托平玉、章桂二人负责觅船，意在必得。二人受嘱，深入江之上游，百计搜求。四时许，一女子自外来，谓现有一船，赴桐庐至少七八十元，如肯出，即可同去下船。我们嫌贵。那女子怫然而去，走入店之内房。我记得曾经在茶店内房门隙中看见过这女子，料定她必是老板娘。于是恍悟老板的奸计。我的胆子忽然大起来，不理睬他们，管自坐着吃茶。过了一会，老板来下逐客令了："喂，你们这一大批人究竟怎样？坐了大半天还不走！座位都被你们占杀了！"我遏住心头的无明业火，婉言答道："我们没办法，只得再坐一下。你再泡几碗茶来，我奉送加倍的茶钱是了！"老板冷笑道："我们要关门了！有船你们不要坐，老坐在我这店里算什么呢？"他指着我们对旁人说道："你们看，这店好像是他们开的了！"又对我说："我们要关门了！你们马路旁边坐吧！"我正在无地容身的时候，平玉和章桂来了。他们带了一个船户来，要我同到某处去讲价。我绝处逢生，对于那不仁老板的愤怒，忽然消解了一大半。我叮嘱大家忍气吞声，再坐一下，便起身而去。出门时犹闻老板的咕噜之声，但只作不闻，绝不理睬。我们跟着船户走到一处地方，一个警察模样的人正在等候我们。他对我说："这船原是我们机关里封着的。但我们一时无用，可以让给你。开到桐庐，你付他二十五元，不可再少。"我一口答应，并且表示感谢。我们拿出两块钱来送他。强而后受。既得船，我连忙回到茶店去通知家人上船。半路里遇见一部分人正在走来。他们因为受不了老板的白眼，宁愿彷徨于歧途了。他们得知这消息，如久旱之逢甘雨，连忙下船。我回到茶店，救出了其余诸人，便付茶钱。老板脸上凶相已经不见，只见非常颓唐的颜色，大约他失败之后，对于刚才的不仁已经后悔了；他来收茶钱的时候，我瞥见他的棉袄非常褴褛，大约他的不仁，是贫困所强迫而成的。人世是一大苦海！我在这里不见诸恶，只见众苦！

下午五时，正欲开船逃出这可怕的杭州，忽然又来一种阻力，使我们几乎走不成。阿芳正欲下船，忽被兵士拉去挑担了！我们再三说情，兵士说"一下子就放他回来"，便押着他远去了。我们昨天损失了一个丫头，不能救回，抱歉满胸。今离乡已远，时局又紧，这阿芳必须救他回来一同逃难。姑且相信兵士的话，把船停在江边等候。然而警察模样的人来劝告了。他说："你们应该赶快开！被他们看见了，一定请你们上岸，把船拉去。"我们把左右为难的情形告诉他，大家搔头摸脚了一会。忽然一个军人跳上船头来，说"借一借！"就收起船缆，一脚把船撑开，大家吃了一惊，后来才知道这军人住在一只大轮船内，大轮船靠不得岸，停在江心。他要借我们的船摆一个渡，去大轮船上取物，于是大家放心。反从这军人得到了好消息。他站在船头上报告我们："平望我军大胜，敌人死伤无算。他们无论如何打不到杭州。"平望在湖州境内，离我乡不远。如果我军大胜，我乡不会沦陷。讲到这里，大家拍手喝彩。等到兵士取物完毕，把船撑回岸边归还我们的时候，阿芳已蒙兵士放回，在岸边等我们了！大家又是拍手喝彩，连忙开船。等到船离一二里，遥望江干，六和塔可以入画的时候，我心里好似放下了一块大石头。我这时候已能用完全"无关心"①的眼睛来鉴赏江干的风景了。自然永远调和、圆满，而美丽。唯人生常有不调和、缺陷与丑恶的表演。然而人生的丑，终不能影响大自然之美。你看：人间有暴徒正在从事屠杀，钱江的胜景不但依旧，又正像西施得了嫫母的对照，愈加显示其美丽了。我过去曾把自己的悲欢的感情移入于自然之中，而视自然为我忧亦忧、我喜亦喜的东西，未免亵渎了大自然！

我在不仁老板的店门口买了些油沸粽子下船，这时拿出来分送给船里的十余个饿人，就当作夜饭了。我名下派到一只。这一只油沸粽子非常味美，为我以前所未曾尝到。我一粒一粒地吃，唯恐其速完。我欣赏一粒一粒的米，由此发见了人类社会的祸苗：这美味，分明不在粽子上，而在我的舌上。可知味的美恶无绝对价值，全视舌的感觉而定。大饥大荒，则树皮草根味美于粱肉；穷奢极欲，则粱肉味同糟

---

① 　无关心，来自日本文，意即不关心。此处指心中毫无牵挂。

粕，而必另求山珍海味。得十求百，得百求千，得千求万……这人欲的深渊没有底止。人类社会中一切祸乱，都是这种人欲横流而成！在这类的遐想中，我昏沉欲睡。满船的人都劳倦，不久全船静悄悄的。唯有船老大在暗中撑着这一船劳倦的难民，向钱江上游迈进。你以为这船老大是超度众生的大慈大悲救苦救难观世音菩萨吗？不，他是魔鬼。半夜里，他就显出原形来。

我睡梦中听见人语，还以为是缘缘堂中早起浇花的儿女们的笑语声；惊醒细听，方知身在逃难船中，这是船老大与平玉的对话声。船已经停泊。船老大正在诘问平玉："到桐庐你给我多少钱？"平玉回答："不是讲好二十五块钱吗？已经付你十五块，到桐庐再付你十块！"对话就这样继续下去：

"哪个同我讲到？二十五块钱怎么到桐庐？"

"那位警察同你讲到。我们在六和塔下当场付你十五块钱！"

"那钱是你们给他的，我没有用得！"

"啊哟……"

"你们要到桐庐，究竟出多少钱？"

"二十五块！已经付了你十五块！"

"二十五块？现在什么时候？我不去了！"说着他就上岸去。

我从船棚缝里望望岸上，最初一团漆黑；渐渐看见一片荒地，岸边站着几株小树和一个船老大的可怕的黑影，我此时愤懑填胸，关不住了，就发泄出来。我厉声向那人说：

"喂，我们明明讲好的，你怎么没信用！你想敲竹杠，欺侮我们逃难的人！你这……"平玉连忙阻住了我，低声下气地对那人说：

"喂，船老大，有话好讲！现在的确不比平常时候，你要多少，总可商量。不过我们家里已被鬼子打掉，现在只剩这几条命了。你要多少，我们到了桐庐一定向亲戚朋友借来送你。不过你既然载了我们，请你一定送到，总算救救我们的命！"

我佩服平玉的机警，自惭太老实，几乎闯祸，于是也压住了一肚子气，把语气从强硬转到哀婉，说了些好话。船老大风凉地说道：

"我撑不动了。锅子里有饭，你们吃吃饱吧！"

这话有一股阴气笼罩了满船的人。我立刻想起了《水浒传》中某一回来。平玉穿了套鞋上岸了。我看见他手扶着一株小树，同船老大低声谈判。过了好一会，谈判完成，最后的结论是到桐庐送他四十五块钱，六和塔下付的十五块钱作废。平玉满口好话，伴了船老大一同下船。船又开了。船里人都醒了，然而静悄悄的，没有一句话。只有平玉向我耳语："我已用草柴在岸边的小树上打了一个圈。万一有事，我们可向这记号的地方去追究。他的伙伴一定在这里头。"我佩服他，究竟是老江湖。在我，做梦也不会想到这种策略。船已经依旧向前迈进。想来今晚不会再有事了。然而我辗转反侧，不能入睡。我觉得这船老大很可怜。他是一个魔鬼，但是魔鬼中的有道君子。他不敢用武力威胁，正是阿Q所谓"君子动口不动手"。他敲诈不求现交，信用我们的话，愿意到桐庐收款，足见"盗亦有道"。为爱惜维护这一线"信义"，我颇想履行条约，到桐庐时付他四十五元。但平玉胸有成竹，定要惩戒他，我也不便干涉了。

船到富阳，是次日的清晨。我们肚子饿得很，大家上岸去找食物。我同了两个孩子，到一所小店里去吃素面。约有两天不得吃热食了，这碗面热辣辣的，味美无比。正在想吃第二碗，章桂来催我们下船了。说是兵要拉船，须赶快开走为妥。于是买了些干粮匆匆下船。有的人买了肉馒头带到船里，慢慢地吃。我看见他们的馒头里裹着一块大肉，半块露出在外面，我素来不知肉味的人，看了也可推想其广告力之大。我没有到过富阳，这时匆匆一踏其地，所得的印象，只是热辣辣的素面与广告性的肉馒头而已。

　　这一日天气晴朗，冬日可爱。我们把船棚推开，坐在船头上欣赏江景，算是苦中作乐。我们在江里常常遇着别的逃难船。并舷的时候，彼此交谈一会，互述来路及去处。有好几个人问我们："你们到了桐庐想再走吗？"我们回答说："不定。"其人大都摇摇头，表示非再走不可。我望见岸上有黄包车，载了人和铺盖在走长途。又有一种极简单的轿子：两根竹杠上挂下两块板来，高的一块坐人，低的一块踏脚。我们看惯藤轿官轿的，最初以为这是专为逃难而造的轿子。后来深入内地，才知道山乡走长路的轿子都是这样简单的。

　　船到桐庐，已是晚上十点半。我们在船里远远望见一座高楼，玻璃窗内灯烛辉煌，大家很高兴，预想这一定是我们的休息慰安之所了。停泊后，我同平玉、丙潮上去找旅馆。一连问了好几家，都没有空房。占住着的全是兵士，连走廊里都有人躺着。只有一家旅馆，有一间大厅，厅的一旁已经有兵士睡着，另一旁可以租给我们住。我们十六个人中，只有五个是男子，其余的都是女人或小孩。教他们同兵士杂处在一间屋子里，他们一定不肯，我也一定不做。计无所出，只得先去访问了马先生再说。迎薰坊不远。一敲门，开门出来的是张立民君。他的一双眉毛和一脸糙胡子，大类日本人画的达摩祖师所有的，本来富有严肃之气。见我半夜三更敲进马先生的门来，大约已知情形不妙，脸色愈加严肃了。他住在楼下的厢房内，就延我们三人到厢房内坐。我说明了来意，他就上楼去通知马先生。我想阻止他。因为时已十一点钟，马先生一定已经就寝，我不该惊扰他。然而这回我竟惊扰了他。炮火的暴力使我越礼于我所尊敬的人，过后思之常抱遗憾。往日在杭州，我的寓所常在他家的近邻。然而我不常去访，去访时大都选择阴雨的天气。因恐晴天去访，打断他的诗兴或游兴。我每次从马氏门中回出来，似乎吸了一次新鲜空气，可以继续数天的清醒与健康。数天之后，又为环境中的恶浊空气所困，萎靡不振起来。

湖光都欲上楼来

"八一三"前我离开杭州后,不曾再吸过这种新鲜空气。这一天半夜里,我带了满身的火药气与血腥气而重上君子之堂,自觉得非常唐突。我在灯光下再见马先生。我的忧愁、疑惑与恐惧,不久就被他的慈祥、安定而严肃的精神所克服。我又觉得半夜惊扰的唐突还可乞恕,这副忧愁、疑惑、恐惧的态度真是最可鄙的。然而马先生并不鄙视我,反而邀我这一船难民立刻上岸,到他家投宿。在无可奈何之下,我也不及辞让,就派平玉和丙潮去迎取船里的老幼上岸。难民像侵略军一样,突然占据了他的一楼及一厢。占据了还不够,平玉和船老大又在堂上演了一幕丑剧!

平玉昨晚向船老大哀求乞怜之后,今天坐在船头上,脸上常常现出愤愤不平之色。我曾戏称他为"不平玉"。他皱一皱眉头说:"我有办法,到桐庐发表。"大家笑他,又戏称为"桐庐发表"了。原来我们都是平玉所谓"好人"。我们昨夜没有吃刀子、绳子或冷水馄饨,心中就感谢皇天好生之德以及船老大不杀之恩,无暇顾及报复或惩戒了。所以怪他不平,笑他有什么办法,以为他是说说罢了。谁知人和行李全部上岸之后,船老大站在马氏堂前等候付价的时候,平玉忽然满脸溅朱,一把抓住了船老大的胸脯,雷鸣一般地骂道:"你这忘八,半夜里敲诈良民,我拉你公安局去!"说着,拖了船老大就走。船老大的一件短小破棉袄,被他使劲一拉,半件缩了上来,挤在胸前,下面露出裤腰和肉体来。我们大家上前劝解,平玉放了手,回转头来向着马先生,一五一十地诉述这船老大的可恶。抵掌而谈,几乎把唾沫溅在马先生的脸上。船老大如同遭了雷殛一般,咕噜地说了些话,便在庭中双膝跪下,对天立誓了。他用近似于杭州白的一种口音哀号地说:"我某某倘然有心敲诈,天诛地灭,百世不得超生!"又跪着哭诉了许多话,对马先生表白他的无罪。他一定是认马先生为皇天,觉得"到此难瞒"了。不然,昨夜那么凶狠的一个魔鬼,世间哪个人能够使他变成如此驯良的一个人，而跪着忏悔呢？这决不是平玉的武力所能致。我回想昨夜的情形，而观照此刻的现象，觉得这是《最后的审判》中的一幕。Michelangelo（米开朗琪罗）在 Sistine〔西斯廷（礼拜堂）〕壁上所绘的画中，决定找不出这样动人的一幕。

这一幕丑剧的最后，经我们劝解，平玉收回了赴公安局的成命，照六和塔下原约付了他十块钱，然后闭幕。这晚我睡在马先生家的厢屋中的小铁床上，身体很舒服，而心甚不安。人间以飘泊为苦，比之于蓬絮。我带着一大群眷族，这飘泊又非蓬絮可比。我们从这时候起，渐感觉一家好比覆巢之鸟，今晚幸得栖息于这高枝上，但终非久长之计。我总得另营一个新巢。三天之后果在离桐庐二十里的河头上找到了我们的新巢。

这时候马氏门人在桐庐的，除前述的张立民以外，还有王星贤。从我门外汉看来，马先生如果是孔子，则王、张就好比是颜、曾[①]。记得投奔马氏的第二天，我早晨起来，听见孩子们在那里说："昨夜睡时无垫被，冷得很！"在平时，例如旅行中携带不周，或家居时天气骤寒，被褥在箱橱中未及拿出，他们偶尔也有这样的诉说。今天他们也只如平时地诉说，并不作啼饥号寒的语调。然而这声音传入我的耳中，异常凄楚。因为现在我们更无箱橱，这是真正的号寒！我家虽贫贱，这群孩子从来未曾受过真正的冻馁。今日寇相追，使我家的孩子们身受冻馁之苦，我岂能坐视？我立刻赴市上买了垫被回来给他们。我脸上的悲愤之色，终日不消。大约这已被张君所注意了。他有一次同我在路上走，诚意地对我说："你要远行，路上倘不便的话，你家的老太太可以住在这里，我替你看顾。"我曾经对他说过："我想到汉口，而任重道远，难于实行。"现在他用这样的话来慰藉我，我当

———————

① 颜、曾，指孔子的学生颜渊和曾参。

时的感激，真难于言宣。我在这戎马仓皇中扶老携幼而逃难，若非有这种朋友的慰藉，其结果不堪设想。但他不是本地人，况且时局变化正未可知。我决不可以此相累；然而他的慰藉使我觉得人间还有"爱"的存在，我还有生的意味。勇气一增加，悲愤就消失。我想，张君一定能"老吾老"，故能"以及人之老"。王君为学不厌。后来我曾和他同住过数月，见他终日伏案读圣贤书，而且鼻子里哼出一种音调来。足见其中大有乐趣。古人有"此肘三十年不离案"者，我想就是这种人。他又诲人不倦。我曾和他同在一个学校里当教师。见他从来不请假，恪守教师的一切任务。听说他以前在别处教课，也是从来不缺课，病假一定照补的。这可谓教不倦。他的生活非常俭约。他的衣服很朴素，一袭恐不止穿三十年。他的帽子古色苍然，一冠恐不止着十年。他的两个肩膀微微扛起（而且微有高低），无论何时都像准备鞠躬的样子。他说话时，对无论何人都和颜悦色，低声下气；在无论何时都从容不迫，侃侃而谈。我决不能想象此人怒骂的样子。我和他在一个师范学校里同事的时候，膳厅里的饭比箪食瓢饮更苦，同事都不堪其忧，只有此人不改其乐；每天欣然地上饭厅，欣然地上教室，从来不曾在房间里扇一个风炉。我猜想他已经找到了"孔颜乐处"了。我的新巢，即因王星贤的辗转介绍而得来。

王星贤有一个学生，姓童名鑫森的，以前不知什么时候曾经因不知什么人的介绍而向我要过一幅画。这时童君来马府访老师，知道我逃难到此，就来相见，并且邀我到一家菜馆里去吃饭。这时候马先生已决定迁居离城二十里的阳山坂（畈）的汤庄，我为欲追随马先生，正想在阳山坂附近找房子。恰好这位童君有朋友姓盛名梅亭的，在阳山坂附近的河头上的小学当校长，而且是本地人。他就在席上写一张介绍片给我，托他在河头上找房子。我河头上的新巢因此找到。这一饭之恩实在不止一饭而已。我持片到河头上去找盛梅亭校长，居然承他转请他的叔父（是乡长），把三间楼屋借给我们住，不肯说租金，但说："我要感谢日本鬼。不是他们作乱，如何请得到你来住。"我找到房子，在马府已扰了四天。我心非常不安。马先生却对我说："你们不来住，兵士也要来住的。"其实那时的桐庐，兵士不一定强占民房。马先生这话是安慰我们这一批难民的。

十一月二十八日，我们辞别马先生，先行入乡。借乘马先生运书的船。请汤庄的工人志元同他的儿子凤传二人摇船。桐江山明水秀，一路风景极佳；但我情愿欣赏船头上的白布旗。旗上"桐庐县政府封"六字，是马先生的亲笔。（盖当时民间难得雇船，这运书船是由县政府代雇来的。）我珍爱马先生的字，而尤其珍爱他随便挥写的字，换言之，可说是"速写"的字。并非说他用心写出的字不及随便写出的字好，乃根据我的一种艺术欣赏论。我以为造型美术中的个性、生气、灵感的表现，工笔不及速写的明显。工笔的艺术品中，个性、生气、灵感隐藏在里面，一时不易看出。速写的艺术品中，个性、生气、灵感赤裸裸地显出，一见就觉得生趣洋溢。所以我不欢喜油漆工作似的西洋画，而欢喜泼墨挥毫的中国画；不欢喜十年五年的大作，而欢喜茶余酒后的即兴；不欢喜精工，而欢喜急就。推而广之，不欢喜钢笔而欢喜毛笔；不欢喜盆景而欢喜野花；不欢喜洋房而欢喜中国式房子。我的尤其珍爱马先生随便挥写的字，便是为此。我曾经拿他寄我的信的信壳上的字照相缩小，制版刊印名片。这时我很想偷了这面白布旗去珍藏起来，但终于没有这股艺术的勇气。

船到河头上，已是下午。留守汤庄的金先生已为我们买了鸡肉蔬菜，准备进屋请神之用。平玉就卷起衣袖去当厨司。盛乡长的房子三楼三底，很是宽大、坚固，而且新。分明建造得不久，梁上的红纸儿全没褪色。红纸上的字，为我所未曾见过：右边一个"有"字，左边一个倒写的"好"字。我们看了都不解其意。研究了一下，才知是"有到头，好到底"之意。我们草草安排了房室，就往屋外察看。这里毗邻的不过三四份人家，都是盛氏本家。四周处处有竹林掩护。竹林之外，是一片平畴。平畴尽处，是波澜起伏的群山。山形特别美丽的一方面，离我们不到一里之处，有一大竹林，遥望形似三潭印月。竹林中隐藏着精舍，便是汤庄，马先生即日要来卜居的。我颇想在我所租的房屋的梁上加贴一张红纸，红纸上倒写一个"住"字，但愿在这里"住到底"。谁知这一住不过二十三天，又被炮火逼走了！

这一住虽只二十三天，却结了不少的人缘。至今回想起来，还觉得有一根很长的线，一端缚住在桐庐的河头上，迤逦经过江西、湖南、广西，而入贵州，另一端缚住在我们的心头上。第一是几家邻居：右邻是盛氏的长房，主人名盛宝函的，是一个五六十岁的 loudspeaker^①，读书而躬耕，可称忠厚长者。他最先与我相过从，他的儿子，一个毛二十岁的文弱青年，曾经想进音乐学校的，便与我格外亲近。讲起他的内兄，姓袁的，开明书店编辑部里的职员，"八一三"时逃回家来的，和我总算是同事。于是我们更加要好。盛大先生教儿子捧了一甏家酿的陈酒来送我。过几天又办一桌酒馔，请我去吃。我们的前邻是盛氏的二房，便是替我租屋的小学校长盛梅亭君之家。梅亭之父即宝函之弟，已经逝世。梅亭是一个干练青年，把小学办得很好。他的儿子七八岁，天生是聋哑，然而特别聪明。我为诸邻人作画，他站在旁边看。看到高兴的时候，发出一声长啸，如哭如笑，如歌如号。回家去就能背摹我的画。他常常送酒和食物来给我。有一次他拿了一把炭屑来送我。我最初不解其意，看了他的手势，才知道是给我作画起稿用的。试一试看，果然选得粒粒都好，可以代木炭用。这聋哑孩子倘得常处在美术的环境中，将来一定是大美术家。

---

① 意即扬声器，这里是指大喉咙。

他的感官的能力集中在视觉上，安得不为大美术家呢？我们的后邻是盛氏的四房，四先生也是耕读的，常和我来往，也送我一甏酒，又办了菜请我去吃饭。只有三先生，即我的房东，身任乡长，不住在这里，相见较少，特地办了酒请我到乡公所去吃。乡公所就在学校里。学校里的美术先生姓黄名宾鸿的，是本乡人，其家在二十五里外的一个高山——名船形岭——的顶上。有一次他特地邀我到他家去玩。他的父亲和祖父都是善良忠厚的山民，竭诚地招待我，留我在山顶上住了一晚，次日才回来。凡此种种人缘，教我今日思之，犹有余恋。使我永远不能忘记，而为我这桐庐避难进行曲的 climax（高潮）的，是汤庄的负暄。

　　"逃难"把重门深院统统打开，使深居简出的人统统出门。这好比是一个盛大的展览会。平日不易见到的杰作，这时候都出品。有时这些杰作竟会同你自己的拙作并列在一块。我在桐庐避难，而得常亲马先生的教益，便是一个适例。我们下乡后一二天，马先生也就迁居到汤庄来。王星贤君及其家族一同迁来。他们和我相距不过一里。时局不定，为了互通消息及慰问，我的常访汤庄，似乎不是惊扰而反是尽礼，不是权利而反是义务了。我很欢喜，至多隔一二天，必定去访

写生

问一次。马先生平时对于像我这样诚敬地拜访的人，都亲切地接见，谆谆地赐教。山中朋友稀少，我的获教就比平时更多。这时候正是隆冬，而风和日暖。我上午去访问，马先生就要我和星贤同去负暄。僮仆搬了几只椅子，捧了一把茶壶，去安放在篱门口的竹林旁边。这把茶壶我见惯了：圆而矮的紫砂茶壶，搁在方形的铜炭炉上，壶里的普洱茶常常在滚。茶壶旁有一筒香烟，是请客的；马先生自己捧着水烟筒，和我们谈天，有时放下水烟筒，也拿支香烟来吸。有时香烟吸毕，又拿起旱烟筒来吸"元奇"。弥高弥坚，忽前忽后，而亦庄亦谐的谈论，就在水烟换香烟、香烟换旱烟之间源源地吐出来。我是每小时平均要吸三四支香烟的人。但在马先生面前吸得很少。并非客气，只因为我的心被引入高远之境，吸烟这种低级欲望自然不会起来了。有时正在负暄闲谈，另有客人来参加了。于是马先生另换一套新的话兴来继续闲谈，而话题也完全翻新。无论什么问题，关于世间或出世间的，马先生都有最高远、最源本的见解。他引证古人的话，无论什么书，都背诵出原文来。记得青年时，弘一法师做我的图画、音乐先生，常带我去见马先生，这时马先生年只三十余岁。弘一法师有天对我说："马先生是生而知之的。假定有一个人，生出来就读书；而且每天读两本（他用食指和拇指略示书之厚薄），而且读了就会背诵，读到马先生的年纪，所读的还不及马先生之多。"当时我想象不到这境地，视为神话。后来渐渐明白；近来更相信弘一法师的话决非夸张。古人所谓"过目成诵"，是确有其事的。记得有一次，有人寄一张报纸来，内有关于时局的消息。马先生和我们共看。他很快地读下去，使我无论如何也赶不上。我跳了几行赶上了，不久就落伍；再跳几行赶上去，不久又是落伍。这时我想，古人所谓"一目十行"，也是确有其事的。马先生所能背的书，有的我连书名都没有听见过！所以我在桐庐负暄中听了不少的高论。但不能又不敢在这里赞一词。只是有一天，他对我谈艺术。我听了之后，似乎看见托尔斯泰、卢那卡尔斯基等一齐退避三舍。王星贤记录着马先生每次的谈话。我向他借来抄一段在这里：

　　十二月七日丰君子恺来谒，先生语之曰：辜鸿铭译礼为arts（艺术），用字颇好。arts 所包者广。忆足下论艺术之文，有所谓多样的统一者。善会此义，可以悟得礼乐。譬如吾人此时坐对山色，观其层峦叠嶂，宜若紊乱，而相看不厌者，以其自然有序，自然调和，即所谓多样的统一是也。又如乐曲必合五音六律，抑扬往复而后成。然合之有序，自然音节谐和，铿锵悦耳。序和同时，无先后也。礼乐不可斯须①去身。平时如此，急难中亦复如此。困不失亨，而不失其亨之道在于贞。致命是贞，遂志即是亨。见得此义理端的，此心自然不乱，便是礼。不忧不惧，便是乐。纵使造次颠沛，槁饿以死，仍不失其为乐也。颜子不改其乐，固是乐。乐必该礼。而其所以能如是者，则以其心三月不违仁。故仁是全德，礼乐是合德。以其于体上已自会得。故夫子于其问为邦，乃就用上告以四代之礼乐。会不得者，告之亦无用。即如此时，前方炮火震天，冲锋肉搏，可谓极乱。而吾与二三子犹能于此负暄谈义，亦可谓极治。即此一念，便见虽当极乱之时，活机固未息灭。扩而充之，未必不为将来拨乱反正之因端也。非是漠然淡然，不关痛痒。吉凶与民同患，自然关怀。但虽在忧患，此义自不容忘。亦非故作安定人心之语。克实而言，理本如此。所谓真语者，实语者，如语者，不妄语者也。礼

---

① 斯须，意即一会儿。

风雨故人来

*乐之兴，必待其人。苟非其人，道不虚行。吾今与子言此，
所谓千钧之弩不为蹊鼠发机。善会此义而用之于艺术，亦便
是最高艺术……*

我希望春永远不来，使我长得负暄之乐。春果然不来，而炮火逼近来了。敌兵在吾乡石门湾与中央军相遇，打了四进四出。其间我们正在桐庐负暄。后来中央军终于放弃吾乡，说是"改变战略"，敌兵就向杭州进犯。有一天我们正在负暄谈义，听见远处有人造的雷声，知道炮火迫近来了。我们想走，天天在讨论"远行"或"避深山"的问题。我主张远行，并且力劝马先生也走。马先生虽只孑然一身，但有亲戚、学生、僮仆相从，患难中他决计不愿独善其身，一行十余人，行路困难，未能容允我的劝请。其实我也任重道远。老幼十五人，盘费只剩三百元，如何走得动！于是在附近找桃源。我想起二十五里外的船形岭顶上的黄家，以前我曾经到过一次的，觉得地利人和均合意。有一天我便雇了四顶轿子，请黄宾鸿引导，邀马先生和星贤一同上山观看。路上的人看见我们一连四乘轿子向深山去，大都惊惶，拦住轿子探问消息。足见时局已很紧张了。到了山上，黄氏父祖闻知马先生来，倒裳出迎，办起丰盛的酒食来款待；知道我们来觅万一的退步，便应允将新造的屋让出来给马先生住，还有老屋可以馆待我们。我们盘桓至下午二三点钟，方始下山。我还记得轿子在路亭旁休息的时候，我们入亭小坐，看见壁上用木炭题着一首诗，大约是出于农夫工人的手笔的："山上有好水，平地有好花。好花年年有，同栈不在乎。"马先生考辨了好久，说同栈恐是铜钱之误，于是对于作者的胸襟不凡大加赞叹。赞叹之不足，又讨论之；讨论之不足，又删改之。马先生改作云："山上有好水，平地有好花。好花年年有，铜钱何足夸。"王星贤别有所见，另为改作一首："山上有好水，平地有好花，好花

年年有，到处可为家。"当此之时，风鹤虫沙，已满山中；我等为寻桃源而来，得在长亭中品评欣赏农夫野老的诗歌，正是一段佳话，不可以不记。而这作者在长亭中弄斧，恰被鲁班路过看见，加以斧正，又是一段奇迹，更不可以不记。

邻人盛宝函请马先生晚酌，我也奉陪。黄昏席散，僮仆提灯来迎马先生返汤庄。我也送去。路上马先生对我说："近又作了一诗，比前（见第一记）□□得多，明天写出来给你看。开头是'天下虽干戈，吾心仍礼乐'。大意你或者可以想象了。"上文两个方框，我记不清是什么字，大体是和平中正之意，未便乱加，且付阙如。第二天我到汤庄，到手了一张横幅。上面写着：

避乱郊居述怀兼答诸友见问

天下虽干戈，吾心仍礼乐。避地将焉归？藏身亦已绰。
求仁即首阳，齐物等南郭。秉此一理贯，未释群生缚。
琐尾岂不伤，三界同飘泊。人灵眩都野，壹趣唯沟壑。
鱼烂旋致亡，虎视犹相搏。纳阱曰予智，佪规矜改错。
胜暴当以仁，安在强与弱！野旷知霜寒，林幽见日薄。
尚闻战伐悲，宁敢屡藜藿。蠢彼蜂蚁伦，岂识天地博！
平怀频沧溟，寂观尽寥廓。物难会终解，病幻应与药。
定乱由人兴，森然具冲漠。麟凤在胸中，豺虎宜远却。
风来晴雪异，时亨鱼鸟若。亲交不我遗，持用慰离索。

十二月十七八中，传闻将有大军来桐庐，欲利用山地作战场，以期歼灭日寇。傍晚果然开到了一批军队，敲我们的门，说要借宿一宵，明晨开赴杭州作战。兵队纪律很好。其长官晚上和我闲谈，说他是从吾乡石门湾退出来的，亲见石门湾变成焦土。又忠告我们，说：这地方不可再住，须得迁往远处或大山中。说不定这地方要放弃。明晨，兵队果然把地扫得精干净而开拔了。我忽然感觉得这里不可再留，连忙去汤庄，再劝马先生作远行之计。然马先生首阳之志已决，对于诸种环境的变迁，坦然不慌。我不能动他。于是返家收拾萧条的行物，与姐妻子女计议，故园既已成为焦土，我们留在这里受惊毫无意义，决定流徙于远方。岳老太太年已七十，不胜奔走之苦。我破晓起来同我妻商量，拟把老太太寄托与船形岭黄宾鸿家。因为他家也有七八十岁的老人，当不致因我家老太太而受累。我妻向老太太商请，得其同意。于是我们二人同赴学校请托黄君，黄君慨然允诺。当日雇了一乘轿子，由黄君领导，章桂护送，抬老太太上山。临别，许多人偷偷地弹泪，说不出话来。我心中除了离别之苦以外，又另有一种难过：我不能救庇一位应该供养的老人，临难把她委弃在异乡的深山中，这是何等惭愧的事！

　　我们的难民队中最干练的平玉已于前日冒险赴上海。阿芳也已回去。平玉有一朋友姓车的，住在我们附近的江边。我去托他找船，知道他也有远行之意。为了途中互助之计，我就约他同行，请他在门口的江边物色一只小船，定于明晨载我们到二十里外的桐庐城中，再找远行的船。布置已定，即走汤庄去辞别马先生，路上我想好了许多话，预备再苦劝他一番，务请他离开这飘摇的桐庐。但等到一走进门，望见了他的颜色，却一句话也说不出来。但觉得这里有一股强大的力。一切战争、炮火、颠沛、流离等事当着了它都辟易①。我含糊地说道："我也许要走，但没有定。"回到家里，写了一张纸送去，书面告别。邻人都依依不舍，彼此往返，辞送，馈赠，忙了一天。古语云："悲莫悲于生别离。"这种日子连过十天，包你断肠而死！事后我揽镜自

————————————

① 辟易，意即退避、惊退。

照，发见鬓边平添了不少的白发。

我在桐庐的最后一天，十二月廿一日的早晨，我们黎明即起，打点下船。一行十四人除去了老太太，得十三人。想起了西洋人的习惯，我一时对于这个数目觉得讨嫌。幸而车氏父子三人加入了，得十六人，便不介意。王星贤和马先生的外甥丁安期，管汤庄的金先生，搭我的便船赴城，欲用原船把马先生留存在城中的书载回乡下。王星贤看见我们十余人只有两担行李，表示惊讶。被他一提醒，我自觉得一寒至此，不胜飘零之感。幸而船到桐庐，不久找到了一只较大的船，言定二十八元送到兰溪，即于下午二时离开桐庐。一帆风顺，溯江而上。我抽了一口气，环顾家人，发见大家神情惘怅，如有所失，而吾妻尤甚。一个孩子首先说破："外婆悔不同了来！"言下各处响应，我在桐庐时看见公共汽车还通，便下个决心，喊船夫停船，派章桂上岸步行回船形岭，迎老太太下山，搭公共汽车到兰溪相聚。这时候杭州快要失守，富阳、桐庐一带交通秩序混乱。我深恐此事难得圆满。谁知章桂果能完成其使命：带了一位七十岁的老太太，搭了最后一班的公共汽车，与我们差不多同时到达兰溪。好像是天教我们一家始终团聚，不致离散似的！

第二记完。一九三九年十二月三日夜于都匀

第二编

"缘缘堂已被毁了。

倘是我军抗战的炮火所毁，

我很甘心！

堂倘有知，一定也很甘心。"

丰子恺·艺术的逃难

碯弹作华瓶 子恺

炮弹作花瓶

74

日寇侵略的脚步渐渐逼近。丰子恺一家原来避寇于浙江桐庐，现在也只能继续流亡之路，直奔长沙、汉口。

丰子恺在兰溪停留期间偶遇浙江第一师范学校的同学曹聚仁，因为对于"护生思想"以及抗日战争的一些观点相左，丰子恺提出了自己的观点："我们研究绘画时，曾把画人分为两种：具有艺术思想，能表现人生观的，称为'画家'，是可敬佩的。没有思想，只有技巧的，称为'画匠'，是鄙贱的。我以为军人也可分为两种：为和平而奋斗，为人道而抗战，以战非战，以杀止杀的，称为'战士'，是我敬佩的。抚剑疾视，好勇斗狠，以力服人，以暴易暴的，称为'战匠'，是应该服上刑的。现今世间侵略国的军人，大都是战匠，或被强迫为战匠。世界和平，人类幸福，都被这班人所破坏，真是该死！所以我们此次为和平而奋斗，为人道而战争，我以为是现世最神圣的事业。"

离开家乡石门湾已经两个月了，他们经过塘栖、杭州、桐庐、兰溪、常山、上饶、宜春，一路跋涉抵达萍乡，在这里丰子恺遇到了立达学园的学生萧而化，丰家就在萧而化老家乡下的暇鸭塘萧家祠堂里度过了这一年的春节。据丰子恺的小女儿丰一吟回忆："这个春节过得很有意义。当地的乡邻特别好客，竞相邀请我们全家去'吃年茶'。各家茶食上都备有剪花覆盖，十分精巧。仔细一看，原来是用蜜饯、冬瓜刻花制成的，而且竟没有一片花式相同。当地人称这种糖食为'花果'。他们不仅款待我们就地吃，还让我们带回去。爸爸惊叹这种民间艺术的精美，叫我姐姐们把这些刻花描印在纸上作为纪念。并盛赞江西人的好客。"

也是在这里，丰子恺得知家乡的缘缘堂被日军军机炸毁，为此他写道："我离家后一日在途中闻知石门湾失守，早把缘缘堂置之度外，随后陆续听到这地方四得四失，便想象它已变成一片焦土，正怀念着许多亲戚朋友的安危存亡，更无余暇去怜惜自己的房屋了。况且，沿途看报某处阵亡数千人，某处被敌虐杀数百人，像我们全家逃出战区，比较起他们来已是万幸，身外之物又何足惜！我虽老弱，但只要不转乎沟壑，还可凭五寸不烂之笔来对抗暴敌，我的前途尚有希望，我决不为房屋被焚而伤心，不但如此，房屋被焚了，在我反觉轻快，此犹破釜沉舟，断绝后路，才能一心向前，勇猛精进。"

（杨子耘）

十二月二十三上午，我们的船到了兰溪。一停泊，我妻和长女陈宝即刻登岸，奔向汽车站去。约一小时，两人回来，站在岸上向船里欢呼："外婆失而复得！"船里也起一阵欢呼。

为的是我们避地桐庐时，寇犯杭州。我决心西行赴长沙。有一班无知的乡人说，杭州一破，浙江马上失守。衢州、江山非常紧张，到江西、湖南的路交通断绝。要去只有徒步。我们这团体中，都能徒步，只有最小的和最老的走不动。最小的是亲戚家的三岁孩子，他的父母预备背了逃。最老的是我妻的七十岁的母亲，但没有人能背了她逃。我们计虑：与其半途尴尬，不如寄在桐庐山中，免得飘泊。于是就用轿子将老太太抬上桐庐的深山中，寄托在一位画友黄宾鸿君的家里。黄君与我原不相识。萍水相逢，同道相谋。一见如故，竟把家族托付他。好在他家也有老人，可以相伴。且在深山中，可以放心。但我们开船后，发见行路并不困难，船舶无阻，汽车照常，乡人的话全是谣言。同时我妻忽忽若有所失，茶饭无心。诸儿闻炮声即纪念外婆。连同行的亲戚也为之流泪。于是我下个决心，托章桂

（亲戚）半途上岸，回到桐庐山中，陪老太太乘汽车南行，预约在兰溪相会。所以我们的船一到兰溪，我妻首先到汽车站等候她的母亲。奇巧得很！相差仅半小时，先后来到。我们的团体缺而复完，大家欢喜，小孩们欢呼"外婆失而复得！"

然我在途中曾一度懊悔。因为我的船停泊在建德附近的三河镇时，上岸遇一操上海白的女人。她皱着眉头告诉我，她有亲戚在江西，想去投奔。可是人告诉她，江山、玉山之路不通，江西到不得。于是她失望了，流落在这小镇上。我听了这话惊心，回想桐庐乡人之言到底不是无据。但事已至此，非努力向前不可。我又下个决心：我定要

"抛锚"

带了完全无缺的团体到湖南！

但这决心又几乎打消。为的是我在兰溪临江旅馆一宿，遇见老同学曹聚仁兄。他浑身军装，担任各报战地记者，正在握笔从戎。我一见他如获至宝，立刻探问他前途的情况。他断然地告诉我："你们要到长沙、汉口，不能！我们单身军人，可搭军用车的，尚且不容易去，何况你带了老幼十余人！你去了一定半途折回。我为你计，还是到浙江的永康或仙居。那里路近，生活程度又低。设或有警，我会通知你。"他说话向来毅然决然。穿了军装说话更加力强。我确信他，且感谢他，立刻打消了西行的决心。

是晚，他说是地主，请我全家在聚丰园会餐。我辞谢不得，就同家姐带了四个小孩赴约。席上聚仁兄把前线的模样描写给我们听，有声有色，使我们如同身历其境。"大时代到了！"这句话他反复了数次。随后他注视我说："你胡不也做点事？"我摸摸我的胡须说："我是老弱者，哪能跟你一样做事呢？在这大时代有甚事好做呢？不过，我其实只有四十岁。西洋人有一句谚语说：Life begins at forty（生活开始在四十岁），照西洋人说，我现在正是生活开始的时候。现在我的牺牲虽然很大，但今后可以重新来过。灰心我是决不会的。"（近见《少年先锋》第二期聚仁兄的杂感中，也记录着我和他兰溪相会事。内有数处错误：他说我对他自称以前"昏聩"，又说"以后要改变做人的态度"，皆非我说的话，恐是他军事繁忙，记不清这些小事之故，或另有他故。还有，他说我从桐乡逃来，非也。我是崇德人，乃从崇德逃来。又说我四十一岁，亦非也。我当时四十岁。又说我的儿子瞻瞻是高中生，亦非也。他十四岁，是初中二年级生。此等事在他虽甚小，但在我却有关系：例如外人看了他的文，以为我是桐乡人而冒充崇德籍，或者以为我的儿子以初中二年级生冒充高中学生，岂不冤枉。故须在此附笔声明。）

是晚我同他住在同一旅馆。他明天要到乡下去。我原约在旅馆等他，一同把家眷送到仙居去，投奔我们的老同学黄隐秋兄。但他去后，我同家姐商量一会，觉得非西行不可，同行的一位朋友也主张西行。于是我的决心死而复活："我决定要到长沙！否则半路转入沟壑！但决不愿居浙江！仙居也许比长沙好，但我决定要到长沙！"吾心既决，就留一张条子在旅馆老板处，托他转交聚仁兄，谢他招待的厚意，并道失约之歉。遂另雇一舟，载了老幼十余人和两担行物，开向衢州去了。

我们离兰溪后，一路顺风地到衢州，经常山、上饶、南昌、萍乡，终于平安地到达长沙。现在我个人且已到了汉口。沿途非但毫无阻碍，并且到处蒙当地老百姓的同情，受兵士的帮忙。（事实将见另文。）我觉得比太平时行路更容易。因为敌忾同仇，军民一家，同胞互相爱护，不如太平时代的分你我了。但我相信聚仁兄的话决不是骗我，一定是当时时局紧张，交通情形骤变莫测之故。现在幸赖将士捍卫之劳，仙居和长沙均无恙。我感佩聚仁兄的眼光和诚意，同时又庆幸自己的决心的成功。就补写这篇日记。

（1938 年）

去年冬天我与曹聚仁兄在兰溪相会，他请我全家吃饭。席上他忽然问我："你的孩子中有几人欢喜艺术？"我遗憾地回答说："一个也没有！"聚仁兄断然地叫道："很好！"

我当时想不通不欢喜艺术"很好"的道理。今天，三月二十三日，我由长沙到汉口。就有人告诉我："曹聚仁说你的《护生画集》可以烧毁了！"我吃惊之下，恍然记起了去冬兰溪相会时的谈话，又忽然想通了他所谓不欢喜艺术"很好"的道理，起了下面的感想：

"《护生画集》可以烧毁了！"这就是说现在"不要护生"的意思。换言之，就是说现在提倡"救国杀生"的意思。这思想，我期期以为不然。从皮毛上看，我们现在的确在鼓励"杀敌"。这么惨无人道的狗彘豺狼一般的侵略者，非"杀"不可。我们开出许多军队，带了许多军火，到前线去，为的是要"杀敌"。

但是，这件事不可但看皮毛，须得再深思一下：我们为什么要"杀敌"？因为敌不讲公道，侵略我国；违背人道，荼毒生灵，所以要"杀"。故我们是为公理而抗战，为正义而抗战，为人道而抗战，为和平而抗战。我们是"以杀止杀"，不是鼓励杀生。我们是为护生而抗战。

《护生画集》中所写的，都是爱护生灵的画。浅见的人看了这些画，常作种种可笑的非难：有一种人说："今恩足于及禽兽，而功不至于百姓者，独何欤？"又有一种人说："用显微镜看，一滴水里有无数小虫。护生不能彻底。"又有一种人说："供养苍蝇，让它传染虎列拉①吗？"他们都是但看皮毛，未加深思；因而拘泥小节，不知大体。《护生画集》的序文中分明说是："护生"就是"护心"。爱护生灵，劝戒残杀，可以涵养人心的"仁爱"，可以诱致世界的"和平"。故我们所爱护的，其实不是禽兽鱼虫的本身（小节），而是自己的心（大体）。换言之，救护禽兽鱼虫是手段，倡导仁爱和平是目的。再换言之，护生是"事"，护心是"理"。以前在报纸看见一段幽默故事，颇可以拿来说明护生的意旨：有一位乡下老婆进城，看见学校旁边的操场上，有两大群学生正在夺一根绳，汗流满面，声嘶力竭，起而复仆者再，而绳终未夺得。老婆见此，大发慈悲，上前摇手劝阻道："请你们息争！这种绳子舍间甚多，回头拿两根奉送你们！"盖此老婆只见夺绳的"事"，不解拔河之戏之"理"，故尔闹此笑话，护生者倘若执着于禽兽鱼虫，拘泥于放生吃素，而忘却了"护心"、"救世"的本旨，其所见即与此乡下老婆相等，也是闹笑话。故佛家戒杀，不为己杀的三净肉可食。儒家重仁，不闻其声亦忍食其肉，故君子远庖厨。吃三净肉和君子远庖厨，都是"掩耳盗铃"。掩耳盗铃就是"仁术"。无端有意踏杀一群蚂蚁，不可！不是爱惜几个蚂蚁，是恐怕残忍成性，将来会用飞机载了重磅炸弹而无端有意去轰炸无辜的平民！岂真爱惜几个蚂蚁哉，所以护生的掩耳盗铃，是无伤的。我

---

① 虎列拉，cholera（霍乱）一词的旧时译名。

希望读《护生画集》的人，须得体会上述的意旨，勿可但看皮毛，拘泥小节。这画集出版已经十年，销行已达二十万册。最近又有人把画题翻译为英文，附加英文说明，在欧美各国推销着。在现今这穷兵黩武、惨无人道的世间，《护生画集》不但不可烧毁，我正希望它多多添印，为世界人类保留一线生机呢！

现在我们中国正在受暴敌的侵略，好比一个人正在受病菌的侵扰而害着大病。大病中要服剧烈的药，才可制胜病菌，挽回生命。抗战就是一种剧烈的药。然这种药只能暂用，不可常服。等到病菌已杀，病体渐渐复元的时候，必须改吃补品和粥饭，方可完全恢复健康。补品和粥饭是什么呢？就是以和平、幸福、博爱、护生为旨的"艺术"。

我的儿女对于"和平幸福之母"的艺术，不甚爱好，少有理解。我正引为憾事，叹为妖孽。聚仁兄反说"很好"，不知其意何居？难道他以为此次抗战，是以力服人，以暴易暴；想步莫索里尼（墨索里尼）、希特勒、日本军阀之后尘，而为扰乱世界和平的魔鬼之一吗？我相信他决不如此。因为我们抗战的主旨处处说着：为和平而奋斗！为人道而抗战！我们的优待俘虏，就是这主旨的实证。

从前我们研究绘画时，曾把画人分为两种：具有艺术思想，能表现人生观的，称为"画家"，是可敬佩的。没有思想，只有技巧的，称为"画匠"，是鄙贱的。我以为军人也可分为两种：为和平而奋斗，为人道而抗战，以战非战，以杀止杀的，称为"战士"，是我敬佩的。抚剑疾视，好勇斗狠，以力服人，以暴易暴的，称为"战匠"，是应该服上刑的。现今世间侵略国的军人，大都是战匠，或被强迫为战匠。世界和平，人类幸福，都被这班人所破坏，真是该死！所以我们此次为和平而奋斗，为人道而战争，我以为是现世最神圣的事业。这抗战可为世界人类造福。这一怒可安天下之民。

杜诗云："天下尚未宁，健儿胜腐儒。"在目前，健儿的确胜于腐儒。有枪的能上前线去杀敌。穿军装的逃起难来比穿长衫的便宜。但"威天下，不以兵甲之利"。最后的胜利，不是健儿所能独得的！"仁者无敌"，兄请勿疑！

我曾在流难中，受聚仁兄一饭之恩。无以为报，于心终不忘。写这篇日记，聊作答谢云尔。

（1938 年）

流离

告缘缘堂在天之灵

去年十一月中，我被暴寇所逼，和你分手，离石门湾，经杭州，到桐庐小住。后来暴寇逼杭州，我又离桐庐经衢州、常山、上饶、南昌，到萍乡小住。其间两个多月，一直不得你的消息，我非常挂念。直到今年二月九日，上海裘梦痕[1]写信来，说新闻报上登着：石门湾缘缘堂于一月初全部被毁。噩耗传来，全家为你悼惜。我已写了一篇《还我缘缘堂》为你申冤，（登在《文艺阵线》[2]上。）现在离开你的忌辰已有百日，想你死后，一定有知。故今晨虔具清香一支，为尔祷祝，并为此文告你在天之灵：

你本来是灵的存在。中华民国十五年，我同弘一法师住在江湾永义里的租房子里，有一天我在小方纸上写许多我所喜欢而可以互相搭配的文字，团成许多小纸球，撒在释迦牟尼画像前的供桌上，拿两次阄，拿起来的都是"缘"字，就给你命名曰"缘缘堂"。当即请弘一法师给你写一横额，付九华堂

---

① 裘梦痕，系作者在立达学园执教时的同事（音乐教师）。
② 《文艺阵线》，系作者笔误，应为《文艺阵地》。

装裱，挂在江湾的租屋里。这是你的灵的存在的开始，后来我迁居嘉兴，又迁居上海，你都跟着我走，犹似形影相随，至于八年之久。

到了中华民国廿二年春，我方才给你赋形，在我的故乡石门湾的梅纱弄里，吾家老屋的后面，建造高楼三楹，于是你就堕地。弘一法师所写的横额太小，我另请马一浮先生为你题名。马先生给你写三个大字，并在后面题一首偈：

> 能缘所缘本一体，收入鸿蒙入双眦。
>
> 画师观此悟无生，架屋安名聊寄耳。
>
> 一色一香尽中道，即此□□[①]非动止。
>
> 不妨彩笔绘虚空，妙用皆从如幻起。

第一句把我给你的无意的命名加了很有意义的解释，我很欢喜，就给你装裱：我办一块数十年陈旧的银杏板，请雕工把字镌上，制成一匾。堂成的一天，我在这匾上挂了彩球，把它高高地悬在你的中央。这时候想你一定比我更加欢喜。后来我又请弘一法师把《大智度论·十喻赞》写成一堂大屏，托杭州翰墨林装裱了，挂在你的两旁。匾额下面，挂着吴昌硕绘的老梅中堂。中堂旁边，又是弘一法师写的一副大对联，文为《华严经》句："欲为诸法本，心如工画师。"大对联的旁边又挂上我自己写的小对联，用杜诗句："暂止飞乌才数子，频来语燕定新巢。"中央间内，就用以上这几种壁饰，此外毫无别的流俗的琐碎的挂物，堂堂庄严，落落大方，与你的性格很是调和。东面间里，挂的都是沈子培的墨迹，和几幅古画。西面一间是我的书房，四壁图书之外，风琴上又挂着弘一法师写的长对，文曰："真观清净观，广大

---

① "□□"，此字漫漶不清。下同。

草草杯盘供语笑，昏昏灯火话平生。

智慧观。梵音海潮音，胜彼世间音。"最近对面又挂着我自己写的小对，用王荆公示妹长安县君的诗句："草草杯盘供语笑，昏昏灯火话平生。"因为我家不装电灯，（因为电灯十一时即熄，且无火表。）用火油灯。我的亲戚老友常到我家闲谈平生，清茶之外，佐以小酌，直至上灯不散。油灯的暗淡和平的光度与你的建筑的亲和力，笼罩了座中人的感情，使他们十分安心，谈话娓娓不倦。故我认为油灯是与你全体很调和的。总之，我给你赋形，非常注意你全体的调和，因为你处在石门湾这个古风的小市镇中，所以我不给你穿洋装，而给你穿最合理的中国装，使你与环境调和。因为你不穿洋装，所以我不给你配置摩登家具，而亲绘图样，请木工特制最合理的中国式家具，使你内外完全调和。记得有一次，上海的友人要买一个木雕的捧茶盘的黑人送我，叫我放在室中的沙发椅子旁边。我婉言谢绝了。因为我觉得这家具与你的全身很不调和，与你的精神更相反对。你的全身简单朴素，坚固合理；这东西却怪异而轻巧。你的精神和平幸福，这东西以黑奴为俑，残忍而非人道。凡类于这东西的东西，皆不容于缘缘堂中。故你是灵肉完全调和的一件艺术品！我同你相处虽然只有五年，这五年的生活，真足够使我回想：

春天，两株重瓣桃戴了满头的花，在你的门前站岗。门内朱栏映着粉墙，蔷薇衬着绿叶。院中的秋千亭亭地站着，檐下的铁马丁东地唱着。堂前有呢喃的燕语，窗中传出弄剪刀的声音。这一片和平幸福的光景，使我永远不忘。

夏天，红了的樱桃与绿了的芭蕉在堂前作成强烈的对比，向人暗示"无常"的至理。葡萄棚上的新叶把室中的人物映成青色，添上了一层画意。垂帘外时见参差的人影，秋千架上常有和乐的笑语。门前刚才挑过一担"新市水蜜桃"，又挑来一担"桐乡醉李"。堂前喊一声"开西瓜了！"霎时间楼上楼下走出来许多兄弟姊妹。傍晚来一个客人，芭蕉荫下立刻摆起小酌的座位。这一种欢喜畅快的生活，使我永远不忘。

秋天，芭蕉的长大的叶子高出墙外，又在堂前盖造一个重叠的绿幕。葡萄棚下的梯子上不断地有孩子们爬上爬下。窗前的几上不断地供着一盆本产的葡萄。夜间明月照着高楼，楼下的水门汀好像一片湖光。四壁的秋虫齐声合奏，在枕上听来浑似管弦乐合奏。这一种安闲舒适的情况，使我永远不忘。

冬天，南向的高楼中一天到晚晒着太阳。温暖的炭炉里不断地煎着茶汤。我们全家一桌人坐在太阳里吃冬春米饭，吃到后来都要出汗解衣裳。廊下堆着许多晒干的芋头，屋角里摆着两三坛新米酒，菜橱里还有自制的臭豆腐干和霉千张。星期六的晚上，孩子们陪我写作到夜深，常在火炉里煨些年糕，洋灶上煮些鸡蛋来充冬夜的饥肠。这一种温暖安逸的趣味，使我永远不忘。

你是我安息之所。你是我的归宿之处。我正想在你的怀里度我的晚年，我准备在你的正寝里寿终。谁知你的年龄还不满六岁，忽被暴敌所摧残，使我流离失所，从此不得与你再见！

犹记得我同你相处的最后一日：那是去年十一月六日，初冬的下午，芭蕉还未凋零，长长的叶子要同粉墙争高，把浓重的绿影送到窗前。我坐在你的西室中对着蒋坚忍著的《日本帝国主义侵略中国史》，一面阅读，一面札记，准备把日本侵华的无数事件——自明代倭寇扰海岸直至"八一三"的侵略战———用漫画写出，编成一册《漫画日本侵华史》，照《护生画集》的办法，以最廉价广销各地，使略识之无的中国人都能了解，使未受教育的文盲也能看懂。你的小主人们因为杭州的学校都迁移了，没有进学，大家围着窗前的方桌，共同自修几何学。你的主母等正在东室里做她们的缝纫。两点钟光景忽然两架敌机在你的顶上出现。飞得很低，声音很响，来而复去，去而复来，正在石门湾的上空兜圈子。我知道情形不好，立刻起身唤家人一齐站在你的墙下。忽然，砰的一声，你的数百块窗玻璃齐声叫喊起来。这分明是有炸弹投在石门湾的市内了，然我还是犹豫未信。我想，这小市镇内只有四五百份人家，都是无辜的平民，全无抗战的设备。即使暴敌残忍如野兽，炸弹也很费钱，料想他们是不肯滥投的，谁知没有想完，又是更响的两声，轰！轰！你的墙壁全都发抖，你的地板统统跳跃，桌子上的热水瓶和水烟筒一齐翻落地上。这两个炸弹投在你后门口数丈之外！这时候我家十人准备和你同归于尽了。因为你在周围的屋子中，个子特别高大，样子特别惹眼，是一个最大的目标。我们也想离开了你，逃到野外去。然而窗外机关枪声不断，逃出去必然是寻死的。

与其死在野外，不如与你同归于尽，所以我们大家站着不动，幸而炸弹没有光降到你身上。东市、南市又继续砰砰地响了好几声。两架敌机在市空盘旋了两个钟头，方才离去。事后我们出门探看，东市烧了房屋，死了十余人，中市毁了凉棚，也死了十余人。你的后门口数丈之外，躺着五个我们的邻人。有的脑浆迸出，早已殒命。有的吟呻叫喊，伸起手来向旁人说："救救我呀！"公安局统计，这一天当时死三十二人，相继而死者共有一百余人。残生的石门湾人疾首蹙额地互相告曰："一定是乍浦登陆了，明天还要来呢，我们逃避吧！"是日傍晚，全镇逃避一空。有的背了包裹步行入乡，有的扶老携幼，搭小舟入乡。四五百份人家门户严扃，全镇顿成死市。我正求船不得，南沈浜的亲戚蒋氏兄弟一齐赶到并且放了一只船来。我们全家老幼十人就在这一天的灰色的薄暮中和你告别，匆匆入乡。大家以为暂时避乡，将来总得回来的。谁知这是我们相处的最后一日呢？

我犹记得我同你诀别的最后的一夜，那是十一月十五日，我在南沈浜乡间已经避居九天了。九天之中，敌机常常来袭。我们在乡间望

轰炸（四）

见它们从海边飞来，到达石门湾市空，从容地飞下，公然地投弹。幸而全市已空，他们的炸弹全是白费的。因此，我们白天都不敢出市。到了晚上，大家出去搬取东西。这一天我同了你的小主人陈宝，黑夜出市，回家取书，同时就是和你诀别。我走进你的门，看见芭蕉孤危地矗立着，二十余扇玻璃窗紧紧地闭着，全部寂静，毫无声息。缺月从芭蕉间照着你，作凄凉之色。我跨进堂前，看见一只饿瘦了的黄狗躺在沙发椅子上，被我用电筒一照，突然起身，给我吓了一跳。我走上楼梯，楼门边转出一只饿瘦了的老黑猫来，举头向我注视，发出数声悠长而无力的叫声，并且依依在陈宝的脚边，不肯离去。我们找些冷饭残菜喂了猫狗，然后开始取书。我把我所欢喜的，最近有用的，和重价买来的书选出了两网篮，明天饬人送到乡下。为恐敌机再来投烧夷弹，毁了你的全部。但我竭力把这念头遏住，勿使它明显地浮出到意识上来，因为我不忍让你被毁，不愿和你永诀的！我装好两网篮书，已是十一点钟，肚里略有些饥。开开橱门，发见其中一包花生和半瓶玫瑰烧酒，就拿到堂西的书室里放在"草草杯盘供语笑，昏昏灯火话平生"的对联旁边的酒桌子上，两人共食。我用花生下酒，她吃花生相陪。我发见她嚼花生米的声音特别清晰而响亮，各隆，各隆，各隆，各隆……好像市心里演戏的鼓声。我的酒杯放到桌子上，也戛然地振响，满间屋子发出回声。这使我感到环境的静寂，绝对的静寂，死一般的静寂，为我生以来所未有。我拿起电筒，同陈宝二人走出门去，看一看这异常的环境，我们从东至西，从南到北，穿遍了石门湾的街道，不见半个人影，不见半点火光。但有几条饿瘦了的狗躺在巷口，见了我们，勉强站起来，发出几声凄惨的愤懑的叫声。只有下西弄里一家铺子的楼上，有老年人的咳嗽声，其声为环境的寂静所衬托，异常清楚，异常可怕。我们不久就回家。我们在你的楼上的正寝中睡了半夜。天色黎明，即起身入乡，恐怕敌机一早就来。我出门的时候，回头一看，朱栏映着粉墙，樱桃傍着芭蕉，二十多扇玻璃窗紧紧地关闭着，在黎明中反射出惨淡的光辉。我在心中对你告别："缘缘堂，再会吧！我们将来再见！"谁知这一瞬间正是我们的永诀，我们永远不得再见了！

以上我说了许多往事，似有不堪回首之悲，其实不然！我今谨告你在天之灵，我们现在虽然不得再见，但这是暂时的，将来我们必有更光荣的团聚。因为你是暴敌的侵略的炮火所摧残的，或是我们的神圣抗战的反攻的炮火所焚毁的。倘属前者，你的在天之灵一定同我一样地愤慨，翘盼着最后的胜利为你复仇，决不会悲哀失望的。倘属后者，你的在天之灵一定同我一样地毫不介意；料想你被焚时一定蓦地成空，让神圣的抗战军安然通过，替你去报仇，也决不会悲哀失望的。不但不会悲哀失望，我又觉得非常光荣。因为我们是为公理而抗战，为正义而抗战，为人道而抗战。我们为欲歼灭暴敌，以维持世界人类的和平幸福，我们不惜焦土。你做了焦土抗战的先锋，这真是何等光荣的事。最后的胜利快到了！你不久一定会复活！我们不久一定团聚，更光荣的团聚。

（1938 年）

还我缘缘堂

二月九日天阴,居萍乡暇鸭塘萧祠已经二十多天了,这里四面是田,田外是山,人迹少到,静寂如太古。加之二十多天以来,天天阴雨,房间里四壁空虚,行物萧条,与儿相对枯坐,不啻囚徒。次女林先性最爱美,关心衣饰,闲坐时举起破碎的棉衣袖来给我看,说道:"爸爸,我的棉袍破得这么样了!我想换一件骆驼绒袍子。可是它在东战场的家里——缘缘堂楼上的朝外橱里——不知什么时候可以去拿得来。我们真苦,每人只有身上的一套衣裳!可恶的日本鬼子!"我被她引起很深的同情,心中一番惆怅,继之以一番愤懑。她昨夜睡在我对面的床上,梦中笑了醒来。我问她有什么欢喜。她说她梦中回缘缘堂,看见堂中一切如旧,小皮箱里的明星照片一张也不少,欢喜之余,不觉笑了醒来,今天晨间我代她作了一首感伤的小诗:

儿家原住古钱塘,也有朱栏映粉墙。
三五良宵团聚乐,春秋佳日嬉游忙。
清平未识流离苦,生小偏遭破国殃。
昨夜客窗春梦好,不知身在水萍乡。

平生不曾作过诗，而且近来心中只有愤懑而没有感伤。这首诗是偶被环境逼出来的。我嫌恶此调，但来了也听其自然。

邻家的洪恩要我写对。借了一支破大笔来。拿着笔，我便想起我家里的一抽斗湖笔，和写对专用的桌子。写好对，我本能伸手向后面的茶几上去取大印子，岂知后面并无茶几，更无印子，但见萧家祠堂前的许多木主，蒙着灰尘站立在神祠里，我心中又起一阵愤懑。

晚快章桂从萍乡城里拿邮信回来，递给我一张明片，严肃地说："新房子烧掉了！"我看那明片是二月四日上海裘梦痕寄发的。信片上有一段说"一月初上海新闻报载石门湾缘缘堂已全部焚毁，不知尊处已得悉否"；下面又说："近来报纸上常有误载，故此消息是否确凿不得而知。"此信传到，全家十人和三个同逃难来的亲戚，齐集在一个房间里聚讼起来，有的可惜橱里的许多衣服，有的可惜堂上新置的桌凳。一个女孩子说：大风琴和打字机最舍不得。一个男孩子说：

秋千架和新买的金鸡牌脚踏车最肉痛。我妻独挂念她房中的一箱垫①锡器和一箱垫瓷器。她说：早知如此，悔不预先在秋千架旁的空地上掘一个地洞埋藏了，将来还可去发掘。正在惋惜，丙潮从旁劝慰道："信片上写着'是否确凿不得而知'，那么不见得一定烧掉的。"大约他看见我默默不语，猜度我正在伤心，所以这两句照着我说。我听了却在心中苦笑。他的好意我是感谢的。但他的猜度却完全错误了。我离家后一日在途中闻知石门湾失守，早把缘缘堂置之度外，随后陆续听到这地方四得四失，便想象它已变成一片焦土，正怀念着许多亲戚朋友的安危存亡，更无余暇去怜惜自己的房屋了。况且，沿途看报某处阵亡数千人，某处被敌虐杀数百人，像我们全家逃出战区，比较起他们来已是万幸，身外之物又何足惜！我虽老弱，但只要不转乎沟壑，还可凭五寸不烂之笔来对抗暴敌，我的前途尚有希望，我决不为房屋被焚而伤心，不但如此，房屋被焚了，在我反觉轻快，此犹破釜沉舟，断绝后路，才能一心向前，勇猛精进。丙潮以空言相慰，我感谢之余，略觉嫌恶。

然而黄昏酒醒，灯孤人静，我躺在床上时，也不免想起石门湾的缘缘堂来。此堂成于中华民国二十二年，距今尚未满六岁。形式朴素，不事雕斫而高大轩敞。正南向三开间，中央铺方大砖，供养弘一法师所书《大智度论·十喻赞》，西室铺地板为书房，陈列书籍数千卷。东室为饮食间，内通平屋三间为厨房、贮藏室，及工友的居室。前楼正寝为我与两儿女的卧室，亦有书数千卷，西间为佛堂，四壁皆经书，东间及后楼皆家人卧室。五年以来，我已同这房屋十分稔熟。现在只要一闭眼睛，便又历历地看见各个房间中的陈设，连某书架中第几层第几本是什么书都看得见，连某抽斗（儿女们曾统计过，我家

---

① 箱垫，即搁箱子的柜子。

共有一百二十五只抽斗）中藏着什么东西都记得清楚。现在这所房屋已经付之一炬，从此与我永诀了！

我曾和我的父亲永诀，曾和我的母亲永诀，也曾和我的姐弟及亲戚朋友们永诀，如今和房子永诀，实在值不得感伤悲哀。故当晚我躺在床里所想的不是和房子永诀的悲哀，却是毁屋的火的来源。吾乡于中华民国二十六年十一月六日，吃敌人炸弹十二枚，当场死三十二人，毁房屋数间。我家幸未死人，我屋幸未被毁。后于十一月二十三日失守，失而复得，得而复失，失而复得，得而复失……以至四进四出，那么焚毁我屋的火的来源不定；是暴敌侵略的炮火呢，还是我军抗战的炮火呢？现在我不得而知，但也不外乎这两个来源。

于是我的思想达到了一个结论：缘缘堂已被毁了。倘是我军抗战的炮火所毁，我很甘心！堂倘有知，一定也很甘心，料想它被毁时必

燕归人未归

然毫无恐怖之色和凄惨之声，应是蓦地参天，蓦地成空，让我神圣的抗战军安然通过，向前反攻的。倘是暴敌侵略的炮火所毁，那我很不甘心，堂倘有知，一定更不甘心。料想它被焚时，一定发出喑呜叱咤之声："我这里是圣迹所在，麟凤所居。尔等狗彘豺狼胆敢肆行焚毁！亵渎之罪，不容于诛！应着尔等赶速重建，还我旧观，再来伏法！"

　　无论是我军抗战的炮火所毁，或是暴敌侵略的炮火所毁，在最后胜利之日，我定要日本还我缘缘堂来！东战场，西战场，北战场，无数同胞因暴敌侵略所受的损失，大家先估计一下，将来我们一起同他算账！

（1938 年）

闲居非吾志，甘心赴国忧。

提笼忘采撷，昨夜梦渔阳。

劳者自歌（三则）

粥饭与药石

原来是个健全的身体：五官灵敏，四肢坚强，百体调和。每日所进的是营养丰富、滋味鲜美的粥饭。

一种可恶的病菌侵入了这个身体，使他生起大病来。头晕目眩，手足痉挛，血脉不和。为欲使他祛病复健，就给他吃杀菌的剧药，以毒攻毒，为他施行针灸、刀圭，以暴除暴。

但这是暂时的。等到大病已除，身体复健的时候，他必须屏除剧药、针灸和刀圭，而仍吃粥饭等补品，使身体回复健全。

我们中华民族因暴寇的侵略而遭困难，就好比一个健全的身体受病菌的侵害而患大病。一切救亡工作就好比是剧药、针灸和刀圭，文艺当然也如此。我们要以笔代舌，而呐喊"抗敌救国！"我们要以笔当刀，而在文艺阵地上冲锋杀敌。

但这也是暂时的。等到暴敌已灭、魔鬼已除的时候，我们也必须停止了杀伐而回复于礼乐，为世界人类树立永固的和平与幸福。

病时须得用药石，但复健后不能仍用药石而不吃粥饭。即在病中，除药石外最好也能进些粥饭。人体如此，文艺界也如此。

廿七（1938）年四月十日，汉口

散沙与沙袋

沙是最不可收拾的东西。记得十年前，我在故乡石门湾的老屋后面辟一儿童游戏场，买了一船河沙铺在场上。一年之后，场上的沙完全没有了。它们到哪里去了呢？一半粘附了行人的鞋子而带出外面去，还有一半陷入泥土里，和泥土相混杂，只见泥而不见沙了。这一船沙共有十多石，讲到沙的粒数，虽不及"恒河沙数"，比我们中华民国的人口数目，一定更多。这无数的沙粒到哪里去了呢？东西南北，各自分散，没有法子召集了。因为它们的团结力非常薄弱，一阵风可使它们立刻解散。它们的分子非常细小，一经解散，就不可收拾。

但倘用袋装沙，沙就能显示出伟大的能力来。君不见抗战以来，处处地方堆着沙袋，以防敌人的炮火炸弹的肆虐么？敌人的枪子和炮弹一碰着沙袋，就失却火力，敌人的炸弹片遇着沙袋，也就不能伤人，沙的抵抗力比铁还大，比石更强。这真是意想不到的功用。

原来沙这种东西，没有约束时不可收拾，一经约束，就有伟大的能力。中国四万万人，曾经被称为"一盘散沙"。抗战"好比一只沙袋"，现在已经把他们约束了。

廿七（1938）年四月十日，汉口

喜 剧

同学孔君从浙江走浙赣路来汉口。一下车，就被警察错认为日本间谍，拉去拘禁在公安局。因为孔君脸色焦黄，眉浓目小，两颊多须，剃成青色，而且西发光泽，洋服楚楚，外形真像日本人。警察的错认是难怪的。

他向警察声辩，说是自家人，不是敌人。警察问："你是中国哪地方人？"孔君答："我是浙江萧山人，刚才从萧山来。"警察问："你是萧山人，应该会讲萧山话。你讲几句看！"孔君就讲了一套道地的萧山话。警察冷笑着说："你们日本人真有小聪明，萧山话学得很像！"这使孔君无法置辩，只得任其拘禁。一面设法打电话通知汉口的朋友，托他们来保。结果被拘禁五六小时，方始恢复自由。演了一出喜剧。

晚上我同孔君共饮，就用这件逸事下酒。我安慰孔君说："你虽失却了五六小时的自由，但总是可喜的。我们侦察日本间谍，唯恐其不严。过严是可以体谅的。你们孔家人往往吃这种眼前亏：昔夫子貌似阳货，几乎送了性命。今足下貌似敌人，失却五六小时的自由，是便宜的。"

（1938 年）四月十一日，汉口

投我以炸弹，报之以传单。匪报也，
永以为教也。

五月十九日午夜，中国神鹰精锐飞机一队由徐
焕升队长率领，东征日本，于熊本、久留米、福冈
等处发散传单百万份，安然飞返。传单文略谓："尔
再不训，则百万传单，将一变而为千吨炸弹，尔其
戒之。"

二十日下午一时许，我听见人说，中国的空
军带赴日本的不是传单而是炸弹。其中一个人说：
"我们应该去投炸弹。他们在我们国内投了无数
炸弹，杀了无数人民，我们应该去报复一下。况且，
对这么残暴的敌人，还要用传单讲什么理呢？"到
了下午四点钟，号外出了，大家才知道确是去投
传单。然而在人群中还时时听到怨声。他们咕噜
地说："为什么不投炸弹呢？太可气了……"这
些话引起了我的一些感想。

中国空军此次东征，态度至极堂皇，使命至极
神圣。足为世间文明大国的表式，足为世间野蛮侵
略者的警戒。盖日本向中国人乱投弹，其实并无伤

害炸中国，却在那里炸毁日本自己的国家命根。因之中国投在日本地方的传单，看似一张纸，其实每一份是一个重磅炸弹的种子。这些种子将在日本人的心发芽生长而爆发出来，炸毁日本军阀的命根。这些种子还要散播在全世界的人心中，长出无数的重磅炸弹来，炸毁世界上一切暴徒的命根，而促成和平幸福的大同世界。

孟子说："以力服人者，非心服也，力不赡也；以德服人者，中心悦而诚服也，如七十子服孔子也。"这几句话说明着一个千古不易的定理，即道德胜于暴力，公理胜于强权。近视眼的人，只看见目前世界上的弱肉强食的事实。就以为要在世间立国，只有扩张军备，与世间的暴徒争一日之长，其实这是舍本逐末的浅见的自杀政策。甲国造飞机一千架，乙国造二千架来制胜他，丙国又造三千架来制胜他，

万方多难此登临

丁国又造四千架来制胜他……这样下去，穷兵黩武，没有底止，和平之神愈走愈远，世界终于变成了修罗场、人间地狱，人类的末日，就来到了。所以武力只能暂时用以制暴，决不能作为立国治世的基本。现在暴日侵略我国，残杀人民，我们必须用炮火去抗战。但这是以毒攻毒。仿佛人体受病菌侵害，必须剧药，以杀病菌。但等到病菌杀尽，人体复健的时候，我们决不再服剧药，而需要营养丰富的粥饭了。这剧药好比抗战，粥饭好比人道、公理、正义、礼乐，我们是不得已而抗战，不是要用武力来同暴寇争长。他们在我们国内投了无数炸弹，杀了无数人民，这是他们的违犯国际公法，他们的背叛人道，他们的自杀政策。倘使我们的空军也带上炸弹去炸杀日本的人民，我们就也犯法律，伤道德，而我们的神圣抗战就变成"以暴易暴"了。上面所引孟子的话，没有引完，其下文又说："诗云：自东自西，自南自北，无思不服。此之谓也。"因为以德服人，人皆心悦诚服。所以治国平天下，非常容易。古代商汤的王天下，便是一个实例。孟子写汤的以德服人，说"东面而征西夷怨，南面而征北狄怨。曰：'奚我后，后来其苏。'"又说："民望之，若大旱之望云霓也。"盖世人爱和平者多，好杀人者少。若有好和平的人出来征伐，世间一定到处响应，到处盼望他的来征。正如孟子所说："今夫天下之人牧，未有不嗜杀人者也。如有不嗜杀人者，则天下民，皆引领而望之矣。"所以此次中国空军东征，不投炸弹而投传单，正是向日本人民宣扬我们的仁政，向日本人民表明我们的不嗜杀人。拾着我们的传单的日本人民，这几天一定在心中叫："奚我后，后来其苏。"不过他们被日本军阀所强制，不敢出声而已。我们这一类的仁政将来积多起来，一定可以使日本人民"心悦诚服，如七十子之服孔子"。那时他们自会起来打倒他们的军阀，不劳我们一兵一卒。有人怨我们的空军不用炸弹去报复，是浅虑之言。其实不用炸弹而用传单，是更大的报复！

俗语有句话："轻句还重句，先打没道理。"一般民众中，颇有信奉这句话的。在他们想来：日本到我国来投炸弹，我们也到日本去投炸弹，是天经地义。但这也是浅虑之言。因为日本侵略中国，不像阿二打阿大这么简单。阿二与阿大是一人对一人，日本与中国却是一国对一国。一国之中，人数很多，良莠不齐，我们不能拿一小部分来代表全体。侵略阿比西尼亚①的是意大利人。但仁慈恻隐的《爱的教育》的著者也是意大利人。同理，侵略中国的是日本人，但同情于中国而反对侵略的日本人，亦正不少。最近日本国内常有因反战而被捕的，日本军队里常有反战而自杀的，日本兵士常有反侵略而向中国投诚的，日本俘虏的供词，多数是被迫从军，不愿参加侵略战的——这些事实在近来的报纸上，时时可以看到。可见侵略中国的是少数的日本人。大多数的日本人是无害于中国或同情于中国的。倘根据"轻句还重句，先打没道理"的俗语，而用炸弹去炸杀东京、大阪的平民，则又是俗语所谓"吃了对门，谢隔壁"了。

孙中山先生的三民主义，处处教人以促进"世界大同"为最后目的。胸襟博大，至可钦佩。在军阀穷兵黩武的今日，我们尤须厉行这主义，联合世界上的善良分子来打倒恶劣分子，为世界人类保留生机。原来人类不可以一概用国家来分群。意大利有恶人，也有好人；德国有恶人，也有好人；日本有恶人，也有好人。全世界各国爱好和平的善良的劳苦大众，不论何种族，不论何国籍，都是同气连志的好朋友。我们的抗战所要讨灭的，是日本的军阀，不是日本老百姓。所以我们的空军东征，不投炸弹而投传单，一本于孙中山先生的仁慈博大的精神，诚为大中华军人的表式！英国的《新闻纪事报》评论中国空军东征，说"传单力量强于炸弹"。因为这可以唤醒日本人民起来推翻军

---

① 今埃塞俄比亚。

阀。又说：在日本，凡不利于政府及其侵略政策的新闻，一概禁止报纸揭载。因此日本人完全受政府欺骗，不明战事的真相。若中国空军能常常东征，把所有的日本军阀穷兵黩武、欺骗民众的新闻用传单自空中掷下，则日本国内将起大乱，日本政府军阀的伎俩也就穷了。总之，我们不用炸弹去杀害无辜的日本民众，正是"仁政"的一端。换言之，就是促进"世界大同"的动机。孟子曰："三代之得天下也以仁，其失天下也，以不仁。国之所以兴废存亡者亦然。"又曰："仁者无敌。"我们以"仁"存心，则最后胜利必属于我。

所以我闻知中国空军东征的消息，即在心中，改作了一首《诗经》：

投我以炸弹，
报之以传单。
匪报也，
永以为教也。

我们的飞机

诗五首

避寇中作

昨夜春风上旅楼，飘然吹梦到杭州。

湖光山色迎人笑，柳舞花飞伴客游。

楼阁玲珑歌舞地[①]，笙歌宛转太平讴。

平明角鼓催人醒，行物萧条一楚囚。

（1938 年）

和表侄徐益藩

寇至余当去，非从屈贾趋。

欲行焦土策，岂惜故园芜?

白骨齐山岳，朱殷染版图。

缘缘堂亦毁，惭赧庶几无。

（1938 年春）

---

① 歌舞地，原作"五云地"。

中华古国万万岁！

高射炮，打敌机，敌机翻落稻田里。

农夫上前捉敌人，缚住两人如缚鸡。

连声喊打动公愤，锄头铁耙齐举起。

军官摇手忙拦阻，训诫敌人声色厉：

"尔等愚痴受利用，我今恕尔非罪魁。

姑饶性命付拘禁，扫尽妖寇放尔归。"

敌兵感激俱涕淋，双双屈膝田中 [①] 跪。

起来齐声仰天呼："中华古国万万岁！"

（1938 年）子恺于萍乡

仁者无敌歌

东邻有小国，其地实寒微。

幸傍大中华，犹得借光辉。

初通霸国术，遂尔图杀羿。

飞机兼炮火，杀人复掠地。

思以非人道，胁我神明裔。

岂知中华民，万众一心齐。

群起卫社稷，抗战为正义。

---

① 作者当时曾说，"田中"系双关语。

胜暴当以仁，不在兵甲利。

仁者本无敌，哀哉小东夷。

（1938 年）子恺于萍乡

春 晨

春晨早起傍东窗，日丽风和喜气扬。

不信彩云低护处，飞机炮火杀人忙。

（1938 年）

流离之春

第三编

"一到汉口，仿佛睡醒了。

因为此间友朋咸集，民气旺盛，

我从来不曾如此明显地意识到自己是一个中华国民！

我不惯拿枪，也想拿五寸不烂之笔来参加抗战。"

胜境在望

丰家老小连同亲戚十多人，从江西到湖南、湖北，由于道路拥堵且雇车不易，大多走的是水路。这一路耗费时日，且前途不明、与世隔绝，消息很不灵通，但顺渌水、湘江一路去长沙，风景却是绝美的。途中丰子恺还填了一首《高阳台》词：

千里故乡，六年华屋，匆匆一别俱休。黄发垂髫，飘零常在中流。渌江风物春来好，有垂杨时拂行舟。惹离愁，碧水青山，错认杭州。

而今虽报空前捷，只江南佳丽，已变荒丘。春到西湖，应闻鬼哭啾啾。河山自有重光日，奈离魂欲返无由。恨悠悠，誓扫匈奴，雪此冤仇。

到了汉口，丰子恺顿觉耳目一新，他写道："一到汉口，仿佛睡醒了。因为此间友朋咸集，民气旺盛，我从来不曾如此明显地意识到自己是一个中华国民！我不惯拿枪，也想拿五寸不烂之笔来参加抗战。可是，汉口的朋友实在太多了，汉口的民气实在太美丽了，使我在房间里坐不定。我觉得与其坐在案前勉强写作，不如出门去听朋友的谈论，看民众的示威庆捷，或到书店购新出的书报来读。因此我在汉口住了将近两个月，自己很少写作，却在报纸书籍中剪集了许多可歌可泣的文字和坚劲有力的漫画。"

丰子恺在汉口遇到了很多好朋友，包括郑振铎、朱自清、朱光潜、宋云彬、茅盾、舒群、叶绍钧等。有一天，文艺界同人以及刚从苏联回国的戈宝权会聚一堂，戈宝权当时才二十五岁，抱着对丰子恺的景仰，第一次见面便对丰子恺一个鞠躬，他说："丰老师，我从小就看您的书，知道您是一位作家、画家、音乐家，受到您的著作的很大启示，见到您很高兴。"丰子恺听了忙说："你不要讲我是画家。在江西时，有一次，我请人家买面包，因语言不通，我便在纸上画了个圆形的东西给那人看，结果人家买来了一个芋头。画解决不了问题。"

一番话说得大家捧腹大笑。

丰子恺在汉口积极宣传抗日。那时中华全国文艺界抗敌协会在汉口成立，还创办了会报《抗战文艺》，编辑委员会共有三十三人，丰子恺是其中之一，《抗战文艺》的刊名也是丰子恺题写的。丰子恺还在《抗战文艺》上发表宣传抗战的绘画作品，如《君到前线去，寄语我儿郎，若非打胜仗，不得还家乡》《大哥同小弟，一马两人骑，马上抬头看，空军杀敌归》等。

1938年5月，丰子恺接到刚创立的桂林师范学校唐现之校长来信，邀请他前往任教。又接到桂林教育局来信，聘他去"广西全省中学艺术教师暑期训练班"教艺术课，丰子恺便携家人雇车前往桂林。

（杨子耘）

大哥同小弟，一马两人骑，
马上抬头看，空军杀敌归。

《抗战文艺》

君到前线去，寄语我儿郎，
若非打胜仗，不得还家乡。

抗战以来，艺术中最勇猛前进的要算音乐。文学原也发达，但是没有声音，只是静静地躺在书铺里，待人去访问。演戏原也发达，但是限于时地，只有一时间一地点的人可以享受。至于造型艺术（绘画、雕塑之类），也受着与上述两者相同的限制，未能普遍发展。只有音乐，普遍于全体民众，像血液周流于全身一样。我从浙江通过江西、湖南，来到汉口，在沿途各地逗留，抗战歌曲不绝于耳。连荒山中的三家村里（我在江西坐船走水路，常夜泊荒村，上岸游览，亲耳所闻），也有"起来，起来""前进，前进"的声音出之于村夫牧童之口。都会里自不必说。长沙的湖南婆婆，汉口的湖北车夫，都能唱"中华民族到了最危险的时候"。宋代词人柳永所作词，普遍流传于民间，当时有"有井水处，即有柳词"之谚。现在也可以说："有人烟处，即有抗战歌曲。"唐代诗人白居易的诗，平易浅明，世人有"老妪能解"之评。现在的抗战歌曲，当然比白居易的诗更为平白，直可称之为"幼童能解"。原来音乐是艺术中最活跃，最动人，最富于"感染力"和"亲和力"的一种。故我们民间音乐发达，即表明我们民族精神昂奋，是最可喜的现象。前线的胜利，原是忠勇将士用热血换来的。但鼓励士气，加强情绪，后方的抗战文艺亦有着一臂的助力，而音乐实为其主力。

古语云："大行不顾细谨。"在国家存亡危急的今日，对于艺术不宜过于严格地批评。只要不妨碍抗战精神而具有几分价值的，我们都应该容纳或奖励。让它们多多益善地产生。古语云"曲高和寡"。现在却相反，应说"曲好和众"。因为现在对于艺术不求其"高"（高就是深，在绘画是"气韵生动"的杰作，在音乐是"流水高山"之类的名曲。它们自有其高贵的艺术的价值。这种艺术在近代被称为"为艺术的艺术"，或"象牙塔中的艺术"，只宜让少数优越分子互相欣赏，不宜作为民众艺术），但求其"好"。所谓好，就是有耳共赏。凡不含毒质而合乎大众胃口的，都是好曲。现在抗战歌曲虽如雨后春笋，但到后来自然会淘汰，只剩最好的——就是最合大众胃口而不含毒质的——几曲流行于民间。所以不妨让它们多多益善地产生，不应该作严格的批评。现在写这篇，竭力避免严格的批评，但对抗战歌曲略略贡献一点意见。

关于抗战歌曲，可就三方面而谈：第一是歌词，第二是乐曲，第三是乐谱。

现行的抗战歌曲的歌词，就是抗战文学的一部分，固然慷慨雄壮，没有一曲不是怒发冲冠的喑呜叱咤。但我翻了许多抗战歌曲集，觉得有两点惹我注意：第一是略觉"千篇一律"。譬如"起来，起来""前进，前进"之类，固然是促醒民众的有力的呼号，但用之太多，反觉疲乏。用之不得其当，反失效力。我以前做教师时，曾有这样的经验：上课时儿童注意力不集中，须得用高呼，或在黑板上拍教鞭，以促其注意，使全体静肃听讲，但倘滥用此法，不住地高呼，不住地拍教鞭，到后来会失去效用。那时就非用别种较软的方法，譬如讲一故事，唱一歌曲。

我忽然改变上课的态度，倒可以引起儿童注意，使大家一致团结。抗战歌词，我以为也如此。高呼"起来""前进""奋斗""杀敌"的固然少不得，别种和平奋斗的歌词也应该有。但现在前者很多，而后者很缺。故不免千篇一律。这是第一点。第二，我翻阅了许多抗战歌曲集，觉得歌词的意义，大多数只给人一种抽象的概念，而少有动人的艺术味。换言之，大多数像"标语"的连缀，而不像"歌词"。这些歌曲当然也有效用，但其效用与标语相去无几，或可说是"朗吟的标语"。我觉得这种以外，应该再有含有艺术味的——含有诗趣的——歌词。表面看来并不轰轰烈烈，其实感人之力有时反比前者为大。举一做例，即《心头恨》：

种子下地会发芽，
仇恨入心也生根。
不把敌人杀干净，
海水洗不清心头的恨。

严冬腊月喝凉水，
一点一滴记在心。
官不抵抗民抵抗，
受辱的百姓是火炼的心。

打死一个算一个，
打死两个不亏本。
一个挡十十挡百，
要活命的一齐向前进。

（塞克作词，华生作曲。）

　　这歌词，在现行许多抗战歌词中，是很难得的一首。（在一本歌集中，恐怕难得找出第二首来。）作者用比喻开始，慢慢地说到抗战。表面上似乎"不雄壮"，"太柔弱"，其实你回味一下子看，反比"朗吟的标语"力强！而我所谓"诗趣"，就是指此。作诗有赋、比、兴三体。大概"比"和"兴"比"赋"更富有诗趣，其入人也更深。但"赋"也可以作成好歌词。只要不一味呼号抽象的概念文句，而加以动人的叙述描写（就是诗趣），也是好歌词。这种好歌词现在一定有。但我手头找不出例子，只得举两首古人词来举一反三。例如岳飞的《满江红》，是大家知道的。其词云：

　　　　怒发冲冠，凭阑处、潇潇雨歇。抬望眼，仰天长啸，壮怀激烈。三十功名尘与土，八千里路云和月。莫等闲、白了少年头，空悲切。

　　　　靖康耻，犹未雪。臣子恨，何时灭？驾长车，踏破贺兰山缺。壮志饥餐胡虏肉，笑谈渴饮匈奴血。待从头、收拾旧山河，朝天阙。

　　这首词倘被译成白话，一定是能使大家动听的。动听的原因就在善于叙述描写，而含有诗趣。还有一首，是一位女子作的，也很可以提出来看。这女子是岳阳守土者徐君宝之妻。徐被寇兵所杀，女被劫至杭州，寇欲犯之，女佯诺，但须奠祭先夫然后从。寇许之。女奠毕，题此词于壁，自刎死。词曰：

　　　　汉上繁华，江南人物，尚遗宣政风流。绿窗朱户，十里烂银钩。一旦刀兵齐举，旌旗拥、百万貔貅。长驱入，歌楼舞榭，风卷落花愁。

抬望眼，仰天长啸

清平三百载，典章文物，扫地都休。幸此身未北，犹客南州。破鉴徐郎何在？空惆怅、相见无由。从今后，断魂千里，夜夜岳阳楼。

此词虽是一女子的委婉的叙述，但读起来一步紧一步，终于令人悲愤填胸，怒发冲冠。此次日寇的暴行之下，我民族的悲壮行为，类乎此者极多。在文学中一定有了动人的描写，但在歌曲中我没有见过。倘得选出或作出这类的歌词来，谱之以曲，流传民间，其声音一定可以动天地泣鬼神。以上是关于歌词方面的。

第二，关于乐曲方面，话很难说。因为我们中国民众的音乐教养，现在还很浅，对于作曲好坏的辨别力很缺乏。过去十年间，大多数的民众，曾经上过一种小歌剧的当。被那种小歌剧的油腔滑调的旋律所蛊惑，中国民众养成了一种爱好淫乐的习惯。所谓淫乐，即古人所谓郑卫之音，就是亡国之音。"国必自伐，然后人伐之。"我国抗战以前，自伐的确太多。贪官污吏、国内纠纷的自伐之外，那些亡国之音也是自伐之一种。试听那些小歌剧的旋律，优柔颓废，萎靡不振，能把世间一切东西软化。壮汉听了会变弱女，老虎听了会变花猫，火烧时唱起来火会熄灭的。过去十年间，这种旋律软化了我们中国的民众，招致了莫大的祸殃！但罪不在于民众，而在于作者和书商。因为民众没有充分的音乐教养，全是未染之素丝，教他们好的歌曲，他们就趋向好。教他们坏的歌曲，他们就趋向坏。而好的歌曲，往往不容易感动民众；反之，坏的歌曲，往往极易普遍流行。这犹之行舟，上溯困难，下流全不费力。所以那些不良小歌剧，流行得特别顺利快速，深入于全国的到处。

最近几年来，渐渐有人注意此事。音乐界的志士，群起而攻。于是在都市里，这种音乐渐渐少有听到。（但在无知的乡村中，还在那里取作小学校的音乐教材。）作曲者努力创作勇猛的歌曲，拿来同它们抵抗。这一反动，非常有力。现行的抗战歌曲中，有不少"进行曲风"的作品，慷慨激昂，气焰冲天，唱起来令人联想到军队的进行及冲锋杀敌。这些歌曲，在现今的抗战时期，确有增强军民抗敌情绪的效用。从前拿破仑的兵能开过阿尔卑斯山，据说全靠音乐帮忙的。现今我们抗敌的胜利，恐怕也有赖于这些歌曲。

如上所说，我们的旋律已由柔靡之音反动而为猛勇之曲，诚然是可喜的事。但我对于作曲界还有两个小意见贡献出来：

第一，勇猛之曲以外，必须再有一种"和平奋斗"的音乐。其旋律须"深沉，伟大，雄壮，威而不猛"，以合于我们的"长期抗战"之旨，以表出我们的"为人道而抗战，为正义而抗战，为和平而抗战"的精神。因为一味勇猛的歌曲，只宜为短期间冲锋杀敌之助，不合于后方长期抗战的鼓励。况且此次抗战，我们的任务不但是杀敌却暴，以力服人而已。我们还须向全世界宣扬正义，唤起全世界爱好和平、拥护人道的国民的响应，合力铲除世界上残暴的非人道的魔鬼，为世界人类建立永远的和平幸福的基础。所以我们现在不可以"好小勇"，不需要"暴虎冯河"的精神，而需要"深沉，伟大，雄壮，威而不猛"的精神。希望作曲者本此精神，多作好曲，实为抗战前途之大利。这是我的第一个意见。

第二个意见，我以为现在的作曲，宜取"宣叙风"（recitative）。宣叙风者，就是近于朗诵式的乐曲，浅近地譬喻，就像小贩子们叫卖的调子——不是"说"而是"唱"，但唱的个个字眼都听得清楚。再取一个比喻，好比唱大鼓词——不是"说话"而是"唱戏"，但唱的个个字眼都听得清楚。（反之，像京剧就不然，一个字的尾音曲曲折折地拖得很长，倘不曾看过戏考，无从听出所唱的什么话。）何以要用这种"宣叙风"呢？因为，抗战歌曲务求其普遍于民众，务使全国男女老幼，士农工商兵，以及文盲，都听得懂。听得懂，就有兴味，有兴味就肯唱，大家肯唱，就好。这种曲的作法，第一件要事是必须先有歌词而后作曲。作曲者拿歌词来读熟，朗诵几遍，宣叙风的旋律自然会产生。这原是作曲的正规。［西洋歌曲作家，像 Schubert（舒柏特）常手拿一册 Goethe（歌德）诗集，在室中漫步朗诵。朗诵到后来，乐曲的旋律忽然在脑中出现，立刻奔到桌子前面去写谱。］那么现在我何必多说呢？因为中国人作歌曲，往往不取这正规的办法，而在曲子上配文词。配文词的人倘是理解音乐的，原也未始不可。他可以先把曲子唱熟，然后依乐句而配相当的文句，也能作成很调和美

战争与音乐

满的歌曲。但倘配文词的人不理解音乐，由别人在曲子下面圈几个圆圈，规定句子的长短，然后请他在圆圈中填入文字，不管文字与上面的旋律是否相合。这样产生的歌曲，唱起来很不自然。有时乐句很昂奋，而文句却是舒缓的；有时乐句很舒缓，而文句却是昂奋的。唱起来岂不滑稽可笑？故抗战歌曲，最好是先作歌词而后谱曲。万一要倒做，作歌的人必须理解乐曲，熟读乐曲。总之，务使音乐与歌词融合一体。即务使乐曲成为宣叙风的音乐，务使歌词成为朗吟式的文句。现行的抗战歌曲中，这种宣叙风的作曲也有，但比较的少。最常听到的例，就是《义勇军进行曲》中的"中华民族到了最危险的时候"等

战争与音乐

句法。从来没有听到这曲的人，一听到就可知道唱的是这么一句话。这便是宣叙风作曲的特点。反之，初次听到时，只觉得高高低低的许多音带了一群辨不清楚的文字而响着，完全听不出文字所表出的意义，便是非宣叙风的作曲，或竟不成为歌曲。以上是关于乐曲方面的。

第三，关于乐谱方面，问题较小。这就是五线谱和简谱的问题。中国人本来不喜看（或不能看）五线谱。自从口琴音乐盛行以来，简谱愈加发达。自从抗战以来，为求普遍化，各种抗战歌集就老实不客气地把五线谱废止，公然地用简谱了。普遍化原是要紧的，但音乐艺术的因陋就简，也是可惜的。书商欲免制锌版，借口"大众化""普遍化"的名目而排印简谱，不用锌版，书的定价可以较低，读者的负担可以减轻，原也是好事。但我总希望在可能范围内多用五线谱，至少五线谱同简谱并用。因为在这非常时期中因陋就简，深恐将来大家看惯了简谱，从此对于五线谱愈加疏远，中国音乐教育前途将受阻碍。因为简谱只能记载极浅易的乐曲，不能记载较复杂的乐曲。风琴、洋琴（钢琴）弹奏的音乐，简谱就不便记录。但这个问题，并不重要，现在我也不多说了。

（1938 年）

中国就像棵大树

得《见闻》第二期，读憾庐[①]先生所作《摧残不了的生命》，又看了文末所附照相版插图，心中有感，率尔捉笔，随记如下：

为的是我与憾庐先生有同样的所见，和同样的感想。春间在汉口，偶赴武昌乡间闲步，看见野中有一大树，被人斩伐过半，只剩一干。而春来干上怒抽枝条，绿叶成荫。新生的枝条长得异常的高，有几枝超过其他的大树的顶，仿佛为被斩去的"同根枝"争气复仇似的。我一看就注目，认为这是中华民国的象征。我徘徊不忍去，抚树干而盘桓。附近走来两个孩子，一男一女，似是姐弟。他们站在大树前，口说指点，似乎也在欣赏这中华民国的象征。我走近去同他们谈话。

我说："小朋友，这棵树好看吗？"

小朋友们最初有些戒严，退了一步。这也许是我的胡须的关系，小孩子看见胡须大都有些怕的。但后来他们看见我的态度仁善，恐惧之心就打消了，

---

① 憾庐，指林憾庐，为林语堂之三哥，1936 年 8 月林语堂赴美讲学时，曾由林憾庐接替主编《宇宙风》。

那姐姐回答我说："很好看！"我们就谈话起来。

我说："你家住在什么地方？"

女孩说："就在那边，湖边上。这棵树是我们村子里某人家的。"

男孩说："我们门前有一株杨树，树枝剪光了，也会生出新的来。生得很多很多，比这棵树还要多。"

女孩说："我们那个桥边有一株松树，被人烧去了半株，只剩半株，也不会死。上面很多的枝条和叶子，把桥完全遮住。夏天我们常在桥上乘凉。"

我说："你们的村庄真好，有这许多大树！这些树真好，它们不怕灾难，受了伤害，自己能生出来补救。好比一个人被斩去了一只臂膊，能再生出一只来。"

女孩子抢着说："人斩了臂，也会生出来的？"

我说："人不行，但国就可以。譬如现在，前线上许多兵士被日本鬼子打死了，我们后方能新生出更多的兵士来，上前线去继续抵抗。前线上死一百人，后方新生出一千人，反比本来多了。日本鬼子打中国，只见中国兵越打越多。他们终于打不过我们。现在我们虽然失了许多地方，但增了许多兵士，所以失去的地方将来一定可以收回。中国就好比这一棵树，虽被斩伐了许多枝条，但是新生出来的比原有的更多，将来成为比原来更大的大树。中国将来也能成为比原来更强的强国。"

女孩子说："前回日本飞机在那江边丢炸弹，炸死了许多人。某甲的爸爸也被炸死。某甲同他的兄弟就去当兵，他们说要杀完了日本鬼子才回家来。"

男孩子也说："某乙的妈妈也被炸死。某乙有一支枪，很长的，他会打鸟。现在说不打鸟了，要拿这枪去打日本鬼子。"

我说："你们这儿有这许多人去打日本鬼子，很好。别的地方的

128

人也是这样。大家痛恨日本鬼子，大家愿意去当兵。所以中国的兵越打越多。正同这棵树的枝叶越斩越多一样。我们中国就像棵树。你们看看，像不像？"

两个孩子看看大树，都笑起来。男孩子忽然离开他的姐姐，跑到大树边，张开两臂抱住树干，仰起头来喊了些什么话。随即跟着他的姐姐去了。

我目送两孩去远了，告别大树，回到汉口的寓中，心有所感，就提起笔来把当日所见的情景用画记录。画好之后，先拿给一个少年看。少年看了，叫道："唉！这棵树真奇怪，斩去了半株，怎么还会生出这许多枝叶来？"他再看一会，又说道："对了！因为树大的缘故。树大了，根柢深，斩去一点不要紧。他能无限地生长出来，不久又是

大树被斩伐，生机并不绝。
春来怒抽条，气象何蓬勃！

一棵大树了。"我接着说："对啦！我们中国就同这棵树一样。"少年听了这话频频点头，表示感动。随即问我要这幅画。我说没有题字，答允他今晚题了字，明天送他。

晚上，我在这画上题了一首五言诗："大树被斩伐，生机并不绝。春来怒抽条，气象何蓬勃！"又另描了同样的一幅，当晚送给这位少年。过了几天我去看这少年，他已将画纳在镜框中，挂在书室里，并且告诉我说：他每逢在报上看到我军失利的消息，失地中日军虐杀同胞的消息，愤懑得透不过气来。这时候他就去看这幅画，可以得到一种慰藉和勉励。所以他很爱护这画，并且感谢我。我听了这番话，感动甚深。我赞佩这少年的天真的爱国热忱。他正是大树的一根新枝条。

因有这段故事，我读了《见闻》所载《摧残不了的生命》，看了文末的附图，颇思立刻飞到广州去，拉住了憾庐先生，对他说："我也有和你同样的所见和所感呢！"但没有实行，只是写了这些感想寄给他。他把他所见的大树当作几方面的象征：（一）中华民族的生命，是永远摧残不了的。无论现在如何危难，他定要继续生存。（二）现在我们的民族的确已经在"自力更生"中了，而此后要更繁荣、更有力地生活下去。（三）宇宙风社不受威胁，虽经广州的狂炸，依旧继续出刊。（四）《见闻》于狂炸中筹办创刊，正如新萌的芽儿。第一二两点，我所见与他全同。第三四两点，自然使我赞佩。但我所赞佩的不止于此。抗战中一切不屈不挠的精神的表现，例如粤汉路屡炸屡修，迅速通车，各种机关屡炸屡迁，照常办公，无数同胞家破人亡（出亡也），绝不消沉，越加努力抗日，都是我所赞佩的，都是大树所象征的。这大树真可说是今日的中国的全体的象征。

（1938 年）

漫文漫画序

去冬我从故乡浙江石门湾迤逦西行，今春方才来到汉口。途中非常沉闷。因为当时交通阻滞，我们又人多不便乘车，只得坐船走水路；又在沿途乡僻地方逗留好几次。所以途中历时甚久，消息很不灵通。仿佛酣睡了两三个月。

一到汉口，仿佛睡醒了。因为此间友朋咸集，民气旺盛，我从来不曾如此明显地意识到自己是一个中华国民！我不惯拿枪，也想拿五寸不烂之笔来参加抗战。可是，汉口的朋友实在太多了，汉口的民气实在太美丽了，使我在房间里坐不定。我觉得与其坐在案前勉强写作，不如出门去听朋友的谈论，看民众的示威庆捷，或到书店购新出的书报来读。因此我在汉口住了将近两个月，自己很少写作，却在报纸书籍中剪集了许多可歌可泣的文字和坚劲有力的漫画。

对于后者——漫画——我尤其欢喜，因为每一幅画，都能引起我一些感想。朋友来到我的案前，翻阅我这册剪集的漫画，大家说"很好！哪里来的许多画？"开书店的朋友又劝我拿去出版，以公同好，我也赞同。但光是选集别人的画，同我关系太少，给我兴趣也不多。我就把每幅画所引起我的感想，写在画的一旁。这些文字不是对画的说明，而是画所引起我的感想，故其自身亦能独立，犹如我以前常写的"劳者自歌"。但五十篇中有十五篇是抄别人作品的，文末均有注明。其余三十五篇文末没有注明的，都是我自己所写的。

画五十幅中，四十九幅选他人的作品，惟最后一幅是我自己画的。我剪集的漫画很多，并不缺乏这一幅。我所以拿自己的一幅来忝列末座者，因为前面的画都很紧张，恐怕读者看了愤懑得透不过气来，所以想用这最后一幅来舒展读者的胸襟。同时亦以暗示我们这抗战——为和平的战争，反战争的战争——的本意。因为这类的画在我所剪集漫画中一幅也找不出，所以只得用了自己的画。

廿七（1938）年五月二十八日子恺记于汉口

和平之神

孙中山先生伟大

一个老百姓所拟构和条件之一曰："将他们所有的武器熔化了，铸成总理遗像，立在富士山顶。"有人说他浮夸，我以为意有可取。

孙中山先生思想极为伟大！试看他的论著，凡百事业，除保护国家、复兴民族之外，必以促进世界大同为最后目标。可见他对于人类的爱，没有乡土、国际的界限。凡是圆颅方趾的人，都是他所爱护的。此心与中国古圣贤的"王道""仁政"相合，可谓伟大之极！

孟子曰："域民，不以封疆之界。固国，不以山川之险。威天下，不以兵甲之利。得道者多助，失道者寡助。寡助之至，亲戚叛之。多助之至，天下顺之。以天下之所顺，攻亲戚之所叛。故君子有不战，战必胜矣。"我国本孙中山先生的教训而抗战，战必胜矣。

故孙中山先生的伟大，倘要造型化，铸成雕像，恐怕熔了日本所有武器还不够用。即使够用，恐怕小小的富士山也载不起，况且，我们主张和平外交，我们尊重领土现状和条约义务，我们是为反战争而战争。故我们不愿攫取日本的富士山。这个老百姓要教日本人给孙中山先生造大像，还是教他们造到昆仑山上来。

（1938 年）

我悔不早点站起来

汉口天气入夏甚热，而且多蚊。昨夜我躺在床上看书，蚊虫不断地飞来侵略。听见嗡嗡的一阵响，我就用书当作高射炮，立刻把它驱除。一而再，再而三，它们终不得逞。后来我抛书睡着了。它们就大举进攻，把我的身体上露出的部分——脸上，手上，脚上——拼命地叮。我身上被它们叮了许多洞，吸了许多血，起了许多肿块，说不定还传染了许多疟菌。然而我终于醒来了，两手一挥，先赶去了一大群。我终于站起来了，点着蚊香，蚊子都远扬，或者昏迷在地。我浑身发痒，想道：“我悔不早点站起来。”

（1938 年）

引蚊深入

雨后晚凉，就寝时盖薄被。但蚊子仍来相扰，时常嗡嗡地在我耳边过境，可是不敢肆虐。因为我的身体只留出头部，而且我醒着，耳目戒备森严，蚊子不得逞。

后来我要睡了，就把薄被拉上来，遮盖头部，以防蚊袭。天凉，被薄，也不觉气闷。

刚要入睡，觉得脸上痒痒的，耳边嗡嗡的。原来薄被遮盖我的头，头顶不免留出空洞。蚊子大胆，竟由空洞钻进被窝来大肆侵略了。

最初我想把被窝中的蚊子赶出，把头顶的洞封锁。后来一想，我就改变政策：暂时忍痒，佯作不知，诱蚊子进来。它们果然成群结队，由空洞钻进，深入被窝，向我全身肆虐了。

我稍稍把两腿弯起，把两臂伸张，使被窝扩大，引蚊深入。蚊子果然越来越多，充塞了我的被窝。房间里的蚊子统统走进被窝里了。

于是我伸起手来，把头顶的被拉下，裹住头颈，使它密不通风。然后将被紧紧包裹全身，翻一个身，安然就睡了。

（1938 年）

全面抗战

全面抗战！农工兵学商一齐起来，把暴敌歼灭。好比五根手指一齐捏紧来，把害虫捏死。

兵好比中指，站在抗战阵线的中心，列队最长。农工好比食指与大指，位在兵的右翼，作有力的辅佐。学商好比无名指与小指，位在兵的左方，协力襄助。

伸出自己的手来试试看：光是一根手指，捏不紧来。光是大指与食指，虽捏得紧，而范围有限。光是无名指与小指，也捏得紧，但气力有限。除出中指，其他四根手指也捏得紧，然而中间有个大漏洞，会给害虫逃走。

大道将成

全面抗战中农工兵学商的不可缺一，正同此理。

（1938 年）

开出一条平正的大路来

这么伟大的"抗战"，自然必须"军"和"民"合力，方能推进。

只要捉住了敌人的一部分，慢慢推进，自会压碎敌人的全体。现在已经捉住了敌人的脚。他的上半身还活着。大肆咆哮，似乎很威势的样子。其实这已是救命的喊声了。因为"抗战"慢慢地推进，总有一天压碎他的全身，压得他同地一样平。

推进"抗战"的"军"和"民"！你们压平了这敌人之后，不要就以为成功而住手。须得再推进去，开出一条平正的大路来，让世间一切的人走。

（1938 年）

全人类是他的家族

逃难以来，常常听见有人庆贺独身者，说："在这时代，做独身者最幸运。逃难起来便当得多。"独身者客气地回答："也不见得。"但脸色上表示承认这话。

我家共有老小十口。我曾带了全家逃难。听了别人庆贺独身者的话，最初觉得自己很不幸。但进一步想，就觉得不然，我不过多些麻烦，但在精神上，我与独身者一样，并无幸不幸之分。

所谓"独身者最幸运"，是管了自家不顾别人的意思。譬如时局紧张，炮火迫近。人家扶老携幼，生离死别。他只顾自己一身，逃之夭夭。

但其人倘富有同情，就并不感觉幸运，也一样地苦痛。因为我们的爱，会无限地推广。始于家族，推及朋友，扩大而至于一乡，一邑，一国，一族，以及全人类。再进一步，可以恩及禽兽草木。因为我们同是天之生物。故宗教家有"无我"之称。儒者也说："圣人无己，靡所不己。"就是说圣人没有自己，但没有一物不是自己。这决不是空言夸口。无论何人，倘亲眼看到前线浴血，难民惨死，其同情心一定会扩大起来。

所以在这时代，家族有无，不成问题。倘缺乏同情，即使有家族老小数十人，也不相关。倘富有同情，即使是独身者，也感苦痛。因为四万万五千万人都是他的家族。全人类，是他的家族。

（1938 年）

衣冠禽兽

杜诗云："挽弓当挽强，用箭当用长。射人先射马，擒贼先擒王。苟能制侵凌，岂在多杀伤！"打仗的时候还要惜生，真是蔼然仁者之言！可以垂训于万世。

惜生，是根基于人情的。凡是人，哪一个不要活？哪一个不愿避危就安？哪一个不乐太平？不幸而至于交战，也巴不得早日灭暴，早日和平。使大家皆得安居乐业，享受"生"的欢喜。

地走人形兽,
花开鬼面春。

　　故可知凡人都欲生。推己及人,便爱护他人的生。这就叫"情"。凡人都有"情"。禽兽则大都无情,为了争食,母咬杀子者有之,子咬杀母者有之。但其中也有慈乌、仁兽、义犬、义马等,理解人情,做可歌可泣举动。这等可称为"不衣冠人"。

　　反之,做人形而无人情的,称为"衣冠禽兽"。穷兵黩武、屠杀无辜的日本军阀,是其著例。

（1938 年）

最后胜利

现今的世界颇像战国时代。

战国时代，诸侯纷扰。穷兵黩武，残杀民命。大家想用武力来建国。独有孟子反对武力政策，提倡仁义。他以为徒以武力相角，则甲以武来，乙以武御，丙增其兵，丁利其械。结果劳财丧命，而天下愈弄愈乱。故其言曰："善战者服上刑。"又曰："有人曰：'我善为陈，我善为战。'大罪也。国君好仁，天下无敌焉。"孟子以为只要施仁政，四海之民自会向往。则不必施用武力残杀，自会王天下。其言曰："民之归仁也，犹水之就下，兽之走圹也。故为渊驱鱼者，獭也。为丛驱雀者，鹯也。为汤武驱民者，桀与纣也。今天下之君有好仁者，则诸侯皆为之驱矣。虽欲无王，不可得已。"又曰："王如施仁政于民，省刑罚，薄税敛，深耕易耨。壮者以暇日，修其孝悌忠信，入以事其父兄，出以事其长上。可使制梃，以挞秦楚之坚甲利兵矣。"孟子在当时虽不能行其道，然其遗教流传万世，颠扑不破。上面这些话，好像是为今日的世间而发的。故我确信最后胜利还是属于孟子的。

（1938 年）

爱护同胞

我们中华民族，现在虽受暴敌的残害，但内部因此而发生一种从来未有的好现象，就是同胞的愈加亲爱。这可使我们欣慰而且勉励。这好现象的制造者，大都是热情的少年。我现在就把我所亲见的两桩事告诉全国的少年们：

我于故乡失守的前一天，带了家族老幼十人和亲戚三人（自三岁至七十岁），离开浙江石门湾。转徙流离，备尝艰苦。三个多月之后，三月十二日，幸而平安地到了湖南的湘潭。本地并没有我的朋友。长沙的朋友代我在湘潭乡下觅得一间房子。所以我来到湘潭，预备把家眷在这房子里暂时安顿的。我到了湘潭，先住在一所小旅馆里。次晨冒着雪，步行到乡下去接洽那间房子。我以前没有到过湘潭，路头完全不懂。好容易走出市梢，肚子饿起来，就在一所小店里吃一碗面。面店里的人听我的口音不是本地人，同我攀谈起来。我一面吃面，一面把流离的经过和下乡的目的告诉他们。我的桌子旁边围集了许多人，对我发许多质问和许多太息。最后知道我下乡不懂得路，大家指手划脚地教我。内中有一位十三四岁的少年，身穿制服，似是学生，一向目不转睛地静听我讲，这时忽然立起来，对我说："我陪你去！"旁的大人们都欢喜赞善。于是我就得了一位小向导，两人一同下乡去。

冒雪走了约半小时，小向导指着一所大屋对我说："前面就是你接洽房屋的地方，你自己去找人吧！"我谢了他，请他先回。他点点头，但不回身，站在雪中看我去敲门。

我走进屋子，找到长沙友人所介绍的友人，才知道所定的房屋，已于前几天被兵士占据，而附近再没有空的房子可给我住。那位朋友说："现在湘潭有人满之患，房屋很不易找，你须得在旅馆里住上十天八天，才有希望呢，一下子是找不到的。"言下十分惋惜，但是爱莫能助。我们又谈了些闲话，大约坐了半小时，我方告别。走出门，心中很焦灼。另找房屋，我没有本地的朋友可托，即使有之，我们十余人住在旅馆里等，每天要花八九块钱（每人每日连伙食六角），十天八天是开销不起的。不住旅馆，这一大群老幼怎么办呢？正在进退两难的时候，抬起头来，看见我的小向导还是站在雪中，扬声问道："房子找到吗？"原来他替我担心，要等了回音才可安心回去。我只得对他直说。他连声说"怎么办呢？怎么办呢？"但也是爱莫能助。我十分感激他的爱护同胞的诚意，想安慰他，假意说道："我城里还有朋友，可以再托他们到别处去找，谢谢你的好意！我们一同回去吧。"这位少年始终替我担心。直到分别，他的眉头没有展开。后来我终于无法在湘潭找屋，当日乘轮赴长沙。轮船离开湘潭的时候，匆忙中还想起这位爱护同胞的少年，在心中郑重地向他告别。

还有一桩事，是在长沙所见的。初到长沙这几天，我在街上四处漫跑，借以认识这城市的面目。有一个下雨的下午，我跑到轮船埠附近，看见前面聚着一簇人，似乎发生什么事件。挤进去一看，但见许多人围着一个孩子，在那里谈论。探听一下，才知道这孩子是从上海附近的昆山逃出来的难民，今年才九岁。原来跟着父母同走，半途上

却羡蜗牛自有家

父母都被敌人炸死，只剩他一个。幸有同乡人收领，带他到湘潭。但这同乡人自己的生活也很困难，最近而且生病了。这孩子自知难于久留，向同乡借了几毛钱，独自来长沙，做乞丐度日。他身上非常褴褛。一件夹袄经过数月的流离，已经破碎不堪。脚上的鞋子两头都已开花，脚趾都看见了。春寒料峭，他站在微雨中浑身发抖。周围都是湖南人，你一句，我一声地盘问他。在他多半听不懂，不能回答。我两方面的话都懂得，就站出来当翻译。因此旁人得知其详，大家摸出铜板或角票来送他。我也送了他两毛钱。群众渐渐散去，我替他合计一下已得布施二元三角和数十铜板。九岁的孩子，言语不通，叫他怎样处置这钱呢？我正为他担忧，最后散去的四位少年就来替他设法。他们都是十四五至十六七岁的人，本来混在群众里观看，曾经出过钱，现在又出来替他处置这钱。有一位少年说："他自己不会买物，我们替他代买吧。"另一位说："先替他买一件棉袄。"又一位少年说："再替他买一双鞋子。"又一位少年说："一双球鞋就行。晴天雨天都可穿。"于是大家替他打算价钱，商量买的地方。更进一步，为他设法住的地方。有的说送他进难民收容所。有的说送他到某人家里。随后，四位少年就带他同走。我正惭愧无法帮忙，少年们举手对我告别，说道："你老人家回去吧，我们会给他想法子的！"我目送这五个人转了弯，不见了，然后独自回寓。我以前曾给《爱的教育》画插图。今天所见的，真像是《爱的教育》中的插图之一。

上述的两桩事，可以证明我们中国人因了暴敌的侵凌，而内部愈加亲爱、愈加团结起来。我从浙江石门湾跑到长沙，走了三千里路。当初预想，此去离乡背井，举目无亲，一定不堪流离失所之苦。岂知不但一路平安无事，而且处处受到老百姓的同情和兵士的帮助。使我在离乡三千里外，毫无"异乡"之感。原来今日的中国，已无乡土之别，四百兆都是一家人了。我们本来分居各省，对于他省地理不甚熟

此亦人子也

悉。为了抗战，在报纸上习见各省的地名，常闻各地的情状，对于本国地理就很熟悉，视全国如一大厦，视各省如各房室了。我们本来各操土音，对于他省的方言不甚理解。为了流离，各地人民杂处，各种方言就互相混杂。浙江白迁就湖南白，湖南白迁就浙江白，到后来也不分彼此，互相理解了。况且同是受暴敌的侵凌，相逢何必曾相识？所以我国民族观念之深和团结力之强，于现今为最烈！这是很可庆慰的事，也是应该更加勉励的事。少年们富有热情，且出于天真，故其言行最易动人。希望大家利用这国难的机会，努力爱护同胞，团结内部。古语云："众志成城。"我们四百兆人团结所成的城，是任何种炮火所不得攻破的！

（1938 年）

佛无灵

　　我家的房子——缘缘堂——于去冬吾乡失守时被敌寇的烧夷弹焚毁了。我率全眷避地萍乡，一两个月后才知道这消息。当时避居上海的同乡某君[①]作诗以吊，内有句云："见语缘缘堂亦毁，众生浩劫佛无灵。"第二句下面注明这是我的老姑母的话。我的老姑母今年七十余岁，我出亡时苦劝她同行，未蒙允许，至今尚在失地中。五年前缘缘堂创造的时候，她老人家镇日拿了史的克[②]在基地上代为擘划，在工场中代为巡视，三寸长的小脚常常遍染了泥污而回到老房子里来吃饭。如今看它被焚，怪不得要伤心，而叹"佛无灵"。最近她有信来（托人带到上海友人处，转寄到桂林来的），末了说：缘缘堂虽已全毁，但烟囱尚完好，矗立于瓦砾场中。此是火食不断之象，将来还可做人家。

　　缘缘堂烧了是"佛无灵"之故。这句话出于老姑母之口，入于某君之诗，原也平常。但我却有些反感。不是指摘某君思想不对，也不是批评老姑母

---

① 　某君，疑即徐益藩（一帆），作者姑丈前妻之孙。
② 　史的克，英文 stick 的音译，意即手杖。

救火

148

话语说错，实在是慨叹一般人对于"佛"的误解，因为某君和老姑母并不信佛，他们是一般按照所谓信佛的人的心理而说这话的。

我十年前曾从弘一法师学佛，并且吃素。于是一般所谓"信佛"的人就称我为居士，引我为同志。因此我得交接不少所谓"信佛"的人。但是，十年以来，这些人我早已看厌了。有时我真懊悔自己吃素，我不屑与他们为伍。（我受先父遗传，平生不吃肉类。故我的吃素半是生理关系。我的儿女中有二人也是生理的吃素，吃下荤腥去要呕吐。但那些人以为我们同他们一样，为求利而吃素。同他们辩，他们还以为客气，真是冤枉。所以我有时懊悔自己吃素，被他们引为同志。）因为这班人多数自私自利，丑态可掬。非但完全不解佛的广大慈悲的精神，其我利自私之欲且比所谓不信佛的人深得多！他们的念佛吃素，全为求私人的幸福。好比商人拿本钱去求利。又好比敌国的俘虏背弃了他们的伙伴，向我军官跪喊"老爷饶命"，以求我军的优待一样。

信佛为求人生幸福，我绝不反对。但是，只求自己一人一家的幸福而不顾他人，我瞧他不起。得了些小便宜就津津乐道，引为佛佑；（抗战期中靠念佛而得平安逃难者，时有所闻。）受了些小损失就怨天尤人，叹"佛无灵"，真是"阿弥陀佛，罪过罪过"！他们平日都吃素、放生、念佛、诵经。但他们的吃一天素，希望比吃十天鱼肉更大的报酬。他们放一条蛇，希望活一百岁。他们念佛诵经，希望个个字变成金钱。这些人从佛堂里散出来，说的统是果报：某人长年吃素，邻家都烧光了，他家毫无损失。某人念《金刚经》，强盗洗劫时独不抢他的。某人无子，信佛后一索得男。某人痔疮发，念了"大慈大悲观世音菩萨"，痔疮立刻断根。……此外没有一句真正关于佛法的话。这完全是同佛做买卖，靠佛图利，吃佛饭。这真是所谓"群居终日，言不及义，好行小惠，难矣哉！"

我也曾吃素。但我认为吃素吃荤真是小事，无关大体。我曾作《护生画集》，劝人戒杀。但我的护生之旨是护心（其义见该书马序），不杀蚂蚁非为爱惜蚂蚁之命，乃为爱护自己的心，使勿养成残忍。顽童无端一脚踏死群蚁，此心放大起来，就可以坐了飞机拿炸弹来轰炸市区。故残忍心不可不戒。因为所惜非动物本身，故用"仁术"来掩耳盗铃，是无伤的。我所谓吃荤吃素无关大体，意思就在于此。浅见的人，执着小体，斤斤计较：洋蜡烛用兽脂做，故不宜点；猫要吃老鼠，故不宜养；没有雄鸡交合而生的蛋可以吃得。……这样地钻进牛角尖里去，真是可笑。若不顾小失大，能以爱物之心爱人，原也无妨，让他们钻进牛角尖里去碰钉子吧。但这些人往往自私自利，有我无人；又往往以此做买卖，以此图利，靠此吃饭，亵渎佛法，非常可恶。这些人简直是一种疯子，一种惹人讨嫌的人。所以我瞧他们不起，我懊悔自己吃素，我不屑与他们为伍。

真是信佛，应该理解佛陀四大皆空之义，而屏除私利；应该体会佛陀的物我一体、广大慈悲之心，而护爱群生。至少，也应知道亲亲而仁民，仁民而爱物之道。爱物并非爱惜物的本身，乃是爱人的一种基本练习。不然，就是"今恩足以及禽兽而功不至于百姓"的齐宣王。上述这些人，对物则惓惓爱惜，对人间痛痒无关，已经是循流忘源，见小失大，本末颠倒的了。再加之于自己唯利是图，这真是世间一等愚痴的人，不应该称为佛徒，应该称之为"反佛徒"。

因为这种人世间很多，所以我的老姑母看见我的房子被烧了，要说"佛无灵"的话，所以某君要把这话收入诗中。这种人大概是想我曾经吃素，曾经作《护生画集》，这是一笔大本钱！拿这笔大本钱同佛做买卖所获的利，至少应该是别人的房子都烧了而我的房子毫无损失。便宜一点，应该是我不必逃避，而敌人的炸弹会避开我；或竟是我做汉奸发财，再添造几间新房子和妻子享用，正规军都不得罪我。今我没有得到这些利益，只落得家破人亡（流亡也），全家十口飘零在五千里外，在他们看来，这笔生意大蚀其本！这个佛太不讲公平交易，安得不骂"无灵"？

我也来同佛做买卖吧。但我的生意经和他们不同：我以为我这次买卖并不蚀本，且大得其利，佛毕竟是有灵的。人生求利益，谋幸福，无非为了要活，为了"生"。但我们还要求比"生"更贵重的一种东西，就是古人所谓"所欲有甚于生者"。这东西是什么？平日难于说定，现在很容易说出，就是"不做亡国奴"，就是"抗敌救国"。与其不得这东西而生，宁愿得这东西而死。因为这东西比"生"更为贵重。现在佛已把这宗最贵重的货物交付我了。我这买卖岂非大得其利？房子不过是"生"的一种附饰而已。我得了比"生"更贵的货物，失了"生"的一件小小的附饰，有什么可惜呢？我便宜了！佛毕竟是有灵的。

叶圣陶先生的《抗战周年随笔》中说："……我在苏州的家屋至今没有毁。我并不因为它没有毁而感到欢喜。我希望它被我们游击队的枪弹打得七穿八洞，我希望它被我们正规军队的大炮轰得尸骨无存，我甚而至于希望它被逃命无从的寇军烧个干干净净。"他的房子，听说建成才两年，而且比我的好。他如此不惜，一定也获得那样比房子更贵重的东西在那里。但他并不吃素，并不作《护生画集》。即他没有下过那种本钱。佛对于没有本钱的人，也把贵重货物交付他。这样看来，对佛买卖这种本钱是没有用的。毕竟，对佛是不可做买卖的。

廿七（1938）年七月二十四日于桂林

未来的国民——新枚

三月间我初到长沙时，就写信给广西柳州的朋友，问他柳州的生活状况，以及从长沙到柳州的路径。当时我有三种主张，一是返沪，一是入川，一是赴桂。返沪路太远，入川路太难，终于决定赴桂。还有一更重要的原因：久闻桂有"模范省"之称，我想去看一看。所以决定赴桂。柳州的朋友复我一封长信，言桂中种种情状，并附一纸详细的路径。结论是劝我早日入桂，表示十分的欢迎。然而长沙也是可爱的地方，虽曾被屈原、贾谊涂上一层忧伤的色彩，然而无数的抗战标语早已给它遮住，如今不复有行吟痛哭之声，但见火焰一般的热情了。况且北通汉口，这实际的首都中的蓬勃的抗战热情，时常泛滥到长沙来，这环境供给我一种精神的营养，使我在流亡中不生悲观，不感失望，而且觉得极有意义，极有希望。所以我舍不得离开湘鄂，把柳州朋友的信保存在行囊中。直到五月间，桂林教育当局来信，聘我去担任"暑期艺术师资训练班"的教课，我方才启程入桂。桂林与柳州相去只有一天的行程，若赴柳州必经桂林。与我的初衷并不相背。且在这禽兽逼人的时候，桂人不忘人间和平幸福之母的艺术，特为开班训练，这实在是泱泱大国的风度，也是最后胜利之朕兆，假使他们不来聘请我，我也想学毛遂自荐呢。我就在六月廿三日晨八时，率眷十人，同亲友八人，乘专车入桂。

从长沙到桂林，计五百五十公里，合旧时约千余里。须分两天行车。这么长的汽车旅行，我们都是第一次经历。这么崎岖的公路，我们在江南也从来没有走过。最初大家觉得很新奇，很有趣味。后来车子颠簸得厉害，大家蹙紧了眉头，相视而叹。小孩中有的嚼了舌头，有的震痛了巴掌，有的靠在窗口呕吐了。那些行李好像是活的，自己会走路。最初放在车尾，一会儿走到车中央来了。正午车子在衡阳小停，车夫教我们到站旁的小饭店去吃饭。有多数人不要吃，有些人吃了一点面。一小时后，车子又开，晚七时开到了零陵，零陵就是柳子厚所描写过的永州，然而我们没有去玩赏当地的风景，因为时候已迟，人力已倦，去进牢狱似的小客栈，大家认为无上的安乐窝，不想再出门了。

夜饭后，我巡视各房间，看见我家的老太太端坐竹凳上摇扇子，我妻拿着电筒赶来赶去寻手表（她失了手表，后来在草地上寻着），我心中就放下两块大石头。第一，因为老太太年已七十一岁，以前旅行只限于沪杭火车。最近从浙江到长沙，大半是坐船的。这么长途的汽车旅行，七十年来是第一次。她近来又患一种小毛病，一小时要小便一二次。然而她又怕臭气，茅厕里去了两次就发痧。今天她坐在汽车里，面前放一个便桶。汽车开行时，便桶里的东西颠簸震荡，臭气直熏她的鼻子，然而她并不发痧，也不疲倦，还能端坐在凳上摇扇子，则明天还有大半天的行程，一定也可平安通过，使我放心。第二，我妻十年不育了，流亡中忽然受孕，怀胎已经四个月。据人说，三四个月的胎儿顶容易震脱，孕妇不宜坐汽车。然而她怀了孕怕难为情，不告诉人，冒险上汽车去。我在车中为她捏两把汗。准备万一有变，我

自立（新枚一岁半）

同她半途下车求医，让余人先赴桂林，幸而直到零陵不见动静，进了旅馆她居然会赶来赶去寻手表，则明天大半天的行程，一定也能平安通过。这更使我放心而且欢庆。

大肚皮逃难，在流亡中生儿子，人皆以为不幸，我却引为欢庆。我以为这不过麻烦一点而已。当此神圣抗战的时代，倘使产母从这生气蓬勃的环境中受了胎教，生下来的孩子一定是个好国民，可为未来新中国的力强的基础分子。麻烦不可怕。现在的中国人倘怕麻烦，只有把家族杀死几个，或者遗弃几个给敌人玩弄。充其极致，还是自杀了，根本地免了麻烦。倘中国统是抱这种思想的人，现在早已全国沦亡在敌人手里，免却抗战的麻烦了！这里我想起了一件可痛心的事：去年十二月底，我率眷老幼十人仓皇地经过兰溪，途遇一位做战地记者的老同学[1]，他可怜我，请我全家去聚丰园吃饭。座上他郑重地告诉我："我告诉你一件故事。这故事其实是很好的。"他把"很好"二字特别提高。"杭州某人率眷坐汽车过江，汽车停在江边时，一小孩误踏机关，车子开入江中，全家灭顶。"末了他又说一句："这故事其实是很好的。"我知道了，他的意思，是说"像你这样的人，拖了这一群老小逃难，不如全家死了干净。"这是何等浅薄的话，这是何等不仁的话！我听了在心中不知所云。我们中国有着这样的战地记者，无怪第一期抗战要失败了。我吃了这顿"嗟来之食"，恨不得立刻吐出来还了他才好。然而过后我也并不介意。因为这半是由我自取。我在太平时深居简出，作文向不呐喊。逃难时警察和县长比我先走，地方混乱。我愤恨政府，曾经自称"老弱"，准备"转乎沟壑"，以明政府之罪。

因此这位战地记者就以我为可怜的弱者，他估量我一家在这大时

---

[1]　指曹聚仁。

代下一定会灭没。在这紧张的时候，肯挖出腰包来请我全家吃一餐饭，在他也是老同学的好意。这样一想，我非但并不介意，且又感谢他了。我幸而不怕麻烦，率领了老幼十人，行了三四千里戎马之地，居然安抵桂林。路上还嫌家族太少，又教吾妻新生一个。这回从长沙到桂林的汽车中，胎儿没有震脱，小性命可保。今年十月间，我家可以增一人口，我国可以添一国民了。十年不育，忽然怀胎，事情有点稀奇。一定是这回的抗战中，黄帝子孙壮烈牺牲者太多，但天意不亡中国，故教老妻也来怀孕，为复兴新中国增添国民。当晚我们在零陵的小旅馆里欢谈此事，大家非常高兴。我就预先给小孩起名。不论男女，名曰"新枚"。这两字根据我春间在汉口庆祝台儿庄胜利时所作的一首绝诗。诗云："大树被斩伐，生机并不绝。春来怒抽条，气象何蓬勃！"这孩子是抗战中所生，犹似大树被斩伐后所抽的新条。我最初拟即名之曰"新条"。他（或她）的大姐陈宝说，条字不好听，请改"条枚"的枚字。我赞成了。新枚虽未出世，但他（或她）的名字已经先到人间。家人早已虚席以待了。

第二天，又是八点钟开车。零陵以西的公路比前愈加崎岖。有时汽车里的人被抛到半尺之高。下午三时到桂林，全家暂住大中华旅馆。新枚还是安睡在他（或她）母亲的肚子里，也被带进大中华。

大中华民国廿七（1938）年六月廿五日于桂林，大中华旅馆三〇三号蒋委员长手订空军信条第十条曰：

"空军的地位，是至高无上的。空军的人格，亦要至高无上。"

我们的空军过去的行为，例如忠勇抗战，杀身成仁，远征日本，宣扬仁风等，都已证实了我国空军的人格同他们的地位一样地"至高无上"，都已实证了中国空军是恪守空军信条的。

日本空军处处和我们反对，他们的空军的人格，可说"至低无下"！何以言之？有事为证：

中央社郑州六月十一日电：十六日九时许，平汉路信阳以南柳林车站，发现敌机三架竟涂我青天白日国徽。投弹三枚，伤亡平民三十余人。

做到冒用国徽的地步，其人已把人格两字从心中连根拔起，投入深渊。故可说"日本空军人格至低无下！"

查这是日本一般军人的惯技。五月十九日中央社讯：日前鱼台之敌，在向丰县前进途中，曾揭我青天白日旗帜。我地方团队未能识别，致被其袭击，颇有损失。可见日军人惯于不守信义。

信义，是立身之大本，也是立国之大本。人不守信义，虽一时便宜，终必失败。国不守信义，虽一时横行，终必灭亡。故一切人间事业，皆建立在"信义"的基地上。

举最小的事实来说：譬如你雇黄包车，对车夫说："到中山公园，一毛钱，去不去？"车夫说："好！"这一个"好"字就是契约的签字，在车夫是守信义的。拉到了目的地，你给他一毛钱，他照收，自去。有时他要求增加二分钱，但必然另有一番理由：或者是说雨下得太大，或是说中途你要停得太久，或是说你的行李太重……但决不会否认了

空军奏凯归

以前签字的契约，而说"讲了一毛二分的！"倘存此心，则他所签字的契约既非书面，全无凭据，他尽可否认一切，而咬定说，你允给他两毛钱的，四毛钱的，或一块钱的，亦无不可。——这些事或许有之，乃属于极少数，为顾客所愤慨，为警察亦应干涉，为黄包车夫同行所不齿。后来此黄包车夫会终于觉悟此路不通，而痛改前非。俗语云："上当上一次。"可见不守信义的事业，不能持久。拉黄包车这件小事业，尚且以信义为根基而建立，何况国家大事呢？

中国自古为道义之邦。凡百事业，以道义为先。《论语》里说："君子无所争，必也射乎。揖让而升，下而饮，其争也君子。"比赛射箭，也讲礼仪。

杜甫诗云："挽弓当挽强，用箭当用长。射人先射马，擒贼先擒王。苟能制侵凌，岂在多杀伤？"可见我国人战争时也恪守道义，而以仁爱为心，黄帝子孙，皆保有这种道德在每人的血管里。

一切人间事业皆建设在"信义"的基地上。离开这基地，凭空建设，未有不崩溃的。故日本军人的放弃人格，是催促日本早日崩溃。中国军人恪守人格，是催促中国最后胜利早日实现。

《我们四百兆人》 附说

　　此曲曲趣，"深沉雄壮，威而不猛"。作者是根据了"长期抵抗，沉着应战，以正克邪，以仁克暴"的精神而作曲的，目下的中国人，正需要这种精神；就是正需要这种歌曲。因为现在我们所对付的敌人，非常凶狠，非常残暴。唯沉着可以克制凶狠，唯仁厚可以克制残暴。所以"深沉雄壮，威而不猛"是我们四百兆人人人应有的感情。此曲就是供给这种感情的。

　　纵观近来所流行的歌曲，大多数曲趣"柔丽"或"勇猛"。"柔丽"是近数年来中国作曲界的老毛病。像某种小歌剧，竟是柔丽得使人肉麻，直可指斥为"亡国之音"！"勇猛"是前者的反动，是抗战以来新作品的特色。原有可取，但只宜作冲锋杀敌之助，不是经常的"精神的粮食"。因为此次抗战，我们的任务不但是杀敌却暴，以力服人而已。我们还须向全世界宣扬正义，唤起全世界爱好和平、拥护人道的国民的响应，合力铲除世界上残暴的、非人道的魔鬼，为世界人类建立永远和平幸福的基础。所以我们现在不"好小勇"，不需要"暴虎冯河"的战士。我们的制敌，不是"以暴易暴"。所以一味"勇猛"的歌曲，不是我们的经常的精神的粮食。
"深沉雄壮，威而不猛"，才是大中华民族的精神。

现在我们的国人，"文盲"已渐减少；但"乐盲"还是很多。在
报纸上看到一篇文章，大家能够看懂文章的内容，辨别它的好恶。但
看到一页歌曲，大多数人只看歌词，不看歌谱。倘是简谱，或许有人
唱它一遍。但倘是五线谱，唱的人就百不得一。因为多数人不懂五线
谱，或者虽懂而惮烦。所以只把这一页当作柳条布看，翻过就算了。
音乐因为这样地不受读者注意，所以发表的作曲，良莠不齐，善恶不
分。任人随意选唱，无人指评，即有指评，亦多偏见，莫衷一是。于
是不良的乐曲，就把不良的感情注入民众的血管内，犹似打吗啡针一
般。这在无形中殄丧我们的民气，在无意中毁坏我们的国魂，真是可
惜！究其弊端，实由于"乐盲"太多，乐曲无人注意之故。所以我在
这附说里再加附说，请读者大家注意此事。原来"乐盲"都不是真盲。
凡有耳朵的人，都有辨别曲趣好恶的本能（除了偏见太深或受不良音
乐中毒太久的人以外）。只要你翻到一页歌曲时不要把它当作柳条布
看，务请由自己或托别人唱一遍看，辨别曲中的趣味，加以一番欣赏
或批评。那时音乐就同文章一样地对你表示一番意思，其良莠之别也
就判然了。乐曲若得多数读者注意，就会受到淘汰（指筛选）。不良
的自然退避，优秀的自会广播，不再像过去那么乱作曲，乱发表，乱
流行，良莠不齐，皂白不分，害己害人，误民误国了。

我们四百兆人

F调 4/4

萧而化作曲
丰子恺作歌

5 | 1·2 3 1 | 2 3 4 5 1 | 6 5 4 3 | 2 — ·5 |
我 们 四百兆 人，中华民，仁 义礼智润 心。我

1·2 3 1 | 2 3 4 5 1 | 6 5 4 3 2 | 1 — ·2 |
们 四百兆 人，互相亲，团 结强 于长 城。以

2·2 3 #4 | 5 #4 3 7 | 2 1 7 6 | 7 — 3 3 |
此 图功，何 功不成！ 民族可复 兴。以

3·3 #4 5 | 6 7 1 — | 2 3 #4 2 | 5 — ·5 |
此 制敌，何 敌不崩！ 哪怕小东 邻！我

1·2 3 1 | 2 3 4 5 1 | 6 5 4 3 | 2 — ·5 |
们 四百兆 人，齐出阵，打 倒那小日 本！我

1·2 3 1 | 2 3 4 5 1 | 6 5 4 3 2 | 1 — · |
们 四百兆 人，睡狮醒，一 怒而 天下 平。

第四编

"我们的抗战艺术，

务求广受四万万民众的理解。

欲广受理解，内容非仁爱不可，外形非浅显不可。

托尔斯泰的艺术论，

可以作为我们的抗战艺术的指针。"

兄弟（广西所见）

卖酸萝卜（广西所见）

扛重（广西所见）

赶集（广西所见）

丰家借住桂林的房子是在郊区的一个村落，丰子恺的二女儿对于丰家在桂林的生活记忆犹新，她回忆说："泮塘岭离桂林城七十多里，住户总共不过二三十家，几乎全都姓谢。我们所租住的那座瓦房，据说是房东谢四嫂家的百年老屋，相当旧了。然而四周的环境却非常幽美。屋前是一片平地，绿草如茵，可以晾衣裳、养家禽，我们也常在草地上做各种游戏。屋后是一片矮松林，也是我们玩耍的好去处，村边不远处是毗连的山丘和茂密的丛林。行近树林，就可听到水声淙淙，循声而往，只见树丛中绕着一条溪涧。村边还有一条很长的小路，也是最吸引我们的地方。每当夕阳西下，父亲结束了一天工作，总爱带我们到小路上去散步。一眼望去，这条小路很长很长，似乎没有尽头，我们称它为'神秘的小路'。走在小路上眺望，远处丛林下，隐约可见竹篱茅舍，几缕炊烟冉冉升起，湛蓝的天边点缀着一行行归林倦鸟，景色美丽如画，令人陶醉。而我们就像是置身风景画中的人物，一路上，父亲往往就眼前景物，向我们讲授一些绘画方面的基本知识，什么远近法、消失点，又如景物

的取舍构图、色彩的深浅调和……"

谢四嫂家这旧屋边有一间牛棚，丰子恺请人打扫粉刷，改建成他的书房，里面书架、书桌、椅子、床铺一应俱全，墙上还挂着几幅诗画，看上去简朴舒适。后来小儿子丰新枚诞生，这间"牛棚书房"又成了小儿子的卧室，为此丰子恺写道："倘他吃牛奶，住牛棚，将来力大如牛，可以冲散敌阵，收复失地。至少能种田，救世间的饿人。即使其笨也如牛，并不要紧。中国之所以有今日，实因人太聪明，不肯用笨功的缘故！"

教课之余，丰子恺开始创作彩色画。这是他在饱览祖国山川河流后产生的一个重大改变——开始尝试从单色的人物绘画，改为彩色的风景与人物并重的绘画。

战事一步步逼近，桂林更是警报与轰炸频起，丰子恺开始筹划离开已经住惯了的泮塘岭。1938年底，马一浮来信说西迁的浙江大学校长竺可桢聘丰子恺为艺术指导及教师，丰遂应聘，于次年4月离开泮塘岭前往广西宜山。后日寇攻南宁，浙大师生员工各自疏散。丰家亦化整为零，往贵州进发。

（杨子耘）

十月二十四日(星期一)

校舍①建筑尚未成功，学校在斧斤影里、杭育声中先行开课，将来择吉补行开校典礼。今天上午七时十分，行最初次的纪念周。全校学生一百三十余人，教师十余人，雍容一堂，行礼如仪。我脱离教师生活，十年于兹。今日参加此会，犹疑身为来宾，不知自己已是此剧中的一角色了。

校长和教务主任讲了诚恳无间的训话之后，校长便拉我讲演。我推辞。学生席中一阵鼓掌声把我赶上台去。许多脸孔仰望着我，我心中不免有些不自然。但立刻想起现在是角色登台，十年前当教师时曾经磨炼过的那种演剧的本能就复活起来，简短地讲了一番话。大意如下：

"我与诸君行过相见礼，并且共唱党歌。我们已由礼乐结合，成为新相知了。古人云：'乐莫乐于新相知。'我今天觉得非常快乐！

"我们的新相知，实在是很难得的：前几天，

①　校舍，指当时的广西省立桂林师范学校。

我曾在桂林城内监督你们入学考试。那时我对着满堂的投考者，曾经想道：不知这数百人中哪里的几位，是我们的学生，将与我共数晨夕？我看看数百只脸孔，但脸孔上并没有写明，我不得而知。今天我才知道，原来与我有缘的就是你们这几位！你们恐也有这样的感想。当你们在考场中看见我时，也许有人真心想道：不知这胡子是不是我将来的先生？但现在你们也知道了。投考者有数百人之多，其中大多数与这学校无缘，偏偏你们这几位有缘。这不是很难得的么？这是难得之一。

"其次，这里的诸位先生，是由中华民国各省各地会集拢来的人。有河北人、江苏人、浙江人、安徽人、湖北人、湖南人，仿佛是全国各省的代表！因了国难，东西南北地集合拢来，来做你们的导师教师。这是难得之二。

"又次，桂林以山水著名于全国。我们这学校位于山水之间，风景特别美丽，青天白日特别鲜明！我们有这样的好环境，是难得之三。

"有这三重难得，我们的新相知特别快乐。希望诸君今后努力用功，不要辜负这难得的好机会！"

九时十分，我第一次上课，高师班的美术。点名后首先问："刚才我在纪念周讲话，你们都能懂吗？倘有听不懂的，请举手。"没有人举手。我很高兴，就对他们讲美术的范围和学习法。其言大体如下："美术，包含哪几种东西？自来界限模糊。中国古书中，曾把音乐也归入美术范围内。则美术仿佛就是艺术。但我主张，美术的范围应限于视觉艺术，即所谓造型美术。艺术旧有八种，即文学、音乐、演剧、舞蹈、绘画、雕刻、建筑、工艺。近添照相、电影二种。我主张在中国应再添书法、金石二种，则共得十二种。这一打艺术中，只除了文学与音乐与眼睛无关外，其余的十种均用眼睛鉴赏。不过其中演剧、舞蹈、电影三种用眼睛之外又兼用耳，称为综合艺术。其余的七种，即画、雕、建、工、照、书、金，则全用眼睛，为纯粹的视觉艺术，即造型美术。

"我所规定的美术，就是这七种。七种之中，绘画实为其中心。美术专门学校中学雕刻、建筑、工艺的人，必须先从绘画练习入手。学金石、书法、照相的人，倘能从绘画练习入手，必易于学成。故绘画可说是美术的基本。

"因此你们的美术课，就以绘画学习为主体。此外附带学习其他各种美术的创作、鉴赏的常识。大略每星期二小时中，一小时学画，一小时讲述常识。今天上课开始，我们就这样奠定修习的方案。

"关于学习绘画，我今天先指示你们一个方针：绘画必从写生入手。人物是写生的最好材料。这校舍正在建筑中，各种工人来来往往，有各种服装，各种姿势。这都是我们的写生范本。希望你们于课余之暇，用小册速写各种人物的姿势，当比教室中的上课得益更多。但速写时须注意一事：将两眼稍稍闭合，看取人物的大体姿势，而删去其细部。切勿注目于细目而不顾大体。今我在黑板上姑作数例。举一反三，则在你们自己。"

十时的简师图画课，仅讲图画学习法，即上文的下半，但讲得特别疏略。因为这班里的人听不懂我的语言，举手者竟过半数。我的话风大受阻碍了。

十时四十分下课后返寓，途遇章桂。持医生信催我即刻赴桂。因吾妻力民在桂林医院患子痫症，要我去决定办法。匆匆于二时半到车站，拟乘三时开之三班车赴桂林。彬然[1]从车站来，报道今天是阴历

---

[1] 彬然，指傅彬然（1899—1978）。作者浙江省立第一师范学校同学，当时亦在桂林师范任教，也是上海开明书店老同事。

九月初二。照例，初二、十六下午车停班。我近来惯于逃难，对于横逆之来，心君泰然不动。只是勉尽人力，以听天命。于是我说姑且上站一看。

到站，适有一小汽车满载行客，将开桂林。我要求附搭，得其许可，但只能坐司机之椅背上，身体屈作 S 形，且须出车资桂钞二元五角。三点三刻，我的身体又由 S 恢复 I，站在省立医院的产科主任郑万育的面前了。

郑医师说，临产期尚距三星期。但一患子痫症，今天非生产不可。倘延迟则危险性增大。他决定四点钟行手术。我到得正好。又说，或破肚，或人工生产，须再诊后决定。又说，万一不能大小两全，则保大抑保小？我知道生产破肚并无危险，关于手术悉听医师决定。至于不能两全，则当然保大。医生即出证书要我签字盖章。无印泥，用指蘸红墨水抹印面而盖章，结果意外地清楚。

我到医院时，联棠、梓生、鲁彦①、丙潮诸君皆已在场，分我忧患，壮我胆量，心实万分感激。此时我谢诸君，请其返家。梓翁独留，相与坐手术室外走廊内烧香烟，谈广州失守、武汉放弃事。娓娓两小时，而新枚（此是我第七子，名字在胎中时预为取定）出世，大小平安。盖郑医师不但手术高，医德更高。其动作之周详，态度之和蔼，令人感佩。母子二人平安脱险，实是他的医德的所赐。他是我的读者，一见相契。看护士中亦有周女士，为我昔日在上海时之学生。十余年后五千里外患难中相遇，亦奇缘也。六时半出医院，拉梓翁到"秀林"②，

---

① 联棠，指陆联棠（当时桂林开明书店负责人）；梓生，指张梓生（1892—1967，新闻出版家）；鲁彦，指王鲁彦（1901—1944，乡土小说家），皆作者之好友。

② "秀林"，当时桂林一餐馆名。

饱餐一顿。夜宿崇德书店 ① 章桂床中（章桂留乡）。

十月二十五日（星期二）

昨在汽车中屈曲一小时，晚上全身甚酸痛。疲极酣睡，今晨爽然复健。七时梓翁来，同赴东环路送马先生 ② 离桂赴宜山。吴敬生 ③ 君亦在场，匆匆话别，即到医院。途中忽见桂林城中黯淡无光，城外山色亦无理唐突，显然非甲天下者。盖从此刻起，桂林已是无马先生的桂林了。

力民病势颇重，昏迷不省人事，赖葡萄糖针及强心针维持。新枚颇健壮，哭声大于院中一切婴孩。其脚先出世，经医师拉扯，腿骨微有恙，但医师云日后必可复原。是晚我与陈宝（我的长女）宿病室中。病室为隔离第六室，院中人简称之为"隔六"。

十月二十六日（星期三）

拂晓，力民忽苏醒，且索食。自言自入院后即失知觉，直达这时候方才醒悟，但觉全身疲乏，却并无痛苦。这样说来，这回她虽然不是平产，却比平产更少苦痛，真是所谓"因祸得福"了。她不相信已生下一个孩子，更不相信孩子是男。陈宝特请护士抱来给她看，方始

---

① 崇德书店，系作者为解决一起逃难至内地的乡亲们的生活问题而开设的一家书店。
② 马先生，指马一浮。
③ 吴敬生，当时在桂林农民银行工作。

疑信参半。我也直到此时方知婴孩是男。昨晨送别马先生时，马先生道贺后即问我所生是男是女，我不能答，但说是一个"人"。闻者皆失笑。

十月二十八日（星期五）

晨五时，与一吟离院赴桂益行，天方破晓。车直到七点半开，九点始到家。上午有课两小时，已来不及去上。且日来奔走甚疲，今天要休息了。我赴桂之次日，恐岳母年老，闻力民在院难产，不胜其忧，故不惜来往车费（桂洋三元六毫），特派杨子才[①]君下乡报信。故家人早已安心。今我返家，备述详情，皆大欢喜。诸儿更盼早见新弟。华瞻即于是日下午上桂林，以慰其母，视其弟。

牛棚（即我的书房）上漏，我书房迁彬然所曾居之西室。拟请工人修牛棚之漏，平牛棚之地，留给新枚居住。倘他吃牛奶，住牛棚，将来力大如牛，可以冲散敌阵，收复失地。至少能种田，救世间的饿人。即使其笨也如牛，并不要紧。中国之所以有今日，实因人太聪明，不肯用笨功的缘故！

十一月十七日（星期四）

今日（旧历九月廿六日）是我生日。年年此日必罢工一天，以资退省。今虽时值非常，此例亦不愿废止。早晨差嫂嫂（女工也）送信

---

① 杨子才，作者子女的同学，逃难途中相遇，当时在崇德书店工作。

至教务处，请假一天。

喝了两杯老米酒，闭目静坐，对过去生涯作一次总回顾。这次回顾，所见与往年略有不同。往年走的都是平路，今年走的路很崎岖。站在崎岖的丘壑中回顾过去的康庄，觉得太过平坦，竟变成了平凡。再过四天，十一月廿一日，是我们逃难周年纪念日。过去一年中，艰苦、焦灼、紧张、危险，已经备尝。在他方面，侥幸、脱险、新鲜、快意的滋味也尝过不少。所谓"山穷水尽疑无路，柳暗花明又一村"，用以比方我这一年间的生活，很是恰当。过去的生活，犹如一片大平原，长路漫漫，绝少变化，最多不过转几个弯，跳几道沟，或是渡几乘桥梁而已。这一年间的崎岖之路，增加我不少的经验，给我不少的锻炼。然而我决不是赞美崎岖之路而不乐康庄大道。谁不愿在康庄大道上缓步徐行呢？但走崎岖之路也有它的辛劳的报酬，并非全然不幸，尤不必视为畏途而叫苦连天。这一点精神，是我四十一岁生辰的退省中可以自勉的一事。至少希望我的孩子们将来能接受我这笔遗产。

说起孩子们，想起还未满月的新枚。十年不育，流亡中忽添了这一个婴孩，打破了十年来家庭的岑寂，改动了十年来固定不易的家庭章法，又可说是"柳暗花明又一村"的一个著例。

十一月十八日（星期五）

两天不到校，一到校就听到紧张的消息：岳阳失守，长沙坚壁清野，自动毁灭全城。因此桂林师范又起迁校之议。校长、教务长都为此进城去了。听说拟迁龙胜；地在桂林北约百里之深山中，有数校相约偕行；万一桂林失守，此等学校员生即改组为游击队，投笔举枪，亲手杀敌。

我对此说不敢赞成。我为此新生之桂林师范惋惜。桂林师范在广西各中学中，宗旨最为远大，希望最为丰厚。我被邀初到桂林时，会见校长，即承告"以艺术兴学""以礼乐治校"之旨。此旨实比抗战建国更为高远。我甚钦佩，同时又甚胆怯——怕自己不胜教师之任。最近我为桂师谱校歌，其词曰：

> 百年之计树人。教育根本在心。
> 桂林师范仁为训，克己复礼泛爱群。
> 洛水之滨，大岭心村，
> 心地播耘，普雨悉皆萌。

以此歌为校歌的学校，其宗旨何等远大，希望何等丰富！况且广西教育当局特拨巨款，以供建筑校舍，培养学生之用。其物质的基础也可谓稳固。以此得天独厚之桂师，改组为游击队，我认为可惜。游击队非不可贵，但不出抗战建国之上。以彼易此，大蚀其本。此犹以杖作薪，图得眼前一饱，不顾后来行路艰难。

凡武力侵略，必不能持久。日本迟早必败。我们将来抗战胜利，重新建国的时候，就好比吾人大病初愈，百体疲乏，需要多量的牛奶来营养调理，方能恢复健康。桂师便是一种牛奶，应该把它好好地保藏起来，留给将来，不要在病中当作白开水冲药吃了。

但愿桂林无恙，桂师不迁。万一不幸而要实行这一步，我恕不奉陪。因为我未学"军旅之事"，不能参加游击队，只有"明日遂行"了。

自写岳王词在壁，从头整顿旧山河。

十一月二十八日（星期一）

今日起，为宣传保卫大广西事停课二星期。第一星期筹备宣传，教师须到校指导。我与王星贤担任壁报及漫画指导。下午二时须到校。上午丙潮同陈瑜清[①]来，陈拟在两江租屋。我陪他去看磨豆腐人家之屋，付了定洋。即同丙潮、瑜清赴校参观，并在校午餐。餐后瑜清返桂林，丙潮返我家，住一宵，将于明日返桂林。

学校会议决定，宣传除派学生分组走近乡外，复以石印印吾抗战画四幅，随队揭贴，又以转送他校。学生亦须自制抗战漫画，由我指导。今天下午将壁报及漫画征稿事向该组学生宣布，限明日下午缴文稿画稿，由王与我分别润饰。要我自作四幅，赶快觅材。返家途中，觅得四题，首曰《欢送》，末曰《凯归》。中间二幅一正一反：正曰《保国》，写男女老幼共捧国旗，反曰《轰炸》，写敌机滥炸平民，炸弹片切去母亲背上乳儿之头。如此，有头有尾，有正有反，成一系统。但石印请人重描，势必走样。欲保存吾笔迹，非办汽水纸来由我自描不可。否则唯有照相落石，桂林恐难办到耳。

十二月一日（星期四）

晨间到校，惊悉昨日桂林惨遭轰炸，自上午十时至下午三时，敌机四十架更番来袭，于市区投烧夷弹多枚，省政府全毁，中北路、中南路等处焚屋数百楹，死伤约二百余人。诸熟悉友人所居，闻均未殃

---

① 陈瑜清（1908—1992），浙江桐乡人，翻译家，茅盾的表弟。作者在上海江湾立达学园的学生。

轰炸（广州所见）

及，彬然、星贤正驰出慰问。吾八点钟有讲演，题为《漫画宣传艺术》。吾本有愤懑向学生发泄，今已不可复遏，上台即严责一顿：

"昨日下午吾在简师教室，将自作宣传画幅悬壁上，以示壁报漫画组诸生，忽闻哄堂大笑。时吾与王星贤先生同在教室，皆甚惊奇，一时不知笑之来由。事后王先生告我，彼当日换一新衣，以为诸生睹彼之新衣而笑也。我则回首细检壁报上画幅，以为恐有一幅倒悬，以致惹起此哄堂大笑也。但找求原因，了不可得。我问学生：'笑什么？'有人答曰：'没得头。'原来四幅中，有一幅描写敌机轰炸之惨状者，画一母亲背负一婴儿逃向防空洞，婴儿头已被弹片切去，飞向天空，而母亲尚未之知，负着无头婴儿向防空洞狂奔。原来引起哄堂大笑者，即此无头之婴儿也。诸生此举远出吾意料之外！此画所写，根据广州事实，乃现在吾同胞间确有之惨状，触目惊心，莫甚于此。诸生不感动则已矣，哪里笑得出？更何来哄堂大笑？我想诸生之心肠必非木石，所以能哄堂大笑者，大约战祸犹未切身，不到眼前不能想象。报纸所报告，我所描写，在诸生还以为是《水浒传》《封神榜》《火烧红莲寺》所说：白光一道，人头落地，光景新鲜，正好欣赏，所以哄堂大笑，而无同情之感。我们的敌人颇能体谅你们这脾气，为要引起广西全民抗战，昨天已到桂林来将此种惨状演给你们看了：昨天下午，你们那组人正在对着所画的无头婴儿哄堂大笑的时候，七十里外的桂林城中，正在实演这种惨剧，也许比我所画的更惨。四五里宽广的小城市中，挤着十八万住民。向这人烟稠密的城中投下无数炸弹和烧夷弹！城中的惨状请你们去想象！现在你们还能哄堂大笑吗？……今天要我来讲漫画宣传技法。但我觉得对你们这种人，画的技法还讲不到，第一先要矫正人的态度。一切宣传，不诚意不能动人。自己对抗战尚无切身之感，如何能使别人感动？……（下略）"

下午五时返家，家人至此始知桂林被祸之消息。正在相与叹息，杨子才率工人挑行李一担,自桂林步行来此。言崇德、开明均幸无恙。但恐敌人复来肆虐,故丙潮将不用之物收拾为一担,差子才雇人挑来乡间,以避免牺牲。闻子才言,彼等时避山洞中,遥望城区有大火五六处,以为崇德亦在其内。幸而无恙。子才于灾后巡行城中,未见尸体,大约死伤不多,略慰。

十二月二十三日(星期五)

得马先生宜山浙大来信,云郑晓沧兄托其转言,浙大拟聘我为艺术指导,办法尚未商定,嘱我对桂师下学期聘,勿加肯定,预留余地,以便随时离去。又云,近在城外觅得地一亩,茅屋三间,空地上尚可建屋二所,足供与王星贤及我三家结邻。信中并附《艺术至论》及《水调歌头》。美意殊深感谢。"水调歌"中有句云:"著我三间茅屋,送老白云边。"使我想起桐庐汤庄。不知该茅屋四周亦有竹否?若无,他日我去结邻时,当为先生种竹。

秋间郑晓沧兄过桂林,来我马皇背寓中相访时,亦曾表示浙大欲相聘之意。当时我初受桂师聘,而未任事。唐校长意甚拳拳。即使郑正式相邀,亦未便失信于朋友而去此就彼。后浙大聘王星贤,马先生与王星贤信,附笔云,"晓沧又欲聘子恺云"。当时我告星贤,君可去,我代为辞职。我则非有大故不便遽离桂师。今得马先生信,料浙大相聘之事将成事实,对桂师忽感留恋。不知吾与此百数十质朴广西学生,尚有几许相聚之缘也。复马先生,促其购地,并允随时辞桂师应浙大。

桂林初面

　　汽车驶过了黄沙，山水渐渐美丽起来。有的地方一泓碧水，几树灌木，背后衬着青灰色的远山，令人错认为杭州。只是不见垂柳。行近桂林，山形忽然奇特。远望似犬齿，又如盆景中的假山石。我疑心这些山是桂林人用人工砌造起来的。不然，造物者当初一定在这地方闲玩过。他把石头一块块堆积起来，堆成了这奇丽的一圈。后人就在这圈子内建设起桂林城来。

　　进北门，只见宽广而萧条的市街，和穿灰色布制服的行人。我以为这是市梢，这些是壮丁。谁知直到市中心的中南街，老是宽广、萧条的市街和灰色布制服的行人。才知道桂林市街并不繁华，桂林服装一概朴素。穿灰色布制服的，大都是公务人员。后来听人说：这种制服每套不过桂币八元，即法币四元。自省主席以下，桂林公务人员一律穿这种制服。我身上穿的也是灰色衣服，不过是质料较细的中山装。这套中山装是在长沙时由朋友介绍到一所熟识的服装店去定制的。最初老板很客气，拿出一种衣料来，说每套法币四十元，等于桂林制服十套。我不要，说只要十来块钱的。老板的脸

180

孔立刻变色，连我的朋友都弄得没趣。结果定了现在这一套，计法币九元，等于桂林制服二又四分之一套。然而我穿着并不发见二又四分之一倍的功用，反而感觉惭愧：我一个人消耗了二又四分之一个人的衣服！

舍馆未定，先住旅馆。一问价，极普通单铺房间每天三元，普通客饭每客六角。我最初心中吓了一跳。这么高的生活程度，来日如何过去？后来才知道这是桂币的数目，法币又合半数。即房间每天一元

我见青山多妩媚，料青山见我应如是。

五角，还有八折，即一元二角。客饭则每客三角。初到桂林这一天，为了桂币与法币的折算，我们受了许多麻烦。且闹了不少笑话。因为买物打对折习惯了，后来对于别的数目字也打起对折来。有人问旅馆茶房，这里到良丰多少路？茶房回答说四十里。那人便道："那么只有二十里了！"有人问一杭州人，到桂林多少时日了。杭州人答说三个月。那人便道："那么你来了一个半月了！"后来大家故意说笑，看见日历上写着六月廿四，故意说道："那么照我们算，今天是三月十二，总理逝世纪念！"租定了三间平屋，租金每月五十八元，照我们算就是二十九元。这租价比杭州贵，比上海廉。但是家徒四壁，毫无一件家具，倒是一大问题。我想租用。早来桂林的朋友忠告我，这里没有家具出租，只有买竹器，倒是价廉物美。我就跟他到竹器店。店甚陋，并无家具样子给你看，但见几个工人在那里忙着削竹。一问，床、桌、椅、凳、书架、大菜台……都会做。我们定制了十二人的用具，竹床、竹桌、竹椅、竹凳，应有尽有，共费法币三十余元。在上海，这一笔钱只能买一只沙发，而且不是顶上的。在这里我又替养尊处优的人惭愧。他们一人用的坐具就耗了十二人用的全套家具，他们一人用的全套家具应抵一百二十人的所费。他们对于人类社会的贡献，是否一百二十倍于常人呢？我家未毁时，家具本来粗陋，此种惭愧较少。现在用竹器，也觉得很满足。为了急用，我们分好几处竹器店定制。交涉中，我惊骇于广西民风的朴节。他们为了约期不误，情愿回报生意，不愿欺骗搪塞。三天以后，我们十二人的用具已送到。三间平屋里到处是竹，我们仿佛是"竹器时代"的人了。

我初进旅馆时，凭在楼窗栏上闲眺，看见楼下有一个青年走过，他穿着一件白布短衫，背脊上画一个黑色的大圈。又有二个人走过，也穿着白衣服，背脊上画着许多黑点，好似米派的山水画。"这是什么呢？"我心中很奇怪。问了早来桂林的朋友，才知道这两个是违犯防空禁令的人。桂林空袭，抗战以来共只三五次。以前不曾投弹。最近六月十五日的一次，敌人在城外数里的飞机场旁投下数弹，死七人，伤数人。此后桂林防空甚严，六月廿一日起，每日上午六时至下午五时半，路上行人不准穿白色或红色的衣服。违犯者由警察用墨水笔在其人背上画一圆圈，或乱点一下，据人说有时画一个乌龟。我到桂林这一天是六月廿四，命令才下了三天，市民尚未习惯，我所见的两人，便是违犯了这禁令而被处罚的。在这禽兽逼人的时代，防空与其过宽，孰若过严。但桂林的白衣禁令，真是过严了。因为桂林的空防已经办得很周到，为任何别的都市所不及。他们城外四周是奇形的石山，山下有广大的洞——天然防空壕。桂林当局办得很周密。他们估计各山洞的容量，调查各街巷住民人口数，依照路程远近，指定空袭时某街巷的住民避入某山洞。画了地图，到处张贴，使住民各自认明自己所属的山洞，空袭时可有藏身之地。假使人人遵行的话，敌机来时，桂林的全体市民都安居在山洞中。无论他们丢了几百个重磅炸弹，也只能破坏我们几间旧房子，不得毁伤中国人的一根汗毛。我所住的地方，指定的避难所为老人洞。我来桂林已六天。天气炎热，人事烦忙，敌机不来，还没有游玩山洞的机会。下次敌机来时，我可到老人洞去游玩一下。

廿七（1938）年六月卅日于桂林

谈壁上标语

抗战以前，我曾在某杂志上发表过一篇文字[①]，题目记不清楚，大意是指斥商人的壁上的广告破坏自然美。譬如红树青山，小桥流水，好一片优美的风景！而桥边的粉墙上显出又大又粗的三个字："骨痛精"。又如长松衰草，斜阳古刹，好一片清幽的风景！而古刹的院墙上显出非常明显的三个字："金鼠牌[②]"。商人为欲引人注意，把这些广告字写在当路的地方、最触目的地方。广告画专家又用最有效的技法，力求牵惹人目，不管字体的奇怪与丑恶。所以这些广告，往往唐突地加入在自然风景中，而为一片自然风景的中心。这好比是一个又高又胖的商店的推销员，站在管弦合奏队的指挥台上，大声疾呼地夸扬他的货品。真是杀风景之极！所以我说，这是商人的破坏风景，资本主义的蹂躏自然美！新生活运动讲究市容，对于这些杀风景的壁上广告也应加以限制。

---

① 指《车厢社会》一书中《劳者自歌》（十三则）中的第六则。
② 金鼠牌，为当时一种香烟的牌子。

抗战一年半多以来，我辗转迁徙，行经五省。途中所见，与前大异！从前的壁上广告，现在都变成了抗战标语。字体也都粗大而鲜明，位置也都在当路最触目的地方。然而我看了，并不觉得唐突，并不嫌它们杀风景。我决不指斥抗战宣传队为蹂躏自然美。我用敬意对待，我留意阅读，我诚意地赞叹、接受，或批评。为了这是吾民族的爱国热忱的表现，万众一心的誓文，好仁恶暴的宣言。不但无妨于自然美，且可使河山生色，大地增光。美本来不限于形式。精神的美更强于形式的美。

现行的抗战标语，简劲有力的固然多，有毛病的亦复不少。据我所见，最易犯的毛病是内容空泛。例如我现在的寓屋外面的墙上，写着：

"大家武装起来保卫祖国。"

文字固然很通，意思固然很好。然而拿这句话对这村子里的一切男女老幼说，不免空泛而欠切实。前天我同我的小女儿一同归家。走过这标语前面时，她读一遍，想一想，认真地诘问我道："那么外婆（七十二岁）也要武装起来，新枚（半岁）也要武装起来吗？"这使我一时难于解答。她的话并没有错。"大家"是全称的，包括男女老幼的。倘欲切实奉行这句标语，外婆和新枚自然也非武装起来不可。然而事实上绝对不行。外婆的脚只有三寸长，走路要人扶。新枚还要人抱。即使给他们武装了，也全没用处。所以这句标语的空泛，就在"大家"两字。制标语者的原意，大约是指有力的"大家"。然而仅用"大家"二字，就欠妥当。倘要修改，应说"有力的，大家武装起来"，庶几没有语病。然而细想起来，这样也不是好办法。如果有力的人真个大家武装了，后方全是些无力的老弱，不能供应前方无数武装者的需要，也难于保卫祖国。所以这句标语，根本有毛病。照我的意思可以删去。倘要民众努力参加抗战，就用"有力出力"简劲的四个字已经够了。"大家武装起来保卫祖国"这句话，放在新诗里或者可以；

当作标语就嫌空泛。非但无益，反而使人看轻标语，以为这些都是不能实行的空套话，不足听信的。故标语宜切实，而忌用诗的、文学的文句。因为诗的、文学的文句，往往不直说，需要神会默悟，当作标语就嫌空泛。另举一例：我在某处墙上，看见有这样的十个大字：

"爱护伤兵，就是爱护自己。"

这句标语用意也是很好，然而对民众说，民众一时想不通，心中怀疑。因为"爱护伤兵"与"爱护自己"之间，不能直接加等号，须用三段论法，推求因果。例如："爱护伤兵，则伤兵病愈得快"。"伤兵病愈得快，则可以早赴前线"。"早赴前线，则我军力量增大"。"我军力量增大，则敌不得逞"。"敌不得逞，则后方安全"。"后方安全，则自己可安居。"于是达到结论，故"爱护伤兵，就是爱护自己"。转折六项，方然达到这结论，但谁能终日立墙下，拉住每一个途人而同他讲解三段论法与因果律呢？所以这句话也只宜用在文学作品中。用作标语，则因难懂而变成空泛。

其次，文句太长，也是一种毛病。这里汽车站背后的长墙上，写着这样一长句：

"要求中央政府立即宣布废除中日间一切屈辱协定。"此文句共二十一字，内含三个动词："要求""宣布""废除"。内容颇为复杂。读起来也颇费事。我记忆力不好，看一二次简直记不牢。后来到学校上课，天天走过这墙壁，方才慢慢地会背诵了。设想民众必也难于阅读记诵。故我以为这样的标语，效力不大。标语贵乎简劲，易于诵读呼唱。像"拥护领袖，抗战到底""有钱出钱，有力出力"等略具对仗形的四言句，最易上口，即最易普遍流传。我在前面说过，标语忌用诗的，这是指内容而论的。若在形式上（即修辞上）说，则又宜用诗的。因为诗的文句，讲究音调，讲究对仗，读起来爽快，而便于记忆，易于动听。宣传力就广大。诗的文句，大都简短。七八个字一句，算最多了。上述的二十一字三动词的文句，因为太长，故非诗的，而为散文的。太散文的，读起来疙瘩，不便记忆，不易动听，宣传力也就狭小。所以标语不宜用太长的文句。

第三，文句不通是最不应该犯的毛病。《中学生》的读者大概都一望而知，不必我说。但欲促制标语者注意，这里也要谈一谈。我在某处，曾见壁上写着这样的五个大字：

"当兵是好汉。"

只要略懂作文的人，都可以看出这里缺少一个"的"字，应说"当兵的是好汉"。不然，下面应加"所做的事"之类的字。我曾经对一位军人谈及此事，他说："少一个虚字有什么关系？意思懂得就好了。"我听了这话不胜惊奇。我想，这位军人大约是楚霸王之类的英雄。他的话大有"书足以记姓名而已"的气概。然而讲话不合逻辑，终是缺陷。所以我开导他："这话道理不对呀！'当兵'是一件事，'好汉'是一个人，怎么中间可以加一个'是'字呢？"他想通了，率然地答道："那么应说'当兵的人是好汉'。"我说："这样也好。总之，这文句非改不可。"他笑道："你真是国文先生，到处改文章。"我也自己觉得迂腐起来。想起杜甫的诗句："天下尚未宁，健儿胜腐儒。"我何必在这时候斤斤计较标语的文字呢？后来我在某处途中看见这样的标语，就觉得标语的文章绝对非改不可，健儿到底胜不得腐儒。那标语是这样：

"拿出良心为国家服务。"

"良心"之下，一个"来"字必不可少！不然，教人把良心拿出了，然后为国家服务，变成反宣传，迹近汉奸了。然这句话根本有些不妥。即使改为"拿出良心来为国家服务"，也不是好标语。因为仔细吟味起来，"良心"不该说"拿出来"。气力可以拿出来，金钱可以拿出来，而良心不宜拿出来。我乡俗语，说没良心的人，称为

"撒出良心的"。就是说他的良心已跟着大小便撒出，不在身体中，故是"没良心"的人了。可见良心必须放在身体中，不可"拿出来"。所以这句标语要根本地改良，应改作"凭良心为国家服务"之类。"良心"只能"凭"，不可"拿出来"。"凭良心为国家服务"和"拿出良心为国家服务"，恰恰正反对。这样看来，标语的文字绝对不可马虎。

我对于现行抗战标语的意见，止于上述这一点。我没有从积极方面指示良好标语的制法，但从消极方面指摘标语的毛病。但标语的制法，由此也可推知：第一，要切实（不空泛）；第二，要简明（不要太长）；第三，起码文章要通（文法莫错）。希望各宣传部队加以注意。

你们看见过写壁上标语吗？这是很有意味的一种工作，我讲点给你们听听，作为这篇文字的结束。我有一次在桂林路上走，看见三位青年正在写壁上标语。第一个人手持一支粉笔，在灰色的墙上画双钩的空心字，决定每个字的位置与章法。第二个人左手提白粉桶，右手持排笔，用排笔蘸白粉，将空心字填涂。第三个人左手提红粉桶，右手持毛笔，在填涂白色的文字的四周加描红线。他们默默地分工合作。他们各人恪尽各人的职司。于是标语迅速地写成，鲜明地表现在墙上，强力地牵惹行人的眼光。我仿佛孔子看见了明堂的壁画，徘徊不忍遽去。我想：他们仿佛是在合力造成一种有生命的活物。第一人先造骨骼，第二人在骨骼上附加肌肉，第三人在肌肉上附加皮肤，于是"标语"就降生，生得英姿焕发，勇武绝伦。他在壁上高声疾呼，唤醒四万万民众，同心协力，抗敌建国。于是抗战必胜，建国必成。这真是所谓"一言兴邦"。

廿八（1939）年四月三日子恺于桂林、两江、泮塘岭

看壁报

谈抗战艺术

　　我曾经写过一篇《谈抗战歌曲》。那正是台儿庄胜利的时候。现在湘北大捷，我的手又痒起来！乘兴再来写一篇。题目放大来，索性谈一谈"抗战艺术"。

　　在《谈抗战歌曲》一篇中，大意有两点。第一点：歌曲与文字务须语气相符，唱起来犹如朗诵一般。不可使听者但闻音之高低缓急而听不出讲的是什么话。第二点：歌词所讲的话，贵乎镇静，含蓄，沉着，不可一味暴躁，夸大，怒骂，逞血气。因为我们准备长期抗战，以求最后胜利。所以民气不可一下子使尽，必须保留一点。犹如长距离赛跑一般，出发的时候要预留气力。况且得到胜利以后，我们并非可以一辈子高枕而卧，优游卒岁。我们必须刻苦奋斗，励精图强，方才能够抵挡侵凌的风波，争得国际的地位，实现远大的理想。所以我主张：抗战歌曲除了现今盛行的"起来起来""前进前进""杀日本鬼""打到东京"等慷慨激昂的呼声以外，应该还有一种镇静、含蓄、沉着的歌曲，可以涵养抗战建国的根气。——这第二点是很重要的。不独抗战歌曲要如此，一切抗战艺术，都应该注意这一点。文学，演剧，绘画，都应沉着一点，远虑一点，不要像小孩子一样意气用事，但顾目前的激愤而不顾后来的结局。这一点在那篇文章中已经讲过，现在不再细讲。所以在这篇开首处重提一笔者，是要使青年读者诸君大家对这问题多加注意。至于今天所欲讲的，是更基础的一个问题：怎样才是良好的抗战艺术？这问题在中学生读者的心中或许曾经考虑过的吧？

答曰："抗战艺术贵乎浅显易解。故最浅显而最广被理解的，便是最良好的抗战艺术。"

一定有许多人不相信这话。他们以为：艺术的技术是高深的，必非农夫工人所能解。要做得使农夫工人都能解，其艺术必不高深，因而价值低贱而为不良艺术。

这种见解不是完全对的。高深的艺术中固然不乏良好的作品，然而浅易的艺术也同样的可以良好。总而言之：艺术的良好与否，并不与艺术形式的深浅难易成正比例。这是从事艺术者所必须首先明辨的一事。

且就文学而论：我们的"文学"有一件古雅的衣服，名叫"文言"。文学被了这件衣服，外貌就变，使得多数人不能认识它。只有少数有特殊训练的人，才能看透了衣服而认识他是某人。但倘请他脱去了这件古雅的衣服，便人人都能认识他是谁了。举一个例，譬如韩愈所作的《张中丞传》后叙中说：

城陷贼以刃胁降巡巡不屈即牵去将斩之又降霁云云未
应巡呼云曰南八男儿死耳不可为不义屈云笑曰欲将以有为
也公有言云敢不死即不屈

拿这一段话读给农夫工人听，他们一定茫茫然。就是读给小学生听，他们也一定听不懂。这是因为它穿着那件古雅的衣服的缘故。脱下了这件衣服，农夫工人和小学生就都认识它。譬如你改用白话对他们讲：

> 城失守了。敌人拿刀强迫张巡投降，张巡不降，敌人就把他拖了去，预备杀他。敌人又要南霁云投降。南霁云还没有答应，张巡喊南霁云道："南八！男子汉大丈夫要死便死，不要做没志气的事丢了脸皮！"南霁云笑道："我本来想假投了，可以有所活动。你老人家既然这样说，我岂敢不死？"于是乎也不投降。

听了这一段话，谁不感动？因为这里所讲的事实，原是男女老幼一切圆颜方趾的人所能理解而感动的。可见韩愈这一段文章是良好的。只因向来被着"文言"这件古雅的衣服，所以能认识的人少。一旦脱却这衣服，就人人都能认识。而且它的样子并不比穿古衣的时候难看。有的时候，它略把这件衣服披在肩头，露出一部分身体，也很好看，而且大家容易认识。自来许多半白话诗即是其例。譬如花蕊夫人的诗：

> 君王城上竖降旗，妾在深宫哪得知。
> 十四万人齐解甲，更无一个是男儿。

不须翻译，听了大都能够理解而且感动。可见艺术的良好与否，并不与艺术形式的深浅难易成正比例。浅显易解的艺术中尽有良好的作品。反之，艰深难解的作品中，尽有许多不良艺术混在其内。

抗战艺术是"宣传艺术"的一种。美国的文学作家辛克莱说："一切艺术都是宣传。"我未敢完全相信这句话。但确认抗战艺术必须具有宣传的效力。既然必须具有宣传的效力，我们就可以说：宣传力越广大的，抗战艺术越良好。欲求宣传广大，故一切抗战艺术均宜取用浅显易解的形式，务使农夫工人小学生都能懂得。懂得的人越多，抗战艺术价值越高。艺术本来注重"客观性"。客观性越大，艺术越高。能感动全世界一切时代的人心的，就是所谓"不朽之作"。现在我所谈的抗战艺术性的注重客观性，标准没有这么高，但道理是相同的。

因为抗战艺术与一般艺术道理相同，所以我在这里要引证托尔斯泰的《艺术论》，来帮助我的"抗战艺术贵乎浅显易解""浅显易解的作品中不乏良好艺术"的说法。

托尔斯泰，中学生读者一定大家知道的，是近代俄国一大文豪。

愚公（国耻山）

他的艺术批评尤有惊人的卓见。他主张：真正的艺术，必须大众人人能解。若有大众所不解的，必是虚伪的艺术，毫无价值。所以他反对过去一切艰深的艺术。他骂倒现代一切技术艰深而仅为少数人享乐的艺术，直指为"宣传淫欲的艺术品"。他所著的有名的《艺术论》（我国有译本，商务版，耿济之译）中有一段说：

> 现代艺术有三大害：第一个眼前可见的结果，是工人劳动于无益有害的事上所生的绝大耗失。最难于设想的，就是几千万人须为之艰苦工作，而无暇并且无力去做那为自己及自己家族应做的事情。一天须用十点钟、十二点钟、十四点钟的工夫来收集许多传布淫欲的艺术书籍，或者在戏园里，音乐会上，赛会里，没命地工作。再想一想那些生气勃勃极富本能的儿童，从小时候就一天费去六小时、八小时、十小时的工夫来练习乐谱，弯曲身体，抬高手足，吟习诗篇，学习写生。徒然费去身体上智力上的力量，和生活的意义。有人说，他极不忍去看那小卖艺人把两脚放在头间的样子。又不忍去看音乐会上十岁儿童的奏艺。更不忍去看那十岁的学生死命地背诵拉丁文的特例。然而那些人智识上身体上残废还不要紧——不料道德上也残废，简直无能力去做那人生应做的事情。他们在社会上既只负着为富人消遣的责任，便丢失了人类特有的感情。而对于公众赞许的欲望，不由得发展起来，简直常为那虚荣心而悲痛。于是自己许多精力便只用在适应这种欲望上面。……在大学院、中学、音乐学校里，教人以假造艺术的方法。所以那些人学成之后，性质已经变坏，简直失去其创造真艺术的本能，还成了一个假艺术、低卑艺术、淫荡艺术的掮客。

第二个结果：艺术品——大多数职业艺术家所预备的游戏品——能予现代富人以不自然，并且违反慈善原则的生活。富人（富家妇女尤甚）生活在虚伪之中，离开天然甚远。如果没有所谓艺术，没有所谓消遣品，来遮盖他那无意义、烦闷的生活，那是决不能活着的。如果不许这些人到戏院、音乐会、赛会上去，又不许他们听音乐、读小说，或者禁止那些嗜好艺术的人购买图画，保护音乐家，同著作家来往，——他们便不能继续自己的生命，而日益消磨于烦闷忧愁的境界中，只觉得自己生活的无意味和不规则。只是从事于艺术，便能毁坏各种天然的生活条件，而继续生存于世，不觉得生活的无意味和残忍。

第三个艺术毁坏的结果，就是在儿童和人民的意思里所生来的错乱状态。在那些尚未染着现社会里伪说的人（就是工人和儿童）之间，常有一种欢喜夸奖或尊敬人的意思。在工人和儿童的意思里看来，那能做夸奖或尊敬人的根据的，只是身体的力量（富人及有权力者）；或道德的精神的力量（为救人而舍去美妻和国王的释迦牟尼，为人类负着十字架而行的耶稣基督，及其他先贤遗哲）。这两种全为儿童所明白。他们明白那身体力量是不能不恭敬的。因为他能强迫着他们尊敬。至于道德的力量，在清白的人也是不能不尊敬的。因为自己的精神方面使他不得不趋向于这种力量。可是那些人（工人和儿童）忽然看见除去那些因身体力量及道德力量而被人尊敬的人以外，还有许多善于吹唱、画图、跳舞的人也蒙着极大的尊敬。他们眼看见唱歌作诗画图跳舞的人挣得巨万金钱，而所享的名誉反较圣贤为多。他们不由得便发生不安之念。

读者读了上面引证的一段文字，便可知道托尔斯泰完全反对从来的所谓"艺术"。说那些都是残忍的、淫荡的、游戏的、虚伪的、害人的东西。只有儿童和工人所能理解赞赏的，才是真正的良好的艺术品，总之，托尔斯泰所认为良好的艺术品是内容仁爱而外形简易的作品。——这很适合于抗战艺术的宗旨。现在再把托尔斯泰所认为良好的艺术品，举几个实例如下：

英国大学院中有两幅画，一写安东尼神父被诱惑之状，安东尼跪着祈祷，后边站着裸妇与野兽。可见作者欢喜妇女，但安东尼并不然，故此画中倘有艺术，便是恶劣虚伪的艺术。另一画写一行路丐童，一女主人怜悯他，叫他前来，他赤脚站着吃东西，女主人仿佛在想他还缺什么。另一七岁姑娘看着他，手支着头，不绝地打量此丐童，好像初次明白什么是贫穷，什么是人类的不平等。而初次自问：为什么我都满足，他却赤足且饥饿？可见艺术家爱这丐童，爱这姑娘，并且也爱她所爱的。这无名画家之作，反是极美妙之艺术品。我看过刚莱脱·洛西所作的剧，我感着特别的苦痛，觉得还是假艺术品。不久我读一篇小说，写野蛮民族倭过尔所演的戏，内有一段话：两个倭过尔人，一大一小，蒙着鹿皮，扮装母鹿与小鹿，又一人扮装持弓箭的猎人，第四人装鸟声，向鹿儿警告危险。猎人按着踪迹，去追二鹿，鸟声大噪，二鹿奔逃，猎人放一箭，中小鹿，小鹿跑不动，投在母亲怀里，母鹿替它舐伤，猎人又放一箭。观客此时面如土色，叹声和哭声立刻起来。我看纸上描写，已觉得是真正艺术品……别人反认真正的艺术品为极坏极假的东西，并且还理会不出真正艺术来。因为假造品终比较修饰得好些，而真艺术常是极谦逊的。

同情

197

日前我游毕回家，心神极其颓散，刚到家门，就听见村妇们齐声唱着歌。她们正欢迎并且祝福我已嫁而归宁的女儿。唱歌声里夹着喊声，和击打镰刀的声音，表现出快乐、勇敢、兴奋的情感。我自己也不知道怎么会被这种情感所动，极勇敢地走回家去，心里又快活，又畅泰。我看出家人听见这歌儿，也是这种情形，这天晚上一位名音乐家来我家，他以善奏裴德芬（贝多芬）作品著称于世，便为我们奏裴德芬的作品第一百〇一。奏毕，听客们虽然心里实在觉得很厌烦，嘴里却不住地夸奖，说从前还不明白裴氏晚年作品，现在却知道是极好的。后来我把村妇们所唱的歌儿和这支曲谱来比较一下，那些爱裴德芬的人便立刻冷冷地笑了几声，认为无回答这种奇异论调的必要，然而村妇所唱的歌实在是真正的艺术，能传达一定的强烈的情感，裴德芬的一〇一曲谱却只是艺术上不成功的试验品，不含着一定的情感，所以一点也不能传染别人。

吾为致力于艺术，今冬曾尽读 Zola（左拉）、Bourget（布尔热）、Huysmans（胡斯曼）、Kipling（吉卜林）之著名说部及小说。同时又见儿童杂志上一无名文学家之作，述一贫寡妇准备过复活节之情形：母亲用尽劳力，买得白面回家，置之桌上，预备去取酵母。吩咐儿童们看守白面，母亲刚走，邻儿来邀此儿童们上街游戏，儿童们忘了母亲所吩咐，上街游戏。母亲取酵母回来，看见桌上一只牝鸡正将吃剩的白面撒在地上，给小鸡吃，母亲气极，骂儿童们，儿童们哭了，母亲极其不忍，然白面已完，便决计烤黑面包，涂上蛋白。"黑面包是祖父的食物"，母亲说着此谚语，以安慰儿童。其意是说复活节的面包也可用黑面做。儿童由失望变成喜

悦，和唱着这谚语，等候黑面包吃。我读左拉等小说，一点
也不感动，还替作者担忧，从第一行便看出作者所写的意思，
详细没用，反而使人厌烦。总之，作者除做小说之志愿外，
别无情感，至于无名作家的儿童与小鸡的故事，却使我看了
不忍舍去，却能传达情感。

从爱神爱人之情感发出来的艺术，在文学中有 Schiller
（席勒）的《强盗》，Hugo（雨果）的《苦人》（《可怜
的人们》）和《哀史》（《悲惨世界》），Dickens（狄更
斯）的《二城记》（《双城记》）《乐器》^① 等，《Thomas
的叔父之屋》（《汤姆叔叔的小屋》），Dostoivcky（陀思
妥耶夫斯基）的《死人之家之通信》（《死屋手记》），
George Eliot（乔治·爱略特）的 *Adam Bede*（《亚当·比
得》），在图画里简直没有，而以名家作品中为尤甚。在无
名画家的作品中倒反有之，如克拉姆司基（克拉姆斯科伊）
画一间外设平台的客厅，门外正走过从战场回来的军队。平
台上站着一个乳母，抱着一个婴孩，旁边还站着一个童子，
他们看军队步伐整齐地走过，心里很欢喜，那母亲却用手巾
掩着脸，伏在椅背上痛哭。又，法国画家 Morlon（摩尔隆）
有一幅画，描写轮船遇险，一只救生船冒着大风雨驰去的光
景。还有那表示敬爱劳工之心的画，也是这类的好画。如米
尔（米勒）的一幅《休息的掘者》（《持锄的人》），以及
Jules Breton（朱尔·勃莱顿）、莱米脱台弗来格尔的画皆
是其例……总上所述，只有两种是好的基督教艺术。其余不
合这两种的，都是坏艺术。不但不应该奖励，并且应该驱逐，

---

① 疑即《钟声》。

排斥，而视为足以把人类分离开来的艺术。

　　说到这里，一定有人要问："裴德芬的九大交响乐是不是属于坏艺术一类的？"我敢毅然答道:"这是一定的。"……因为我不但不见那作品所传的感情能够联合那班不专门养成以服从于这种催眠术的人，并且还不能够使那些正经人从冗长而错乱的艺术品里明白他的意义。

　　看了以上引证的文字，可知托尔斯泰是何等大胆的艺术批评家。裴德芬，全世界崇拜他，称他为"乐圣"。左拉，也是全世界人所尊敬，称之为"自然主义大文豪"，而被托翁一口骂倒，说他们的事业是催眠术的游戏一类的东西。反之，村妇的俚歌，无名作家的童话和图画，他认为是感人最广的真正艺术品。他的艺术论，实在含有艺术界空前的大革命思想。可惜艺术在世间的历史甚久，习惯甚深，一时改不过来。托尔斯泰未能实现他的革命，然而给艺术界的影响甚大。最近所常听到的"出象牙塔""为人生而艺术""提倡大众艺术"的呼声，便是从托尔斯泰的革命精神上发出的。

　　我们的抗战艺术，务求广受四万万民众的理解。欲广受理解，内容非仁爱不可，外形非浅显不可。托尔斯泰的艺术论，可以作为我们的抗战艺术的指针。

二十八（1939）年十一月三日于宜山

桂林的山

"桂林山水甲天下"，我没有到桂林时，早已听见这句话。我预先问问到过的人，"究竟有怎样的好？"到过的人回答我，大都说是"奇妙之极，天下少有"。这正是武汉疏散人口，我从汉口返长沙，准备携眷逃桂林的时候。抗战节节失利，我们逃难的人席不暇暖，好容易逃到汉口，又要逃桂林去。对于山水，实在无心欣赏，只是偶然带便问问而已。然而百忙之中，必有一闲。我在这一闲的时间想象桂林的山水，假定它比杭州还优秀。不然，何以可称为"甲天下"呢？

我们一家十人，加了张梓生先生家四五人，合包一辆大汽车，从长沙出发到桂林，车资是二百七十元。经过了衡阳、零陵、邵阳，入广西境。闻名已久的桂林山水，果然在二十七（1938）年六月二十四日下午展开在我的眼前。初见时，印象很新鲜。那些山都拔地而起，好像西湖的庄子内的石笋，不过形状庞大，这令人想起古画中的远峰，又令人想起"天外三峰削不成"的诗句。至于水，漓江的绿波，比西湖的水更绿，果然可爱。我初到桂林，心满意足，以为流离中能得这样山明水秀的一个地方来托庇，也是不幸中之大幸。开明书店的陆联棠经理，替我租定了马皇背（街名）的三间平房，又替我买些竹器。竹椅、竹凳、竹床，十人所用，一共花了五十八块桂币。桂币的价值比法币低一半，两块桂币换一块法币。五十八块桂币就是二十九块法币。我们到广西，弄不清楚，曾经几次误将法币当作桂币用。后来留心，买物付钱必打对折。打惯了对折，看见任何数目字都想打对折。我们是六月二十四日到桂林的。后来别人问我哪天到的，我回答"六月二十四"之后，几乎想补充一句："就是三月十二日呀！"

汉口沦陷，广州失守之后，桂林也成了敌人空袭的目标，我们常常逃警报。防空洞是天然的，到处皆有，就在那拔地而起的山的脚下。因了逃警报，我对桂林的山愈加亲近了。桂林的山的性格，我愈加认识清楚了。我渐渐觉得这些不是山，而是大石笋。因为不但拔地而起，与地面成九十度角，而且都是青灰色的童山，毫无一点树木或花草。久而久之，我觉得桂林竟是一片平原，并无有山，只是四围种着许多大石笋，比西湖的庄子里的更大更多而已。我对于这些大石笋，渐渐地看厌了。庭院中布置石笋，数目不多，可以点缀风景；但我们的"桂林"这个大庭院，布置的石笋太多，触目皆是，岂不令人生厌。我有时遥望群峰，想象它们是一只大动物的牙齿，有时望见一带尖峰，又想起小时候在寺庙里的十殿阎王的壁画中所见的尖刀山。假若天空中掉下一个巨人来，掉在这些尖峰上，一定会穿胸破肚，鲜血淋漓，同十殿阎王中所绘的一样。这种想象，使我渐渐厌恶桂林的山。这些时候听到"桂林山水甲天下"这句盛誉，我的感想与前大异：我觉得桂林的特色是"奇"，却不能称"甲"，因为"甲"有十全十美的意思，是总平均分数。桂林的山在天下的风景中，决不是十全十美。其总平均分数决不是"甲"。世人往往把"美"与"奇"两字混在一起，搅不清楚，其实奇是罕有少见，不一定美。美是具足圆满，不一定需要奇。三头六臂的人，可谓奇矣，但是谈不到美。天真烂漫的小孩，可为美矣，但是并不稀奇。桂林的山，奇而不美，正同三头六臂的人一样。我是爱画的人。我到桂林，人都说"得其所哉"，意思是桂林山水甲天下，可以入我的画。这使我想起了许多可笑的事：有一次有人报告我："你的好画材来了，那边有一个人，身长不满三尺，而须长有三四寸。"我跑去一看，原来是做戏法的人带来的一个侏儒。这男子身体不过同桌子面高，而头部是个老人。对这残废者，我只觉得惊骇与怜悯，哪有心情欣赏他的"奇"，更谈不到美与画了。又有一次到野外写生，遇见一个相识的人，他自言熟悉当地风物，好意引导我去探寻美景，他说："最美的风景在那边，你跟我来！"我跟了他跋山涉水，走得十分疲劳，好容易走到了他的目的地。原来有一株老树，不知遭了什么劫，本身横卧在地，而枝叶依旧欣欣向上。我率直地说："这难看死了！我不要画。"其人大为扫兴，我倒觉得可惜。可惜的是他引导我来此时，一路上有不少平凡而美丽的风景，我不曾写得。而他所谓美，其实是奇。美其所美，非吾所谓美也。这样的事，我所经历的不少。桂林的山，便是其中之一。

篆文的山字，是三个近乎三角形的东西。古人造象形字煞费苦心，以最简单的笔划，表出最重要的特点。像女字、手字、木字、草字、鸟字、马字、山字、水字等，每一个字是一幅速写画。而山因为望去形似平面，故造出的象形字的模样，尤为简明。从这字上，可知模范的山，是近于三角形的，不是石笋形的；可知桂林的山，不是模范的山，只是山之一种——奇特的山。古语说"仁者乐山，智者乐水"，则又可知周围山水对于人的性格很有影响。桂林的奇特的山，给广西人一种奇特的性格，勇往直前，百折不挠，而且短刀直入，率直痛快。广西省政治办得好，有模范省之称，正是环境的影响；广西产武人，多名将，也是拔地而起山的影响。但是讲到风景的美，则广西还是不参加为是。

"桂林山水甲天下"，本来没有说"美甲天下"。不过讲到山水，最容易注目其美。因此使桂林受不了这句盛赞。若改为"桂林山水天下奇"则庶几近情了。

丗六（1947）年三月七日于杭州

青山个个伸头看，
看我庵中吃苦茶。

桂林艺术讲话之一

今年春间在汉口开幕的中国国民党临时全国代表大会的宣言中，有这样的话："抗战时期必不可忽者有二义：'其一为道德之修养，其二为科学之运动。'"关于道德修养一项下，引证许多圣贤遗教，归根于"提高国民之精神，以仁爱为本"。

孟子曰："仁者无敌。"孔子曰："一言兴邦。"这宣言大约是抗战胜利建国成功的原动力了！我在报上看到时特别注意，而且欣慰。现在就借它作为引子，来说明艺术以仁为本，艺术家必为仁者之理。请在座诸艺术家认明艺术的性状，觉悟自己的地位，而起来共负抗战建国的重任。

艺术以仁为本，这道理不必引证高论，只在平日的静物写生中即可看出。画家对静物写生，对于该静物的看法与平常不同，不当它们是供人用的东西，而把它们看作独立自主的存在物。三个苹果，在画家眼中，不是人类为供食用而培植起来的水果，而是无实用的一种自然现象。换言之，这些苹果不是供人吃的苹果，而是苹果自己的苹果。这样，才能用净眼看出苹果的真相而描出其形状色彩的美态。因此画家对于静物，常把它们看作活物，想象

茶壶的KISS

茶壶的 KISS

三苹果是同画家自己一样有生命有情感的人，然后观察其姿势态度，作生动的描写。故布置这三只苹果，煞费苦心：太挤近了怕它们不舒适，太隔远了怕它们不便晤谈，太散乱了怕它们不联络，太规则了又怕它们嫌严肃。必须当它们是三个好友晤谈一室中，大家相对，没有一人向隅；大家集中，没有一人离心。这样，才是安定妥帖的布置，才能作成美满的画。

又如一把茶壶与两只茶杯，在画家眼中，不是人类为了饮茶的实用而制造出来的器什，而是一种天生的自然现象。换言之，这些不是供人用的茶具，而是茶具自己的茶具，因此画家对于茶壶茶杯，也当作有生命的活物看。或竟当作与画家同类人物而布置。他们想象茶壶是一位坐着的母亲，两只茶杯是母亲膝下的两小儿。两小儿挤得太近了，怕母亲不舒服；两小儿离得太远了，怕母亲不放心。必使恰好依依膝前，才是安定妥帖的景象，才能作成美满的画。

不但静物如此，描风景画也必把山水亭台当作活物看，才能作成美好的画。这技术在中国叫作"经营置陈"，在西洋叫作"构图"（composition）。这看法在中国叫作"迁想妙得"，在西洋叫作"拟人化"（personification）。德国美学者则称之为"感情移入"（Einfühlungtheorie）。所谓拟人化，所谓感情移入，便是把世间一切现象看作与人同类平等的生物。便是把同情心范围扩大，推心置腹，及于一切被造物。这不但是"恩及禽兽"而已，正是"万物一体"的大思想——最伟大的世界观。

"万物一体"是中国文化思想的大特色，也是世界上任何一国所不及的最高的精神文明。古圣人说："各正性命。"又曰"亲亲而仁民，仁民而爱物"，可见中国人的胸襟特别广大，中国人的仁德特别丰厚。所以中国人特别爱好自然。远古以来，中国画常以自然（山水）为主要题材，西洋则本来只知道描人物（可见其胸襟狭，眼光短，心目中只有自己），直到十九世纪印象派模仿中国画，始有独立的风景画与静物画。所以前述的"拟人化"的描写，在中国诗文中特别多用。例如："感时花溅泪，恨别鸟惊心。""岸花飞送客，樯燕语留人。""蝶来风有致，人去月无聊。""蜡烛有心还惜别，替人垂泪到天明。"等句，不胜枚举。这都是用"万物一体"的眼光观看世间而说出来的。若用西洋人的褊狭的眼光来看，则花鸟只是装饰物与野味，月亮只是星球，蜡烛只是日用品，全无艺术的芬芳了。故中国是最艺术的国家，"万物一体"是最高的艺术论。

艺术家必须以艺术为生活。换言之，必须把艺术活用于生活中。这就是用处理艺术的态度来处理人生，用写生画的看法来观看世间。因此艺术的同情心特别丰富，艺术家的博爱心特别广大，即艺术家必为仁者，故艺术家必惜物护生。倘非必不得已，决不无端有意地毁坏美景，伤害生物。一片银世界似的雪地，顽童给它浇上一道小便，是艺术教育上一大问题。一朵鲜嫩的野花，顽童无端给它拔起抛弃，也是艺术教育上一大问题。一只翩翩然的蜻蜓，顽童无端给它捉住，撕去翼膀，又是艺术教育上一大问题。我们所惜的，不是雪地本身，不是野花本身，不是蜻蜓本身，而是动手毁坏或残杀的人的"心"。雪总是要融化的，花总是要零落的，蜻蜓总是要死亡的，有什么可惜呢？所可惜者，见美景而忍心无端破坏，见同类之生物而忍心无端虐杀，是为"不仁"，即非艺术的。这点"不仁"心推广起来，可以杀人，可以变成今日世间杀人放火的法西斯暴徒！坚冰履霜，可不慎哉？

我十年前曾作《护生画集》，劝人护生惜物。这画已经印了十余万册，最近又被人译作英文，推销于欧美。过去有的人说我不懂一滴水里有无数微生物，徒然劝人勿杀猪羊。有的人说我劝人勿杀苍蝇，

感时花溅泪

将使虎疫^①杀人。有的人怨我不替穷人喊救命，而为禽兽护生，这种人太浅见。仁者的护生，不是惺惺爱惜，如同某种乡里吃素老太太然。仁者的护生，不是护物的本身，是护人自己的心。故仁者有"仁术"。仁术就是不拘泥于事物，而知权变，能活用的办法。能活用护生，即能爱人。"恩足以及禽兽而功不至于百姓"的齐宣王，还是某种乡里吃素老太太之流，乃循流忘源、逐末忘本之徒。护生的本源，便是护心。这在该画集的序文中分明说着，还请读者注意。

艺术以仁为本，艺术家必为仁者。其理已如上述。我们所须努力者，是艺术的活用。我们要拿描风景静物的眼光来看人世，普遍同情于一切有情无情。申言之，艺术家的目的，不仅是得一幅画，一首诗，一曲歌，而是借描画吟诗奏乐来表现自己的心，陶冶他人的心，而美化人类的生活。不然，舍本逐末，即为画匠，诗匠，乐匠，可称为"齐宣王式的艺术家"。

所以"艺术家"不限于画家、诗人、音乐家等人。广义地说，胸怀芬芳悱恻，以全人类为心的大人格者，即使不画一笔，不吟一字，不唱一句，正是最伟大的艺术家，体会"自古皆有死，民无信不立"之理，而在这神圣抗战中见义勇为，作壮烈之牺牲者，正是最伟大的艺术家之一。

艺术以仁为本，艺术家必为仁者。在座诸艺术家，务请认明艺术的性状，觉悟自己的地位，而起来共负抗战建国的重任！

---

① 虎疫，指霍乱。

多数人对于"艺术"的观念，一向"糊里糊涂"。只要看他们的乱用"艺术的"三个字，便可知道。正确的称之为"科学的"，善良的称之为"道德的"，他们都不会弄错。独有"艺术的"一语，多数人都在乱用：他们看见华丽就称之为"艺术的"，看见复杂就称之为"艺术的"，看见新奇就称之为"艺术的"，甚至看见桃色的东西也称之为"艺术的"。听的人也恬不为怪。

而在另一方面，艺术家管自尊崇艺术，称之为"灵感的""神圣的"事业。教育部颁行课程标准，也说艺术科可以"陶冶感情""美化人生""涵养德性"。听的人也恬不为怪。倘使两方都不错的话，那么华丽、复杂、新奇、桃色的东西，难道真能陶冶感情，美化人生，涵养德性，而为灵感的神圣的事业吗？可见艺术到底是甚样的一种东西，多数人弄不清楚，一向糊里糊涂。现在我们非加以清理不可。

艺术的性状特别，内容很严肃而外貌又很和爱，不像道德法律等似的内外一致。因此浅见的人容易上当，以为艺术只是一种消闲娱乐的装饰品。

美德　艺术　技术

好比小孩子初次看见金鸡纳霜片，舐舐看甜津津的，只当它是一粒糖，不知道里面含有药。只当它是糖果之类的闲食，不知道它有歼灭病菌、澄清血液、健康身体的大功用呢。所以现在我们要清理艺术观念，非把这颗金鸡纳霜打开来，使糖和药分别一下不可。

打开金鸡纳霜来一看，发见糖衣和药粉。打开艺术来一看，发见技术和美德。技术和美德合成艺术，其关系如图所示。

所谓"美德"，就是爱美之心，就是芬芳的胸怀，就是圆满的人格。所谓"技术"，就是声色，就是巧妙的心手。先有了爱美的心，芬芳的胸怀，圆满的人格，然后用巧妙的心手，借巧妙的声色来表示，方才成为"艺术"。先有了可贵的感想，再用巧妙的言语来表出，即成为好诗。用巧妙的形状色彩来表出，即成为好画。这好诗与好画便是好"艺术"。不然，倘只有美德（即只有可贵的感想）而没有技术（即巧妙的心手），其人固然可敬，但还未为艺术家。反之，倘只有技术而没有美德，其人的心手固然巧妙，但不能称为艺术家。他们只是匠人。现今多数人的误谬，就是错认匠人为艺术家。故艺术必须兼有巧

212

妙的形式和可贵的内容,即艺术家必须兼有技术和美德。

举实例来说,岳飞的《满江红》是很好的艺术品。因为"怒发冲冠,凭阑处、潇潇雨歇……莫等闲白了少年头,空悲切……驾长车,踏破贺兰山缺。壮志饥餐胡虏肉,笑谈渴饮匈奴血……"词意慷慨激昂,音节铿锵有力,使人读了发生无限的感动与兴奋。这《满江红》充分兼有技术与美德,故为高贵的艺术。又如西班牙现时画家加斯推拉(Castelao)描写叛军轰炸无辜平民的惨象,用笔周详,描写生动,构图妥帖,而用心仁慈隐恻,立意深远伟大,使人看了感到无限的愤慨与奋勉。(我曾见过一幅描写轰炸后掩埋尸体之景象,题曰"他们埋的是种子,不是死尸",又一幅描写先生被炸死,小学生在旁哭泣,题曰"教师的最后一课"。我看了深为感动。)这些画充分兼有技术与美德,故为可贵的艺术。

由此可知真正的艺术,必兼备"善"和"巧"两条件。善而不巧固然作不出艺术来,巧而不善更没有艺术的资格。善而又巧,巧而又善,方可称为艺术。故徒然悦人耳目,而对人没有启示的,不是艺术;徒然供人消遣,而对人没有教训的,不是艺术。旧说,艺术分为八类,即绘画、雕塑、建筑、工艺、音乐、文学、舞蹈与演剧。新中国的艺术,应该改订其分类法:例如有美丽形式与深刻的教训者,称为艺术品。只有美丽的形式,而内容不含何种启示或教训者,则称为"技术品"。免得使人糊里糊涂,玉石不分;遂使据一技之长者,自命为教授,为机变之巧者,冒充艺术家,害己害人,误民误国!

艺术家的修养功夫,由此亦可想而知:先须具有芬芳的胸怀,高尚的德性,然后磨炼听觉、视觉、筋觉。如此,方可成为健全的艺术家。即如前图所示:"美德"与"技术"两圆相交,其叠合的部分方为"艺术"。但在修养上,两者的先后与重轻,亦非郑重分别不可:纵为艺术家者,必须先修美德,后习技术;必须美德为重,而技术为轻。何以言之？因为具足美德而缺乏技术，其人基础巩固，虽不能为成全的艺术家，自不失为高尚善良的一个"人"。人不是一定要做艺术家的。反之，倘学会了技术而缺乏美德，其人就不能正当地应用其技术，误用技术，反而害人。[淫乐淫画的作者，淫书的著者，谄媚拿破仑的画家David（大卫），以诗交结日本人的汉奸黄濬等，皆是其例。] 这可借孔子的话来说明。孔子曰："质胜文则野，文胜质则史，文质彬彬，然后君子。"质是忠诚的质地，文是才智的修饰。孔子说：忠诚胜于才智，则为鄙略（即野）；才智胜于忠诚，则为机巧（即史）。必须忠诚与才智均等具足（即彬彬），方才可为君子。先贤注释曰："文质不可以相胜，然质之胜文，犹之甘可以受和，白可以受采也。文胜而至于灭质，则其本亡矣。虽有文将安施乎？然则与其史也宁野。"这话正好借来说明他的艺术论。"质"犹美德也，"文"犹技术也。"文质彬彬然后君子"，犹美德与技术兼备方为艺术家也。"质胜文则野"，犹美德胜于技术，不失为善良之人也。"文胜质则史"，犹技术胜于美德，而为机巧之徒也。先贤说："与其史也宁野。"现在我可模仿他说：新中国的艺术学者，与其为机巧之徒，毋宁为善良之人。

二十七（1938）年夏

艺术应该是活的。所谓活的艺术，就是能活用于万事，而与人生密切关联的艺术。不是那种死的艺术——手指头上的雕虫小技，感觉游戏的立体派，奇离古怪的未来派，以及感情麻醉的吟风弄月，无病沉吟的颓废艺术。

然而我所谓死的艺术，不一定是一般人所称为"为艺术的艺术"。我所谓活的艺术，也不一定是一般人所谓"为人生的艺术"。我以为这两个名称不甚妥当。供欣赏而无直接用处者，就称之为"为艺术的艺术"而排斥之；含讽刺呐喊而直接涉及社会问题者，就称之为"为人生的艺术"而推崇之，所见未免太偏，拘泥于"事"而不能活用其"理"，可称之为"死的艺术论"。死的艺术论与死的艺术同样的不健全。

数学教人 $1+2=3$。人就能活用数学：打下一架飞机，又打下两架飞机，知道一共打下三架飞机。体育教人掷铁球，人也能活用体育：一个手榴弹掷中数丈外的坦克车。数学和体育都可活用，为什么艺术拘泥于一幅画与一曲歌，而不活用呢？数学的高深者，如几何三角微分积分，实用极少，哪一个天天要用几何三角微分积分呢？然而学生非修不可。盖欲借此锻炼头脑，使思想清楚正确也。体育中的翻铁杠撑竿跳，实用也很少，哪一个必须在生活中常常翻铁杠或撑竿跳呢？然而学生非练不可。盖欲借此锻炼肢体，使身手强健敏捷也。同理，艺术中的图画音乐，实用也不多，有谁在生活中必须常常画图唱歌呢？然而学生非学不可。盖欲借此涵养德性，使生活美化也。故艺术科的主要目的物不是一张画一曲歌，而是其涵养之功。有些人不识此旨，而斤斤于描写与弹唱，展览会与演奏会，甚至生吞活剥地教授技术，临渴掘井地筹备出品，遂使艺术变成与生活无关的虚饰品，与人格无涉的小技巧，良可叹也。

欲明艺术的活用，可举绘画中的构图法为实例而论证。构图就是画面物象的布置，在中国画中称为经营置陈。一种物象描在一幅画中，决定其位置的高低，偏正，疏密，背向，须下一番功夫，然后妥帖安定，使人看了心生美感。这比古人安插瓶花更费踌躇，比美人对镜理妆更费评量。故尽美尽善的构图，图中各物不能移动一分，不能移转一度。有如宋玉东家的窥墙玉女，"增之一分则太长，减之一分则太短。"所谓"恰到好处"也。例如要描三只苹果。这三块圆形的东西在一张长方形的纸里如何安排，是作画者最初的一个大问题。给它们均匀地并列在画中，好似寺里的三尊大佛一般，则嫌其呆板。这不像一幅画，恰像水果摊的一部分，故不可取。给它们疏散起来，东一个，西一个，高一个，低一个，好似机关枪弹子洞一般，则又嫌其太散乱。这也不像一幅画，恰像打翻了的水果摊，故又不可取。前者失之于太规则，后者失之于太不规则。过犹不及，皆不可取。适中之道，是使三个苹果有条理而不呆板，有变化而不散乱，离而集中，和而不同。这才成为艺术的构图。这答案不止一种，你有你的布置法，我有我的布置法。但秘诀则一：只要把三个苹果当作三位好朋友看，设想他们是有知有情的三个人，欢聚于一室之中。如此，则随你调来调去，作

静物

种种布置，无往而不是艺术的构图（今但举一例如图）。因为当作晤谈一室的三个人看，你决不会教它们并列如兵操，远离如防贼，或相背如向隅；必使它们相亲相近，相向相对，而又保住恰度的距离与方向，出于自然。凡出于自然者，皆有艺术味。这在构图法中叫作"多样统一"。

多样统一，似是一句矛盾的话。既欲其多样，又欲其统一。即既欲其有规则，又欲其不规则。但事实则甚和谐。故这种矛盾不但不禁，反而可贵；这种矛盾不但艺术上有之，一切人事上都有，而且非有不可。用这"多样统一"的方法来处理人事，便是我所谓艺术的活用。请举几个事例来说：

淳于髡问孟子曰："男女授受不亲，礼欤？"孟子曰："礼也。"曰："嫂溺，则援之以手乎？"曰："嫂溺不援，是豺狼也。男女授受不亲，礼也。嫂溺援之以手者，权也。"礼就是统一，权就是多样。嫂溺援之以手就是多样统一的活用。

孔子也有同样教训：叶公语孔子曰："吾党有直躬者，其父攘羊，而子证之。"孔子曰："吾党之直者异于是：父为子隐，子为父隐，直在其中矣。"叶公所谓其父攘羊而子证之，是直而不知权变，是统一而不多样。孔子所谓父为子隐，子为父隐，是直而有节度，正是多样统一的活用。

曾子少年时也不懂得这多样统一的活用法，有事为证：曾子耘瓜，误斩其根。其父皙大怒，用大棒打曾子。曾子昏倒在地，醒来，知道自己不谨，使父动怒，立刻起来，勉强走进室内，弹起琴来，盖曾子是个大孝子，恐防父亲打倒了儿子之后，心中后悔。所以特为弹琴，使父亲听见琴声，知道儿子没有被打死，便可放心。次日，曾子去见孔老夫子。孔老夫子拒绝他，说他不孝，故不见。曾子自以为昨日的行为是大孝了，正想得夫子称赞，不料反因不孝被拒，真是出乎意表。他请问罪状，孔夫子派人出来对他说：从前舜事奉他的老子瞽叟，要他当差使时他总在侧，要杀他时他总不在侧。孝亲应该小杖则受，大杖则避。你昨天不避大杖，几乎被父亲打死，你犹之杀了父亲的儿子，使他绝嗣。你是大不孝了（事见孔子家语）。曾子的孝，不知权变，是统一而不知多样的例。

关于曾子，我又想起一个多样而不知统一的例：曾子病重了。学生乐正子春及儿子曾元等坐在榻旁侍奉。一个童子拿着蜡烛坐在角落里。童子说："这条席子很华美，是大夫所赐的吗？"子春叫他勿作声。曾子听见了，问童子说什么。童子又说了一遍。曾子说："是的，这是大夫季孙赐给我的，我还没有换去，元！给我易簧吧！"曾元说："父亲的病重了，变动不得。倘幸而能挨到明天早晨，我们再来换席。"曾子说："你的爱我，不及这童子。君子爱人以德，小人则爱人以姑息。我不要姑息，只要正道而死，就好了。"于是曾元等扶他起来易簧，易簧后没有躺下就逝世了（事见《檀弓》）。躺在大夫听赐的席上临终，乃非理。易簧是理。乐正子春和曾元等因见曾子病重，力求变通，将使曾子死于非理，便是只愿多样而忘却了统一。二十四孝中的孝，有许多是呆板而不知权变，统一而不知多样的孝。像王祥卧冰得鲤，吴猛恣蚊饱血，郭巨为母埋儿，乃其尤者。

可知多样统一为人生处世之达道。今日前方将士抗战杀敌，并不见敌便杀。对于反战投诚的俘虏，非但不杀，且加优待。这可谓深知权变，善能活书多样统一之理，是大艺术。国风好色而不淫，小雅怨悱而不乱，吾中国在远古就有这种大艺术的示范了。

孔子曰："礼云礼云，玉帛云乎哉？乐云乐云，钟鼓云乎哉？"盖礼以敬为本，乐以和为本，玉帛钟鼓不过其外形。敬与和的活用，普遍于一切天理人事。关于这点，程子说得很有趣："礼只是一个序，乐只是一个活。只此两字，含蓄多少义理！天下无一物无礼乐。且如置此两椅，一不正便是无序，无序便乖，乖便不和。又如盗贼，至为不道。然亦有礼乐。必有总属，必相听顺，乃能为盗。不然，则判乱无统，不能一日相聚而为盗也。礼乐无处无之，学者须要识得！"

礼乐无处无之，即多样统一无处无之，即艺术无处无之。故艺术随处可以活用，艺术必须是活的。"艺术云艺术云，描画唱歌云乎哉？"

廿七（1938）年夏

"大中华"

第五编

"带了从一岁到七十二岁的眷属十人，和行李十余件，

好容易来到遵义。

看见比我早到的张其昀先生，他幽默地说：

'听说你这次逃难很是"艺术的"？'

我不禁失笑，因为我这次逃难，的确是受艺术的帮忙。"

遵义的负重

经过短暂的分离，1940 年元旦丰家团聚贵州都匀。一个月后，又随浙江大学迁入遵义。一路上的艰难与辛苦，惊险与庆幸，在他的日记中都有详细记述。

从在遵义定居开始，生活不再惊心动魄而是相对安逸平静，丰子恺又操心起孩子们的教育。关于这段生活丰一吟写道："我们家到了遵义后，没再受日寇骚扰，生活比较安定。在罗庄时，爸爸每周六晚上召集我们六个孩子开一次家庭学习会。会上有爸爸买回来的糕点果品给我们吃。起初每次买五元，他便定名此会为'和谐会'。用石门话来说，'和谐'二字的发音与'五元'近似。后来物价涨了，爸爸就买十元，并把这学习会改名为'慈贤会'。'慈贤'二字在石门话里读音与'十元'近似。从这两个名称看，爸爸即使在战乱时期，追求的还是'和谐'和'慈贤'。"

这时的丰陈宝、丰宁馨、丰华瞻都已达报考大学的年龄，丰子恺让他们到贵阳中学插班读高三的下学期。学期结束，这几个孩子因成绩优秀，被保送读浙江大学。大女儿丰陈宝和大儿子丰华瞻在浙江大学读了一年，因听说重庆中央大学的文科更好，便去重庆考入外文系二年级。

　　丰子恺租住的熊家新屋，是一个风景优美的地方，窗前便可眺望湘江。傍晚丰子恺临窗独酌吟诗，当吟唱到苏东坡《洞仙歌》里"时见疏星渡河汉"时，顿觉眼前窗外的景色与苏东坡的诗意相映成趣，便给这栋新屋冠上了"星汉楼"的楼名，并欣然提笔写下这个楼名，装裱后挂在前房。"星汉楼"是丰家继家乡石门镇的"惇德堂""缘缘堂"和浙江上虞白马湖畔的"小杨柳屋"后第四个堂名，之后还有重庆的"沙坪小屋"、杭州的"湖畔小屋"和上海的"日月楼"。

　　到1941年9月7日，丰家迎来了一桩喜事：二女儿丰林先与宋慕法结婚。宋慕法是丰子恺的学生，当时在蚕桑研究所工作，也是丰家几个孩子的家庭教师。婚礼在遵义的成都川菜馆举行，参加婚礼的嘉宾大多是浙大的教师学者，也有遵义当地的名绅，苏步青教授担任证婚人。由于买不到空白的结婚证书，丰子恺便在一张粉红色的纸上设计并手书了结婚证书，还题写了一张"敬请签名　永志光宠"的嘉

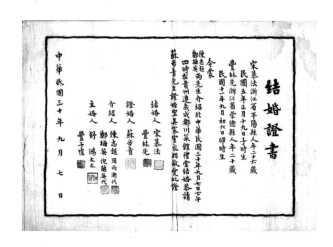

丰子恺设计手
书的结婚证书

宾签到册页。

在遵义时期，丰子恺仍在浙大任教兼全校艺术指导，课余时间用于画彩色漫画。这项工作始于桂林，而在星汉楼里达到高峰，大批彩色绘画在这里完成。这套画共有两百多幅，此后丰子恺在重庆乐山涪陵等地举办画展，展出的就是这套画。画展售画时，这套画是非卖品，订购后要到展览结束另画了交付。

1942年11月6日，丰子恺应国立艺术专科学校校长陈之佛聘请，携家眷迁居重庆。

（杨子耘）

警报作媒人
（丰子恺为女儿婚礼所画）

日记二十则（一九三九年）

一月十九日（星期四）

今日与一同事谈国事，甚乐观。因闻汪精卫放逐后，其党羽在安南被杀，又本人亦有被刺之消息。逐汪而国内毫无异议反动，且竞诛其党羽，足见朝野一致拥护中央，万众决心抗战到底。敌闻此消息，必为落胆。敌自近卫退而滨沼上台后，已月余，至今无特别表示，只是盘踞失地中，不死不活。可见其进退维谷，骑虎难下。最近英国对敌态度强硬，法美附英，将使敌更陷于困境。此一战如何下场尚不可知，然我国自此上下团结自力更生，诚为因祸得福。抗战以前，我国百事颓唐，自伐太甚，有以招致此祸。今后一切必须彻底改革，以图复兴。我等侧身文化教育界者，正宜及时努力，驱除过去一切弊端，必使一切事业本乎天理，合乎人情。凡本天理，未有不合人情者；凡合人情亦未有不成功者。苏联之能新兴，要之，亦不外乎根据天理人情以施政教耳。我们不必模仿苏联，但师天理人情，则无往而不成功。过去之教育，不合天理人情之处甚多。就艺术教育而言，过去之绘画音乐教育，生吞活剥，刻划模仿，游离人生。教育者徒以死工作相授受，而不知反本。此直可称之为"画八股""乐八股"。今后非痛改不可。国内艺术界翩翩诸公，对此各无异言。不亦异乎！

章桂在两江觅船不得，定明日随我赴永福物色。雇轿索大洋六元。我欲省此六元，决定步行赴永福。闻邻近兵士明晨开拔。则永福得船后，当接眷返两江，小住二三星期后一同西行，免得两地呼应不灵。

一月二十二日（星期日）

天又雨，章桂觅船又不得。决定明天离此返两江。雇轿二乘，令力民新枚坐其一，阿先坐其一。吾与宝、软同章桂步行。张铭瑾代为雇定，每乘法币五元，挑工一人，法币二元半。

整装毕，冒雨赴市，见卖板鸭者，其鸭已成扁平块，而未腊制。出法币一元买一只归。与病人食之。有章桂帮忙，食尽一鸭。永福离两江仅五十五里，而物产大异。两江少鱼，鳜鱼则绝无。永福多鱼，而鳜鱼常有。两江少鸭，永福则板鸭甚多。永福尚有一种小小植物油灯，为他处所未见。前软软于圩日买得一只，价八个大镖，形似小杯，燃茶油可以达旦，光亦不减于火油灯。可谓单纯明快。盖全器仅土制之一小罐，罐底突出一中空之小圆柱，以纱带插圆柱中，注以茶油，即可光明达旦。此乃可奖励之一种工艺美术品。今后抗战持久，外来货物缺乏，此灯尤可提倡。盖植物油随地皆有，不忧缺乏。而灯形小巧，装置简单，携带便利，在抗战时期更相宜也。明日逢圩，可惜即欲离去。倘来得及，拟买一打，分送好友。

一月二十九日（星期日）

原约彬然八时来乐群社，共赴北门吴敬生家避空袭。天小雨，略放心。彬然因此至九时始到。小雨不绝，天甚低，层云掩护桂林全城甚周密，料敌机无法来袭。遂与彬然在市上闲步，力民、新枚同去。

中北路瓦砾场中，有断垣矗立，上绘一图，甚触目：其画上写大炸弹一枚，正从天空下降。下写民房数间承受之。民房之大不及炸弹十分之一，弹落其上，势必粉碎。此画触目惊心，功效极大。可见对民众之宣传画，不可拘泥于写实。有时加以夸张，更能动人。此画即其一好例。彬然代张志让、宋云彬来邀，今晚请吾在味腴聚餐，请教画事。席上当以此事告之，以供参考。

午在水东街一宁波人所开菜馆午餐，彬然请客，辞曰饯别。席上有鸡丁、鱼块、开洋白菜。复有一操上海白之宁波摩登女堂倌侍酒，似江南所常见。但房屋殊陋，背景甚不调和也。

下午力民抱新枚返乐群社。吾与彬然访吴敬生。不值。其夫人出马先生最近信相示。得知马先生已到重庆。又云将走水路赴乐山，卜居峨嵋山下。敬生屋乃农民银行新建职员住宅，负鹦鹉山，避空袭甚便。屋亦精致可爱。小坐辞去。路上与彬然谈马先生入川之事，咸以为必有其他动力。因马先生月前来信，尚言已在宜山郊外购得地皮及茅屋，许与王星贤及吾为三家村，盼吾早赴宜山。今遽入川，必有其他更大之动力无疑。且必有信寄我，尚在途中也。（近来桂林宜山间快信半个月，平信一个月，电报亦十三天。）吾心甚喜：倘得马先生为国师，国家民族，前途幸甚。一薛居州 [1]，或可使长幼尊卑皆为薛居州。

---

[1]　薛居州，见《孟子》"滕文公下"第六章。

　　访舒群,以画赠之。画中写一人除草,题曰《除蔓草,得大道》。此青年深沉而力强,吾所敬爱。故预作此画携赠,表示勉励之意。舒群住南门内火烧场中。其屋半毁,仅其室尚可蔽风雨,但玻璃窗亦已震破。其室四周皆断垣颓壁及瓦砾场,荒凉满目。倘深夜来此,必疑舒群为鬼物。舒群自言,上月大轰炸时非常狼狈,九死一生,逃得此身,抢得此被褥。今每晨出门,将被褥放后门外地洞中。夜归取出用之。防敌机再来炸毁也。桂林冬季多雨,近日连绵十余日不晴,地洞中被褥必受潮,得不令人生病?吾以此相询,舒群摇首曰:"顾不得了!"呜呼,悠悠苍天,彼何人哉!人生到此,天道宁论矣!

警报中

傍晚返乐群社，新枚发热，大哭不止。拟送省立医院，又止。七时匆匆赴味腴应张志让约。此菜馆异常嘈杂，不可一刻留。菜亦多肉，能下咽者极少。催云彬速谈画事，允在赴宜山前为作画若干幅。复略贡献关于抗战宣传画之意见。八时告辞，返乐群社视新枚，幸已服鸥鸹菜而愈，已酣睡矣。与力民整行装，定明晨七时离此，赴车站搭车赴两江。十一时，腹甚饥。在味腴未尝吃饭也。冒小雨出门窥探，见斜对面有饮食店未停业。力民因新枚病，亦未进晚餐。遂抱新枚，以大围巾蒙其头，同到此店吃宵夜。馄饨，水饺，酱鸭，蛋炒饭。复饮山花六两。归就寝已十二时半矣。

久不用抽水马桶，且常在野外大便。今在乐群社用抽水马桶二天，反觉不及野外之舒畅。

一月三十日（星期一）

晨七时即赴车站。所谓车站，实则一瓦砾场也。彬然、联棠已先到，舒群继至。买票不得。联棠、舒群费九牛二虎之力，买得一票，送力民抱新枚先走。吾与彬然只得延至二班车再走。幸此车开后，二班车即卖票，联棠努力买得二纸。彬然急取藏诸怀中，如获至宝。下午一时当来搭车。

天欲晴，虑有空袭，与彬然散步骝马山附近，以消此上午。途中有小新坟，前有石桌及二石凳。吾二人坐憩焉。墓碑上铸"爱女吴顺宝之墓"。考其时日，乃半年前所新筑，死者仅四岁耳。料想墓中人必为从杭州流亡而来之小难民，客死于此，其父母痛不能已，故辟此黄土，筑此青冢，聊以慰情者也。吾久居杭州，亦为流亡缘，不禁生吊慰之心，为之脱帽。复为之默祝曰："禽兽逼人，黄帝子孙无不震怒而奋勉者。墓中之小女娃若不夭殇，将来亦将效木兰之精神，捍卫祖国。今不幸短命，不得尽其神圣之天职，不得亲见最后之胜利，而客死他乡，葬身异地，是诚千古之遗恨也！然今日全国万众一心，后方之民不懈于内，前线之士忘身于外。长此以往，抗战不忧不胜，建国不愁不成。青天白日之下，到处为乡。小女娃且安心于青冢之下，不久当有凯歌迎尔归葬于西湖之旁也。"

离小女娃墓，尚上午十时，距开车足有三小时。遂偕彬然信步上山，对坐山顶石上，信口漫谈。谈及现世科学之发展，与战争之惨烈，吾仰天而叹曰："造物者作此世界，不知究竟用意何在？是直恶作剧耳。吾每念及此，乃轻视世间一切政治之纷争，主义之扰攘，而倾心于宗教。唯宗教中有人生最后之归宿，与世间无上之真理也。"彬然正色而告曰："非也！彼困于冻馁者，日唯衣食为忧，奚暇治宗教哉？"予愕然。心念此彬然之所以为彬然也。吾二人人生观之相异，恐即在于此。谈至十二时，缓步入城。二时始搭车，返两江已傍晚矣。桂林之行已毕，心头放下一事。

二月九日（星期四）

《扫荡报》载二月五日宜山被炸详情，谓是日宜山四门均受弹，城外浙江大学校舍，受弹八十余枚，几乎全毁。幸为星期日，学生皆出外，仅一学生受伤。同时接王星贤二月一日所发书，谓马先生尚未离宜，浙大正在挽留。又云郑①言吾课三月中开始，故迟到不妨。又希望我作马先生所购茅屋之主人，以其离城远，离彼寓仅一里也。

---

① 郑，指郑晓沧。

　　吾本定三月初动身。今浙大校舍既全毁，恐将迁地，亦未可知。且待彼方来信再定。

　　闻某人言："今后学校、商店等一切机关，宜取动物式，不宜取植物式。"意谓不可在城市中固定地点，如植物之生根于地；宜取摆摊式，随时移动，如动物之来去自由也。此言极有理，亟宜宣传。盖敌计穷力尽！今后唯有向我后方城市滥施轰炸，以泄其淫威。故我非用彻底安全之防空法不可。开明书店正在宜山、柳州租屋开张，不是办法。亟宜改设"开明书摊"。

"阿Q真能做！"

三月十二日（星期日）

吾家将徙宜山，此消息已遍传全村。盖自二月底起即准备启行，但舟车难得，迁延再三，行色已见半月余，故村中远近皆知也。昨日某邻人不知因何误会，到学校放一谣言，曰吾家明日离去。彬然父子及祖璋以为真，午后特来送别。实则桂林三十一集团军为吾谋车尚无回音，此间雇船亦暂从缓，何日可走，尚不得而知也。坐谈片时，送三人到圩，正值市日，见有卖铁树者，每株一角。吾即买一株。将手植于租屋之空地中，以留纪念。他日抗战胜利，吾率眷返杭州，道经桂林，必来此一访旧居，此树当欣然待我之来访也。路遇数相识者，皆不解此意，讶我正欲远徙而反买树。我之所为，彼所谓"无益之事"也。古人云："不为无益之事，何以遣有涯之生。"

三月二十一日（星期二）

天又雨，船不至。焦灼之极，反变安定。前日因候舟不至，为免焦急，即利用时间，重作《漫画阿Q正传》，已成三分之一。今日焦急之极，又变安定，遂续作该画。驾轻就熟，一朝而获十幅。此画共计五十四幅。若船迟迟不至，则画或可在此完成，然后启程。

此画今日已是第三次重作。第一次作于廿六（1937）年春，时闲居杭州田家园，茶余酒后，取《阿Q正传》逐一描现，悬之床头，以为友朋谈笑之助。时张生逸心[①]同居杭州，出资自印吾所作西湖十二景将成，即要求再印《漫画阿Q正传》。许之，夏间锌版

---

① 张逸心，后改名张心逸。作者在石门缘缘堂时期私授（日文等）弟子。

五十四块已成，付上海南市城隍庙附近某印刷厂印行。正在印刷中，"八一三"事起，南市成为火海，此阿Q漫画之锌版及原稿皆成灰烬。不久我即离乡逃难，辗转流离。途中常念及此稿，自念此身若再得安居，誓必重作此画，以竟吾志。廿七（1938）年春抵汉口，钱君匋[①]预知此事，从广州来信，为《文丛》索此稿。吾许为重作，在《文丛》连载。即先寄二幅。续寄六幅。二幅后果刊出，六幅寄出后，正值广州大轰炸，君匋逃避九龙，旋即返沪，邮件遂杳无着落。不久吾离汉，赴桂林，任桂林师范课。而《文丛》复刊，李采臣（巴金之弟）来函请续作；钱君匋则在沪办《文艺新潮》，屡以航快及电报索此稿。吾对两方皆不允，因一则第三次重画，少有勇气，二则身任师范教师，无复有描写阿Q之余暇与余兴；三则两志并要此稿，使吾左右为难，索性两皆不允，并非奇货可居，实为避免纠纷。君匋函电纷繁，并在志上预告，复将《文丛》曾载之二幅再制锌版，刊于《文艺新潮》之上。吾知其不得已也，但吾之不应嘱，亦非得已。遂另作他二幅寄赠之，并许以后再寄他画。至于阿Q漫画则决不刊载任何杂志。此亦可以对君匋矣。今者，桂师已辞，浙大未就，无职身轻，画兴又作。一朝而获十，则预计五六天即可完成。倘舟车再迟五六天不至，则吾可在此完成此业，径寄上海开明印单行本，然后动身赴宜山。此亦意外之收获也。

下午唐现之君来，赠羊毛笔一支，桃源石一方。石印请其转请林半觉君镌"缘缘堂主"四字，有便送宜山。半觉有金刚钻，能刻桃源石，并许为再刻，故托之。唐君以谦怀求教校事，吾愧无以贡献。但劝其留意物色音乐教师，多买风琴，造成注重音乐之校风，则其所抱

[①] 钱君匋（1906—1998），作者在上海专科师范时的学生，后为金石书画家。曾任西泠印社副社长、上海文艺出版社编审等职。

"艺术办学，礼乐治校"之宗旨，庶几可以达到。盖化民成俗，莫善于音乐。不必求证于古，即吾所亲历，亦有二著例：一者，幼时求学于浙江第一师范，李叔同先生教音乐甚严。全校置备大洋琴（钢琴）二，小风琴数十。吾辈午饭后十二时一刻，或夜饭后六时一刻，常为教习弹琴之时间。吾至今吃饭快速，不消十分钟，盖于此时养成习惯。浙一师后虽迁，然曾受李先生教化之毕业生中，不乏志士仁人或社会之有力分子。吾确信其为音乐艺术之效果。二者，去岁马一浮先生居开化，第八路军暂时驻其村，与马先生为邻，闻马先生言，八路军纪律更好于五路军，五路军驻在时，军官曾来叮嘱，请将火腿等食物收藏内室，以免不良兵士见可欲而行非礼。八路军到则不须军官镇压，天然秋毫无犯。唯勤于唱歌。每日除操练外，尽是唱歌时间。盖唱歌可以统御感情，调剂生活力之过剩。兵士之心身皆得适度之发泄而调和圆满，自无作恶为非之余暇矣。然此犹音乐之小用耳。吾以此二例

告唐君，劝其注重音乐。此外则愧无善言可以奉赠。唐君虚怀乐受，必不河海斯言。吾将拭目以待桂林师范之礼乐化也。

四月五日（星期三）

上午十时，吾正作书与马湛翁先生及章雪村兄，而联棠来，入门高呼"校车来了"。校役同来，以总务长函呈阅，始知上次校车于廿四开到，误闻人言吾已动身，遂即开回宜山。得电报，始再放来。以故迟至今日。真是冤哉枉也。约校役停车四小时，下午二时启行。此四小时内，收拾行物，手忙脚乱。幸有舒群同来相助，唐校长亦亲来帮忙。铺盖四个，皆舒、唐二君代为结束。他日乱平，回忆此事，正是一段佳话。彬然、祖璋、又信、丙潮皆来送行，张新虞君亦到车旁相送。舒群有友人一男一女，皆朝鲜人，欲搭吾车赴修仁参观瑶民生活。故同来两江。联棠复有书九十包，已装车中。吾家行李及十一人一齐上车，而车已挤满。二时开车，遂与两江告别。家具均不得带走。此等家具共值不过大洋五十元，乃去夏初到桂林时所置。当时准备抛弃，故极度简陋。今日果然。计竹榻三个，竹桌四个，竹凳七八个。一部分送房东，另一部分托彬然分送友人。吾与彼等相处半年矣。今日临别，不胜依依。非为区区之财，实为彼等本身。情与无情，元共一体也。

下午五时抵阳朔。浙大办事处陈君出来招待，并为看定旅馆。久仰"阳朔山水甲桂林"。今于夕阳中相见，果然玲珑。县城四周，犬齿山环列，山间有树，有屋有亭，参差罗列。提神于太虚而府瞩之，宛如上海城隍庙所售假山盆景。所谓"甲天下"者，其在是乎？散步城内，见丧家甚多。门前各悬白布，上书"当大事"三字。此亦一特

点。途遇梁寒松君，此人暑中曾在桂林艺术训练班听吾讲，近执教于
该地国民中学者。承其指示介绍，得一饭馆，全家于此晚饭。力民入
汽车检点行李，发见有三箱二包一篮未曾上车。乃挑妇误走别路，找
不到汽车；而吾等人众物多，匆匆未及检点之故。然挑妇皆四嫂（房
东）之本家，决不吃没①。即走饭店隔壁长途电话局，打一电话与联棠，
托其转电彬然，代为查询，择便送宜山。此次旅行，准备欠有规律，
以致遗落行李。下次行李必须编号，上下舟车，必须检点。

四月八日（星期六）

晨八时开车，宗岱、桂荣②来送别。一时半抵宜山，甫抵西门口，
警察拦阻，云有紧急警报。司机急回车，开出三四公里而后止。吾等
下车，于公路旁草地上坐憩。遥望宜山，城虽小而屋宇稠密，正卧山
脚下，静待敌机之来袭，仿佛赤子仰卧地上，静待虎狼之来食者。人
间何世，有此景象？念之怒发冲冠。草地之旁有小流水。妻女乘此机
会为新枚洗尿布。待警报解除，而尿布十余块已全干。皆大欢喜，收
拾登车。车抵西门口，偕华瞻先入城，约开明金君来助理进屋事。入
西门，见一饭店，楼上可坐。吾嘱华瞻折回，要家人来吃饭。吾独赴
开明访金君，来此聚会。吾独行将及十字街，忽见群众蜂拥而来，知
是警报又作。即随众出北门，渡浮桥，至对河岩石间坐憩。时已五点
半，晨在柳吃面一小碗，至此饥肠辘辘。乃连吸纸烟，用以代饭。旁
江浙口音之长衫人物，正谈迁校建水之事，定是浙大之人。据云建水

---

① 吃没，江南一带方言，意即吞没。
② 桂荣，即章桂。

地方极好，四时皆春，迁校时取道安南，由镇南关坐火车可以直达。而由此至镇南关之路，校方已有汽车可借，每人路费不消五十元也。吾未见学校当局，而先在此岩石间闻知校讯，亦奇遇也。

六时半解除警报。急赴开明，约金君同到西门外，知星贤兄父子已导引老太太及新枚等入龙岗园租屋中。乃打发挑妇，将行李押送龙岗园，然后偕满哥①及诸儿入城求食。不意是日自上午十时至此，警报连发三次。市民皆枵腹，饭店挤拥，绝无坐位。于是入开明，托店员代烦。九时始得一饱。店员越钊同王公子钧亮另送饭两客至龙岗园，与老太太及力民。食事始毕。十时返龙岗园。见三室各仅方丈，有二床。十一人居之，殊无办法。幸开明有货堆存，即与诸儿共抬货包，平铺地上，作一大床，十一人始各得其所。开明二楼上三楼，有明窗静室，乃吾所租定。内有大床二，亦吾所购置。但为警报，旷安室而勿居，而十一人拥挤于三方丈中。但不视为屋而视如船，则艨艟巨舰，何窄之有？

六月十六日（星期五）

大热，城中九十四度，乡间八十八度。

钱君匋寄来香港英商不列颠公司出版《战地漫画》，下署"丰子恺著"。内刊画数十幅，皆吾抗战后发表于各志报者。此人擅自收集出版，吾全不得知。倘编选适当，则掠夺吾版税而已，犹或可原。但此书编选，十分恶劣：一者，名为战地漫画，其实吾之画皆后方现象，名不符实。二者，且内载之画，有许多幅与战事毫无关系。最是昔年

---

① 满哥，指作者三姐丰满。

赠钱君匋之一幅，写书斋中情景者，亦被收集在内。可知偷编者不管画意，凡见吾画，一概剪取，编入，而统名之为战地漫画，欲利用抗战以发财。三者，卷首居然有一序文，乃吾在桂林时所作艺术讲话，曾刊登《宇宙风》，今被取去，下注"代序"二字。不伦不类，尤属可笑。如此，故凡知我者，皆能一望而知其假冒。受其愚者，恐只小孩及香港之外国人耳。本应追究，但在此时期，吾实无闲心情对付此种宵小，则姑置之。此宵小料吾不会追究，故乘机偷窃，所谓趁火打劫者是也。即以此意复君匋，请其将信公布于杂志，以明真相。但不知君匋敢公布否。

七月二十一日（星期五）

上午十时警报至。十一时许解除。下午一时许警报又至。往日有警报，我常躲避屋旁岩石间。今日不知何故，发心逃出野外，且抱新枚而逃。逃至门外半里许岩石间，见一石缝宽二三尺许，左右有石壁而上无盖。即与满姊、软软、一吟、新枚五人共入石缝中。浙大同事男女七八人亦至。十余人共钻石缝，中有一人以伞误触黄蜂窠，黄蜂群起抵抗。一女人被螫，呼痛，诸人皆逃出。而紧急警报忽发。于是诸人不复怕蜂，仍钻石缝。蜂亦不再螫，似有知者。我本居缝口，见缝中人多，乃独赴邻近大石下，蜷卧丛草中。约十余分钟，敌机至。我从草中窥之，见九架，在我头顶稍偏东处。俄而炸弹声大作。我所卧之地面略为震动。度其远近约在一里左右。如此去而复来，共投弹四次。我之环境乃岩石起伏之荒地，心知不为投弹目标。然当胡禽初次飞过头顶时，及弹声初次震响时，不免惊骇。惊骇立即变为愤怒。愤怒终于变为镇定。第四次轰炸时，我正在草间吸纸烟也。三时许解

警报中

除警报。随诸儿赴城察看，见西门外体育场直径丈余、深五六尺之地洞四个。其二分布于场中旗杆之左右，去旗杆均不过一丈，而旗杆巍然矗立，毫不倾侧，其如泥基石亦略无损坏。人言此国家基础巩固之象征也。复西行，见汽车站对面一小店被毁。军校医院亦受一弹。山谷公园（此公园以黄山谷名）中受一弹，有二人死树林下，惨不忍睹。此外直西五里外某村，受弹最多，村屋被焚。盖军校学生所居也。此次共投百余弹，死伤六七人。然大都由于无知，不避地，或避地不良，以至于死。例如公园中二尸，其身旁即有一深而窄之沟，沟中水甚浅。使二人肯入沟中，则无恙也。倘得处处设备周密，人人行动敏捷，则敌机实不能毁吾人之一毛。由此观之，空袭虽烈，亦复可怜！

警报解除后

我个人此次所受惊骇，实为抗战以来最大之一次。二十六年十一月
二十一日下午二时在石门湾缘缘堂第一次听炸弹时，虽地小弹多，危
险万分，然所投皆小弹，炸声不大。且不意中突如其来，（事前我等
确信此全无军事设备之小镇不致被炸也。）人皆不觉其可怕也。其后
逃难途经杭州及南昌，皆遭逢空袭。居长沙及桂林时，亦逢数次空袭。
或距离甚远，或并不投弹。居汉口时空袭最多，非但不惊，且感快意。
因汉口吾国飞机甚多，一发警报，群起迎战，时将敌机击落，盖有抵
抗而无恐怖也。今宜山军校所在，目标甚多；而全无抵抗，任其肆虐。
我身虽可避患，而心不胜其愤。彼以利器从天上杀来，我以肉体匍匐
地上，万有一死之可能。有生以来，未曾屈辱至于此极也！

十二月五日（星期二）

今日可谓平生最狼狈之一日，全日在焦灼、疲劳、饥渴、不快中度送。晨五时即起，一面嘱丙潮、钧亮等在家整装雇人速送车站外四里之公路旁大树下候车，一面与星贤携洋千元，于严霜残月中入城向饭店老板交车赁。至饭店，老板不在，于店头晨风中立等一小时，天大明，老板始至。引吾等往车上缴价。随之行，至站外三四里处，不见车。坐路旁等候约半小时。老板言欲去催，即起去。星贤亦返村催行李及家人。恐开车时刻延迟，将遇警报也。吾独坐久之，不见老板或车至。忽见吴志尧君在前相招。趋之，始知四家人物均已到齐，在大树下等候。吴嘱我赴大树下，而自去车站找老板及车。吾行至大树下见二王一周之家族及吾家四儿皆鹄立道旁引领望车，行李杂陈荒草地上，大小数十件，形如盗劫之物。群众见吾至，就问"车子"？吾

汽车不来，预报球挂起了。

支吾以对，但言留待。时已八点，警报时间已到。而骄阳灼灼，天无纤云，乃标准的空袭天气。候车之群众，目光时时集于北山之巅，常恐其有灯。来车甚多，而皆非所望。至九时，吴志尧君至，言车坏，正在修理；下午二时可开。诸人脸上皆现尴尬相。设吾有画兴，速写此时马路旁一群男女老幼之相，可得一幅出色之难民图。其中王羽仪夫人正在患病，不禁风吹日曝，今日破晓冒风霜而至，经三四小时之恭候，现已不能支持。令仆展帆布床而卧于一草屋之檐下。今闻下午二时可开，则尚有五小时之曝露也。至十时饭店老板同司机至，言修车今日难望完成。另有车藏在离此五里外飞机场畔，可载我等赴都匀。言已即偕司机沿公路去。但此一去，杳如黄鹤。吾等大小二十余人，忧心悄悄，饥肠辘辘，忽见山北挂一灯，则惊心动魄。此间东近车站，西近机场，北面阻江，南面炸弹坑到处皆是。设有空袭，我等向何处逃避？路旁行李数十件，如何办法？死守乎？丢弃乎？幸而十一时余灯即除去。但下午难免再挂。儿童呼饥，幸附近村中有米面，聊以充肠，吾但食橘子数枚，抽香烟无数。有人欲归去。但结果不行。因归去则车子绝望，况四家均是破釜沉舟而来，根本无家可归。于是再等。等至下午三时，饭店老板坐脚踏车而来。车后系一电器。言该车久不用，此器乏电，须入城充电方可开驶。充电须一夜，故明日可开。王羽仪君闻言，许以学校之电器借与。即派二工人入城去借。四时借到，五时该车开到。车甚小，以目视之，只能载道旁之行李。但司机索价二千三百元。吾等与饭店老板订约一千二百元，此司机全不认承。而饭店老板已于不知何时悄然逃脱，不知去向矣。时已昏黑，事已绝望，吾等决心就宿旅馆。行李挑夫无法雇请，犹幸司机允为装载，即纷纷搬运上车。搬毕，车中已无立锥之地。设照原价，吾等须包两辆，出二千四百元，方可人物俱载。若照二千三百元算，则须四千六百元方可抵都匀也。返城已上灯，就宜宾旅馆廿房间，形似已抵都匀。诸人皆饥，入市求食。独吴君不食，约吾等向饭店老板交涉。吾与星贤兄准备放弃此金，不欲再见此棍。但吴君力邀；且吾欲一观流氓相，即随之去。吾日记时间有限，无暇描写此情景。但此确为吾生难得之经验。结果该流氓允还五十元，须于明日去领。吴君美意相劝，得此结果，诚为憾事！吾等除狼狈、劳倦与不快之外，又怀对吴君抱歉之忧。吾个人则又关念思恩之六人。彼等今日破晓动身，至德胜候吾等之车，日晚不至，必甚惊讶。今又无电话可通。只得置

马革裹尸真壮士，
阳关莫作断肠声。

之不顾。黄昏后目瞑意倦，无聊之极！宜宾旅店主人来谈。此主人甚殷勤，月余前吾自思恩来宜山，曾在此馆一宿，主人招待甚周。今日见之，吾心甚慰，方知人类社会中毕竟有爱之存在，尚可容吾等居。白昼所感之不快，至此稍稍消减。两夜少眠，今夜酣睡。

十二月六日（星期三）

黎明睡醒，平心静思，计划大定。即呼丙潮及四儿醒，告之曰：谣传宾阳失守，汽车夫敲竹杠，吾等不可上当，决定搭客车上都匀。客车票难买，但汝等六人（丙潮夫妇及四儿）可分数班逐渐北上。每次停留，于车站门口及邮局门口张贴姓名住址，以便团聚。德胜之六人皆老幼，其地搭车更难，只得由吾自去领导。万一不得车，当逐步乘轿，徐徐而行，终有在都匀团聚之一日。诸人皆唯唯。吾检点身上得现金八百余元。即以二百付丙潮，一百五十付华瞻。遂别去。于体育场畔辞星贤兄，相谓曰："不知何时何地再见！"握手道珍重而别。时为上午八时半，晴光皎洁，警报有望。吾沿公路徒步西行，形单影只。念及遗弃在德胜及宜山之家族，心绪黯然，与晴明之天光适成对比。

宜山至怀远四十五华里，怀远至德胜又四十五华里，共九十里。吾意欲在途中觅钓鱼车。（公务车之司机在途中兜揽乘客，取得贿赂，名曰钓鱼。）再三向西行之汽车夫挥手，不被理睬，恨甚。但念此等汽车夫皆廉公，即转恨为喜，鼓勇前进。每行五十分钟，坐地吸烟十分钟，如上课然。至十二时半，已抵怀远浮桥。遥望车站，不见人影。入市，十室九空。询一老翁，始知正在紧急警报中。乃快步出市，至市外一二里之大树卜坐憩。有妇人卖糖圆子。吾饥且渴，出一毫子吃圆子一碗，又出一毫子吃圆子汤一碗。坐憩片时，精力又振。出表视之，下午一时。本想在怀远觅车或轿，或在怀远留宿，今将继续步行，拟走尽此九十里，以打破平生步行之纪录。心既决，即开步走，路上小尖石触脚底甚痛，索行囊中，得毛巾一，即以填右鞋中，得绒线帽子一，即以填左鞋中，于是健步如飞。途遇二军人，亦因在宜山购德胜票不得而徒步者，我同志也。遂与闲谈，忘路之远近。天黑，抵德胜。先访区公所，知吾家族寓居新和伙铺。亟往敲门。六人已就睡，闻吾至，皆起身。各述所历，皆叹惋。于是买酒，煮蛋，炒饭，坐床上食之。且食且谈，乐而忘疲。惟两腿酸痛异常，似被棒打者。忽区公所来人，言宜山有电话。强起往听，乃丙潮打来，言陈宝宁馨华瞻三儿已购得车票，于上午十时上车西行，下午六时可抵六寨。然则上午十时余吾在宜山怀远间之公路上步行之时，三儿已疾行先长者而去矣。不知彼等曾在汽车窗中望见乃父否？是晚酣睡如死。

十二月八日（星期五）

情知德胜小站，搭车万无希望，姑且偕满姊元草一吟三人到站询问。见站长零有贤君，据云宜山来车皆满载，无票可卖。吾家有行李十余件寄站中，遂去整理，准备坐轿西行矣。忽一客车至，机坏，停车修理，车上有二浙大学生——周宗汉吴廷瓅二君——下车与吾招呼，因言内有二三人到河池当下车。此刻不妨挤上一二人，暂由彼等让座，至河池便可得位。吾甚喜，即为满姊元草二人择轻便行李四件，连人挤入车内，旋即向零站长购得车票，交与元草，不久而车已飞奔向六寨。吾家共十一人，昨日由宜山赴六寨者三人，今又去二人，则十一分之五已往六寨，吾之担负减轻一半矣。车票每张十一元七角。

午前携一吟返伙铺，检点家族连自己只剩五人，心情轻快，又吃馆子。下午派工人到站，将行李十余件尽行挑来，大加整理。盖此间所剩五人，皆老幼，不能分班，势必坐轿而行。行李必须请人挑担，故非删整不可。遂将火食用具及价廉而笨重之日用物尽行检出，令一吟写价目标贴其上，托伙铺老板置门口拍卖之。市人争来购取，共卖得桂币三十余元。而所得之价皆高于新购之价。盖此等物皆一年前购置。一年以来，物价飞涨。吾标价比原价稍高，犹廉于最近之市价，故市人争来购取也。若有人传此消息于上海或浙东，他日报纸上必夸张描写，而标其题曰"丰子恺在广西摆旧货摊"。

十二月十日（星期日）

晨将整理完成之行李共四担，托人挑赴车站，复算清伙铺账，扶老携幼，共赴车站，姑且等一天看。零站长招待甚周，然而爱莫能助，频频摇头。吾声明准备空等一天，遂在站上盘桓，思恩县长廖君忽至，乃自宜山返思恩道经此地者，相晤甚欢。闻吾携老幼求车，欲为相助，但军车不载家眷，故亦无可为力，以橘子送新枚而去。傍午，有军校学生二人来站长室，求吾在小册上留墨迹。吾因空闲，又因零站长亦好画，笔墨颇精，即在其册上作小画以应之。此例一开，不可收拾，不久大批军校学生蜂拥而至，皆出手册，援例求画。无可奈何，只得来者不拒。约一小时，笔底经手册数十本，而来者犹源源不绝。内有数学生从旁劝阻，吾始得休息。时正值紧急警报，吾等散步至附近林中暂避。正午归，于近旁小摊吃米面代午餐。下午三时，站长劝吾等归休，即以行李寄存站中，扶老携幼而归。仍住杨新和。

挥毫

又赴菜馆晚餐。遇乡公所职员刘聘三君，即托其雇轿，黄昏，乡警伴轿头老廖至，言定轿四乘，挑夫四人，明日上午出发赴河池，每人工资桂币七元五角。自此至河池五十九公里，轿行须三天。明日起，当有三天之古代旅行生活。

十二月十二日（星期二）

晨起，托轿夫代表老杨觅挑夫，因昨日挑夫四人，每人担负超过六十斤，吾许其每人加工资一元，至东江另觅一人分任。老杨去觅，久之不得，乃自赴乡公所见乡长，托其代觅。乡长允可。不久来访，言挑夫即至，但彼欲乞吾一画。情不可却，即同赴乡公所，见桌上陈列白报纸及墨汁，等吾挥毫。想此间文化工具以此为最上，宣纸与松烟墨盖已绝迹矣。即草草为写一幅，写竟而街长亦持白报纸来，邻近之小学教师亦持白报纸来，另有二人穿广西装者又各持白报纸来。遂信手乱涂，共涂五幅，始换得一挑夫，言定到河池工资桂币六元。九时半，始克上道，道中回思，此广西小小一乡中，亦有人知我名者。马先生赠诗"但逢井汲歌耆卿，到处儿童识姓名"，洵非虚语也。

下午三时，经金城街，于店头吃饭一碗，轿又息足于一小乡，名曰六墟，比东乡更草草。找伙铺，皆统间，众客杂处，而无房间。有一家姓谭，内仅设三榻，无窗无门，即包租之，言定一夜桂币一元二角。甫卸装，大批军人蜂拥而入，吾以为查旅客也，将出浙大教职员证示之；乃为首二人深深鞠躬，称适见行李担上有吾姓名，故来拜访求教，彼等皆军校学生也。室内无一凳，来客有数十，无法招待，但立而周旋应酬。众目灼灼，以吾为目标而集注，其严不可忍耐。去后，又来一批。凡三四次，至晚，一教官孙姓者来，言学生因慕大名，群来肆扰，使不得休息，至为抱歉，其辞令甚善。与之立谈（因室内无凳），知为贵州人，为言贵州各地风土状况。颇可参考。不久辞去，即亦就寝。此屋向北，无门无窗，吾卧檐下一榻，入夜寒风凛冽，不可合眼。乃蒙被而卧。平生住处，以此为最简陋。

十二月十四日（星期四）

拂晓赴车站，站长请吾坐办公室内等候。乘车均拥挤无空位。至八时，更无来车，始辞去。约明日再来等候。出站心情不佳。因坐候两小时，见职员数十皆患重伤风，鼻涕如泉涌，竟以手指将鼻涕涂于桌子底上。此印象甚恶劣也。归旅馆，闻茶房言，双十起此间被敌机连炸三天，后常有警报，今日天气晴朗，难免警报。问其附近有否山洞，则曰无之。吾甚恐。因吾之团体中，除老妻及十岁之一吟能远逃外，其余七十二岁之老太太，及一岁之婴孩，皆不能逃。婴孩尚可抱走，老太太实无办法。其行路难进易退，数十步即需休息，如何能逃警报？吾走访最近之山，于县政府后面发见一谷，内有怪石崎岖，勉强可以藏身。但自旅馆至此，吾步行需十二分钟。在老太太，恐非百二十分钟不可。警惕中过了一上午，心稍安。对门有饭店，令其送酒饭来房间中午膳。饮酒三杯，对警报之恐慌渐减。下午，旅馆账房谭海潮君来，请吾写对。问其何以知吾能书？答言有旅客告彼，谓勿错过机会，故研墨买纸，求为其主人胡君及其自己各书一对。吾允之，乘酒兴下楼挥毫。归而奄卧，念车票渺无把握，而警报无处可逃，此地如何久居？正惆怅中，账房又伴一人来访，谓某运输机关之站长。姓某，名某某，手捧宣纸，欲求写对作画。其人操江苏白，一见如故，恳切相谓曰："先生欲赴贵州，车票难买，何不搭我们便车去？"吾正求车不得。闻此大快。某君继言，适见旅馆门口晒吾所书对，因托账房先生介绍，请赐墨宝，遂诺之，即赴楼下写对。许于今晚在房中作画相赠。即与约定，五人与十余件行李，明晨搭其便车赴都匀。持宣纸上楼，老妻洗尿布归来，未知此事。吾告之曰："车子办到了！五个人十件行李同去。明日开，后日到。"老妻不信，以我为酒后戏言。详告之，始共相庆幸。盖吾家已分为四队，父子不相见，兄弟妻子离散多日矣。是否诸人皆安抵都匀，时在悬念中，极盼早日团聚也。下午即为此君作画。夜此君来，言车已准备，到都匀时但略赏司机酒力若干，余无费用。吾即以画奉赠。是夜大喜，买大美丽一听吸之，出大洋二元五角。比思恩又贵五角，抵战前六听之价。其味似亦较胜数倍。

桂道

黔道（二）

十二月十五日（星期五）

晨七时，站长某君来邀上车。谭账房探知吾昨日曾为此君作画，亦欲得画，不收两天旅馆之费，而欲吾到都匀后作画寄赠，辞曰"托以此金买纸"。吾受而许之。谭代为押送行李赴车。八时，吾家老幼六人皆上车，即向贵州开驶。老太太与新枚母子坐司机之旁。吾与一吟及行李装在车后汽车桶之侧。汽油淋漓桶外，吾不敢吸烟。忍至南丹，已正午。下车吃饭始得吸烟。南丹仍是一广西风城市，给吾印象不明。但觉饭菜尚佳。饭后继续开车，路甚崎岖，沿途均是"陡坡""急弯"之告示牌。陡坡有下临无地者。吾从车尾探望，凡险要处，皆过后方知，亦免得担心。下午二时半过六寨，出广西境，入境以来，一年半于兹矣。下午五时半，车安抵独山，下榻于市稍小旅馆，曰集贤。有空房二，一在楼上，一在楼下，均只一榻，问其价，曰"每间一元"。吾欲再问"是桂币抑国币"？顿念此已是贵州境，幸未发问。诸人下车后，黄尘满身，发亦变黄，洗沐毕，嘱旅馆备饭，即独自入市眺瞩。独山市街甚佳。供给亦比广西各地不同，肆中多茅台酒，细芽茶，白木耳。入广西一年半以来，未曾见此市景。今夜骤见，几疑身返沪杭。买茅台一瓶，匆匆返旅馆，菜已齐备，今夜第一次在贵州饮茅台酒。酒味甚美，香洌而文雅。即此一端，已是酬偿我扶老携幼跋涉千里之劳矣。

十二月十六日（星期六）

七时开车，十时入都匀，探首车外，远眺近瞩，冀于路上行人中发见吾之家族，收得平安消息。此时心情，有如古人所谓"近乡情更怯"者。车停，一浙大学生来招呼，助卸行李，并为我在附近第一招待所赁定房间。以四十金赠司机，车即向贵阳开去。吾目送之，此不啻一宝筏，渡我超登彼岸者也。入旅舍休息，腹甚饥。于是先赴附近天津饭店进膳，拟于吃饱后再访家族行踪。所以如此迟迟者，亦古人所谓"不敢问来人"之心情也。正在点菜，忽有人力握吾手。视之，王星贤也。彼先我而至，适才见该学生，知吾已至，且正吃饭，即遍访饭店，于此相见。自六日晨在宜山体育场畔握别至今，已足足十天。当时我因心情懊丧，临别曾谓"我等不知何时何地再见"！方十日耳，竟于预定之目的地欢然相见，此乐更乐于新相知。况因星贤兄，得知吾家族早已抵此，卜居维新街一百四十六号，惟林先及丙潮一家，至今未至。又言彼等自五日空等汽车一天后，六日仍返燕山村，二三日后，始与其某同事共包一车，但车资甚贵，每票派得七八十元，共费四五百元，始抵都匀云。语罢，即起去，并许代为通知我家族。不久二女二男奔腾而至。相见之欢，虽渊云之墨妙，难于摹写。争述来时一路情状，有如相骂，邻座诸客，为之停杯。于是共午餐。吾畅饮茅台酒，略过常度，辞出饭馆，见初面之都匀处处可爱，胜如故乡矣。

初访吾家，见仅有楼二间，并无隔壁，形成一大间，约宽丈五，深约三丈，犹如大轮船之统舱，木匠正在修门，满哥坐守其中。察其环境，楼前为猪棚，楼左为厕所，楼下为灶间。据诸儿言，都匀有炮校常驻，房屋难觅，此楼乃前日在德胜助满姊元草上车之浙大同学代为设法觅得者。每月出租金十五元，而得此屋，在今日尤为幸运云，房东允借床四具，已得其一，余三具尚未送来，故诸儿日来皆席地而卧。吾路途劳顿，需要休息，拟暂住旅馆，待设备周全后，或另得较好之屋后，再行迁住。

下午访王星贤，其家在下菜园，离城约一里。其室方丈而阴暗，晨昏不能读书。但窗外有绿竹，颇饶幽趣。楼上亦方丈，家人皆席地而卧。参观既毕，坐幽窗下互叙所经历，皆叹惋。辞出已四时。返旅馆，嘱诸儿今夜停炊，当共赴中华饭店聚餐。全家十一人，十人已安抵目的地，唯林先一人不至，音信全无，未免美中不足。今夜之聚餐，为此须少饮一杯，诚为憾事！正卧床中纳闷，窗外有人狂呼"先姊"。起视，见栏外马路上丙潮夫妇及林先三人满身黄尘，正在一面与楼上诸人对应，一面拉挑夫上楼。吾待诸儿狂欢既息，然后问其经历。据云彼等一队最不顺利：在宜山及六寨等车，均留滞三四日始得成行，以故到达独迟。盖自十二月五日速装启程，以至今日之团聚，已历十二天矣。今日回忆此十二天之离散，各有痛定思痛之感。是夜中华饭店之晚餐，遂成团圆夜饭。亦可谓之吾全家在都匀之"最初之晚餐"。餐后列一表，自十二月四日至十六日共十一格，各队于每格中填写其行踪，形似《史记》年表。

十二月三十一日（星期日）

今日为二十八年除日。全家十一人在中华饭店吃年饭。五荤五素，茅台酒六两。尽醉而归。回忆去年今日，一部分人居永福，一部分人居两江。前年今日，全家共乘自上饶至南昌之舟中。流亡以来，三历除夕，烽火犹未息；而国与家，均能支持，诚堪庆熹。安得不尽醉而归？但望明年此日，吾国吾家均有更大庆熹。

防空洞中所闻

南宁将失守的前两个月，宜山的警报像课程表一样排定：上午八时起一次，下午二时起一次。我在浙江大学教课。我的课，艺术欣赏与艺术教育，排在下午二时。这一学期中，我只上过一次课，其余的都被警报放假了。放假是先生的幸福。尤其是我，从家里到学校，要走三四里崎岖不平的路，走到时气喘汗流，讲不得课。放假在我应是很大的幸福。但在那时候，这幸福并不大。因为不上教室，就得上防空洞，防空洞的路也很崎岖。只是上教室要唱独角戏，讲自己并不高兴讲的话；而上防空洞，没有这种苦处，倒可选几个相识或不相识的人，随意谈天，自得其乐。有时"联络感情，交换知识"，有时"奇文共欣赏，疑义相与析"，那时我想：上防空洞比上教室更有意义。

警报规定来，而飞机难得来。因此我进洞以后，恐怖的心情少，而谈天的兴味多。在最初，有许多胆大的人，经验了这情形，便懒得上防空洞，而冒险住在家里。结果便宜了他们，他们便自豪。后来有一次，飞机真个来了，而且炸死了许多人。从此以后，自豪的人便不敢再豪，警报一响，大家按时入洞。因此入洞一事，渐渐成了定规，竟同上课一样。有时大家诧异："今天皮包小姐为什么还不来？"话未说完，那小姐果然挟了那皮包姗姗而来。"今天大块头一家为什么还不来？"东张西望，"啊，原来大块头一家今天坐在里面的洞里！"

我入防空洞，最初带一册书，后来废止了。因为我觉得和同洞人闲谈，比读死书有意思得多。我不欢喜找熟识的同洞人谈天，而欢喜找不相识的同洞人谈天。在洞内，不比在路上，素不相识的人，都可以随便招呼，而且一招呼就很亲热。我往往选定一个对象，预先估量这人是什么路道，有过怎样的生涯的，然后去同他攀谈。

我虽然没有学过相面，然而我的估量，大都近似。有一次，我在同洞的人中注意到了一个瘦长的中年人。他的脸色特别忧愁，他的态度特别严肃。入洞他总是最早，出洞他总是最迟。在洞中，有一次他忽然站起来摇手，制止别人谈话："静些，静些！外面好像有飞机的声音呢！"其实是旁边一个胖子躺在石上打眠鼾的声音。有一次，他旁边一位国文教师，手里捧着一册唐诗，用鼻音扯起了调子哼诗。他愁眉不展了好久，终于向他开口："啊呀，你不要这样念诗呀！这声音很像飞机呢！"我看中了这位中年人，同他攀谈起来。我料量他一定有着恐怖的经验，受过很大的刺激。结果不出我之所料，他告诉我这样的故事：

他是江西人，在广州营商的，家中原有一妻一子。子三岁的时候，广州警报频仍，而且炸得很凶。每天，他担了被头和食篮，他的夫人背了三岁的儿子，逃进防空洞去。

有一天，警报发得迟了一点，他们没有进洞，炸弹已经下来。响声震地，烟雾漫天！许多人在入洞的路上被炸死了，血肉横飞，溅到他们的身上和脸上，而他们俩幸未吃着弹片，九死一生地逃进了洞中。他们俩到得洞中，一面喘息，一面揩拭脸上、衣上的别人的血肉。幸

我愿化天使，空中收炸弹。

而洞中黑暗，看不出形色，免得惨不忍睹。他忽然想起了他夫人背上的娇儿，料他身上也有别人的血肉，就用手去摸。不摸则已，一摸，啊呀！娇儿的头哪里去了？旁人用电筒来照，一个无头的孩子紧紧地缚住在他母亲的背上！

他夫妇二人哭得晕去。幸赖旁人救护劝慰，得在警报解除后担了被头和食篮，背了无头的孩子，啼啼哭哭地出洞。他们想回家去殓葬这娇儿。岂知走近门巷，但见一片烟火，家已不知去向了！他们俩只得跟了许多无家可归的人，到临时避难所去息足。他的夫人，至此眼泪已经哭完，不知所云了。幸有一条被头，铺在檐下，给夫人坐了。他从夫人背上解下无头的娇儿。他夫人看了，不哭而笑，足见她已经变成痴子了！他不忍抛弃这娇儿的身体，而又无法殓葬，就把它塞在佛像的座下。这临时避难所，原是一所庙宇，供着佛像的。他回到檐下，看见夫人已经躺在被上入睡了。他坐在她旁边，定一定神，他想：完了！幸而夫妻两人还在，而且大家年纪还轻。不怕，重新来过！他一告奋勇，便觉得肚饥。他想起食篮里还有冷饭和肉。他就向篮里去找。篮上粘满了血肉，篮面上的遮布变成了红布。他撩开红布去探饭团，摸着一个软软的、湿湿的东西，拿出来一看，啊呀！原来是娇儿的半个脑袋！他惊叫一声，他的夫人坐了起来，旁的避难者也都来看。他的夫人一见这东西，长号一声，倒在地上，从此不再醒来了！……这样，他就变成了一个光棍，以后设法埋葬了妻和儿，流亡到宜山地方来。我听他讲完，觉得浑身发冷。最"动人"的是后来在饭篮里发见孩子的半个脑袋。料想是路上被弹片切下，偶然落入自家的饭篮中的。这个"偶然"实在太残忍了，太恶作剧了！

我自从探得了这人的惨史以后，每次入洞，对他特别亲热。我同情他，勉励他，并且表示愿意尽我的能力帮助他。他在一个机关里当收发，我曾经亲自去访他。那机关长是认识我的，见我去访他的门吏，甚是惊奇。后来对我说："这人神经异常，只能管收发。"我就把这段惨史告诉他，而且要求他照拂。当时他也表示感动，答允我的要求。后来南宁失守，大家各自分飞，我也顾不得他，下文就没有了。

一九四六年作 [①]

警报解除了，爸爸前头走，满娘后头走，
阿姊、佩贞、恩哥拿了芦花中央走。

---

① 文末写作时间为 1957 年版《缘缘堂随笔》中所署。疑为 1947 年之误。

看凤凰城

——黔桂流亡日记之一

　　杨女士送来入场券，邀我等今晚去看励志社演剧。七时同陈宝等六人入城观剧，诸儿皆揩油，我独出法币二元买一名誉券，共坐最前最中一排椅上。台上角色须眉毕见，布景上灰尘亦看得清楚。人云观剧宜远，信有理也。所演为凤凰城，即苗可秀殉国故事，各人表现皆出劲。主角苗可秀每幕出场，言行慷慨激昂，出力尤多。苗可秀抛却妻子，其仆张生抛却恋人，而一同从戎死国。剧中关于生离死别之描写，颇能动人。我于此痛感战争之罪恶。今日偶阅苏东坡代张方平谏用兵书，此感尤为痛切。抄数段在此："臣闻好兵犹好色也。伤生之事非一，而好色者必死。贼民之事非一，而好兵者必亡。""且夫战胜之后陛下可得而知者，凯旋，捷奏，拜表，称贺，赫然耳目之观耳。至于远方之民，肝脑屠于白刃，筋骨绝于馈饷，流离破产，鬻卖男女，薰眼，折臂，自经之状，陛下必不得而见也。慈父，孝子，孤臣，寡妇之哭声，陛下必不得而闻也。譬犹屠杀牛羊，刳脔鱼鳖，以为膳羞，食者甚美，死者甚苦。使陛下见其呼号于挺刃之下，宛转于刀几之间，虽八珍之美，必将投箸而不忍食，而况用人之命，以为耳目之观乎？""今陛下盛气于用武，势不可回，臣非不知。而献言不已者，诚见陛下圣德宽大，听纳不疑，故不敢以众人好胜之常心，望于陛下。且意陛下他日亲见用兵之害，必将哀痛悔恨，而追咎左右大臣未尝一言。臣亦将老且死，见先帝于地下，亦有以藉口矣。惟陛下哀而察之。"不知今日日本文化人中，亦有作此论者否？

　　剧场散出已十二时。照昔年平居杭州时惯例，必上酒面店饮酒吃炒面，然后坐黄包车返家。今日惯性犹存，然环境大非昔比。仅有一糕饼店尚未关门，买蛋糕十二块，且行且吃，返家已过夜半。

　　　　　　　　　　　二十八（1939）年七月九日于宜山

贵州的黄包车

逃难板——黔桂流亡日记之二

下午用木板、铁丝及钉三物，自制壁上搁板，名之曰"逃难板"。制法极简，用处极多，而携带极便，适于逃难之用。

制法：托木匠截长二尺半阔七寸之板一块，买二寸钉两只，一寸钉两只，铁丝五六尺，逃难板之材料即备。将一寸钉钉板底距两端数寸处，以铁丝围成直角三角形，而结合于一寸钉上。然后将直角三角形之三十度角弯成一纽，挂于壁上之二寸钉上，"逃难板"即完成。

用处：此板挂于室内适当之处，可置杂物，可置碗盏，可置书籍，其用无限。若用大板、大钉而挂在稍低处，即可当长桌。或置物，或读书写作，均胜任。且此长桌下方无脚及横木，两膝活动自由，又可堆放多量物件。若遇迁居，则从钉上除下，仅得一板，汽车可以载走。即使放弃，亦不甚可惜。两年以来，我家流离无定所。往往席不暇暖，突不得黔。人口众多之家，家具屡次抛弃，屡次新置，实为一大不便。即使不惜金钱，购置亦不胜其劳。且小城市及穷乡僻壤，往往无现成家具，定制颇费时日，生活甚感不便。有此种"逃难板"，可以多得便利少受麻烦，而节省金钱。今日共制六具，其一以床板为之，可当长桌；其一以二小板重叠而成，为双层逃难板，可置碗盏。其四皆高挂壁上，当作书架衣橱之代用品。此事有类于李笠翁一家言中所述之小玩意。（如暖椅、壁上小便处等。）然李老乃承平日之闲玩，我则出于不得已，形相似而实不相同。

二十八（1939）年七月十六日于宜山

急转直下

荒冢避警——黔桂流亡日记之三

天阴，欲雨，料无空袭，决定不上龙山。而八时一刻，警钟忽鸣。二十一日狂炸时亦阴雨天气。寇乘吾不备，将出奇以制胜也。但此间警报线甚长。自空袭警报至紧急警报，至少十余分钟。自紧急警报至来袭，亦至少七八分钟。故闻警报而走避，绰有余裕。盖自我家出门，缓行二十分钟，已达于荒凉之龙山路上，即敌机至，于我无可如何矣。故我等闻警报，即扬长而去。中途闻解除警报。因未进朝食，即返家。时已十时，始吃朝粥。甫吃一二口，警报声又作。即弃碗筷，重上龙山之路，饿且疲，无意上龙山，息足于途中科哥山麓荒冢之旁。天雨甚，六人携小伞，衣履尽湿。警报声已不可闻，解除与否，不得而知。但决意不返家。盖时在上午，已警报二次，可知敌机正翱翔于附近空中，即使现已解除，下午难免再至也。时已正午，婴儿新枚随带牛奶，而吾等皆尚未进食。饥甚，偕宁馨向附近村中求食。无店铺，食物了不可得。忽见一老妪携竹筐行村旁，筐上盖白布，似是卖小食者。亟追及之，启其布，香气扑鼻，皆豆黄饽^①糯米团子也。大喜，即出四毫，买十六个归。而家人送粥亦至。诸人皆得果腹。时雨已晴，凉风至，衣履渐干。上午之狼狈尽去。遂于墓旁偃仰啸歌，以消遣此危险之下午。视墓碑，知墓中人为宜山承审员，去年卜葬于此者。墓前有石凳，可供我等坐憩。墓封甚高，可以遮风。新枚睡，即卧墓旁草中。青蛙跳登其胸，蚂蚁巡游其颈，而新枚熟睡如故。五时归家。知一时解除警报后，并无第三次警报。夜与家人议迁居。我主张远行，卜居天河，使老幼皆得安居，然后独赴宜山浙大上课。此事宜力图之。

廿八（1939）年七月二十八日于宜山

---

① 豆黄饽，作者家乡话，即黄豆粉。

宜山遇炸记

宜山第一次被炸时，约在二十七（1938）年秋，我还在桂林。听说那一次以浙江大学为目标，投了无数炸弹。浙大宿舍在标营，该地多沟，学生多防空知识，尽卧沟中，侥幸一无死伤。却有一个患神经病的学生，疯头疯脑的不肯逃警报，在屋内被炸弹吓了一顿，其病霍然若失，以后就恢复健康，照常上课。浙大的人常引为美谈。

我所遇到的是第二次被炸，时在二十八（1939）年夏。这回可不是"美谈"了！汽车站旁边，死了不少人，伤了不少人，吓坏了不少人。我是被吓坏的人之一。自从这次被吓之后，听见铁锅盖的碰声，听见茶熟的沸声，都要变色，甚至听见邻家的老妇喊她的幼子"金保"，以为是喊"警报"，想立起身来逃了！日本军阀的可恶，今日痛定思痛，犹有余愤。幸而我们的最后胜利终于实现了，日本投降了，军阀正在诛灭了！而我依然无恙。现在闲谈往事，反可发泄余愤，添助欢庆呢！

我们初到宜山的一天，就碰一个大钉子：浙江大学的校车载了我一家十人及另外几个搭客及行李十余件，进东门的时候，突被警察二人拦阻，说是紧急警报中，不得入城。原来如此！怪不得城门口不见人影。司机连忙把车头掉转，向后开回数公里，在荒路边一株大树下停车。大家下车坐在泉石之间休息。时已过午，大家饥肠辘辘。幸有粽子一篮，聊可充饥。记得这时候正是清明时节。我们虽是路上行人，也照故乡习惯，裹"清明粽子"带着走。这时候老幼十人，连司机及几位搭客，都吃着粽子，坐着闲谈。日丽风和，天朗气清。倘能忘记了在宜山"逃警报"，而当作在西湖上 picnic（野餐）看，我们这下午真是幸福！从两岁的到七十岁的，全家动员，出门游春，还邀了几位朋友参加。真是何等的豪爽之举，风雅之事！唉，人生此世，有时原只得作如是观。

粽子吃完，太阳斜斜地，似乎告诉我们可以入城了。于是大家上车，重新入城，居然进了东门。刚才下车，忽见许多人狂奔而来。惊问何事，原来又是警报！我们初到，不辨地势，只得各自分飞，跟了众人逃命。我家老弱走不动的，都就近逃出东门，往树木茂盛的地方钻。我跟人逃过了江，躲进了一个山洞内。直到天色将黑，警报方才解除。回到停车的地方，幸而行李仍在车上，没有损失；人也陆续回来，没有缺少。于是找住处，找饭店，直到更深才得安歇。据说，这一天共发三次警报。我们遇到的是第二、第三两次。又据说，东门外树木茂盛处正是车站及军事机关。如果来炸，这是大目标。我家的人都在大目标内躲警报！

我们与宜山有"警报缘"：起先在警报中初相见，后来在警报中别离；中间几乎天天逃警报，而且遇到一次轰炸。

我们起初住在城内开明书店的楼上。后来警报太多，不胜奔走之劳，就在城外里许处租到了三间小屋，家眷都迁去，我和一个小儿仍在开明楼上。有一天，正是赶集的日子，我在楼窗上闲眺路旁的地摊。看见一个纱布摊忽然收拾起来，隔壁的地摊不问情由，模仿着他，也把货收拾起来。一传二，二传三，全街的地摊尽在收拾，说是"警报来了！"大家仓皇逃命。我被弄得莫名其妙，带着小儿下楼来想逃。刚出得门，看见街上的人都笑着。原来并无警报，只是庸人自扰而已。调查谣传的起因，原来那纱布摊因为另有缘故，中途收拾。动作急遽了些，隔壁的地摊就误认为有警报，更快地收拾，一传二，二传三，就演出这三人成虎的笑剧。但在这笑剧的后面，显然可以看出当时人民对于警报的害怕。我在这风声鹤唳、草木皆兵的空气中，觉得坐立不安，便带了小儿也回乡下的小屋里去。

这小屋小得可怜：只是每间一方丈的三间草屋。我们一家十口，买了两架双层床，方才可住。床铺兼凳椅用，食桌兼书桌用，也还便

龙岗园

当。若不当作屋看，而当作船看，这船倒很宽畅。况且屋外还有风景：亭、台、岩石、小山、竹林。这原是一个花园，叫作龙岗园。我住的屋原是给园丁住的。岩石崎岖突兀，中有许多裂缝。裂缝便是躲警报的地方。起初，发警报时大家不走。等到发紧急警报，才走到石缝里。但每次敌机总是不来，我们每次安然地回进小屋。后来，正是南宁失守前数日，邻县都被炸了。宜山危惧起来。我们也觉得石缝的不可靠，想找更安全的避难所。但因循下去，终于没有去找。

有一天，我正想出门去找洞。天忽晴忽雨，阴阳怪气。大家说今天大约不会有警报。我也懒得去找洞了。忽然，警报钟响了。门前逃过的人形色特别仓皇。钟声也似乎特别凄凉。而且接着就发紧急警报。我拉住一个熟人问，才知道据可靠消息，今天敌机特别多，宜山有被炸的可能。我家里的人，依警报来分，可分为两派：一派是胆大的，即我的太太、岳老太太，以及几个十六岁以上的青年。另一派是胆小的，即我的姐姐和两个女孩。我呢，可说无党无派，介乎其中。也可说骑墙、蝙蝠，两派都有我。因为我在酒后属于胆大派，酒前属于胆小派。这一天胆大派的仍旧躲到近旁的石缝里。我没有饮酒，就跟了胆小派走远去。

走远去并无更安全的目的地，只是和烧香拜佛者"出钱是功德"同样的信念，以为多走点路，总好一点。恰好碰到一批熟人，他们毅然地向田野间走，并且招呼我们，说石洞不远。我们得了向导，便一脚水一脚泥地前奔。奔到一处地方，果然见岩石屹立，连忙找洞。这岩石形似一个 V 字横卧在地上，可以由叉口走进尖角，但上面没有遮蔽，其实并不是洞！但时至此刻，无法他迁，死也只得死在这里了。

许多男女钻进了 V 字里。我伏在 V 字的口上。举目探望环境，我心里叫一声"啊呀"！原来这地点离大目标的车站和运动场不过数十丈，倒反不如龙岗园石缝的安全！心中正在着急，忽然听到隆隆之声，Ｖ字里有人说："敌机来了！"于是男女老幼大家蹲下去拿石上生出来的羊齿植物遮蔽身体。我站在外口，毫无遮蔽，怎么办呢？忽见Ｖ字外边的石脚上，微微凹进，上面遍生羊齿植物。情急智生，我就把身体横卧在石凹之内，羊齿植物之下。

我通过羊齿植物的叶，静观天空。但见远远一群敌机正在向我飞来，隆隆之声渐渐增大。我心中想：今天不外三种结果：一是爬起来安然回家；二是炸伤了抬进医院里；三是被炸死在这石凹里。无论哪一种，我唯有准备接受。我仿佛看见一个签筒，内有三张签。其一标上１字，其二标上２字，其三标上３字，乱放在签筒内。而我正伸手去抽一张。……

正在如此想，敌机三架已经飞到我的头顶。忽然，在空中停住了。接着，一颗黑的东西从机上降下，正当我的头顶。我不忍看了，用手掩面，听它来炸。初闻空中"嘶"的声音，既而砰然一响，地壳和岩石都震动，把我的身体微微地抛起。我觉得身体无伤。张眼偷看，但见烟气弥漫，三架敌机盘旋其上。又一颗黑的东西从一架敌机上落下，"嘶"，又一颗从另一架上落下。两颗都在我的头顶，我用两手掩面，但听到四面都是"砰砰"之声。

一颗炸弹正好落在Ｖ字的中心，"砰"的一声，我们这一群男女老幼在一刹那间化为微尘——假如这样，我觉得干干脆脆的倒也痛快。但它并不如此，却用更猛烈的震动来威吓我们。这便证明炸弹愈投愈近，我们的危险性愈大。忽然我听见Ｖ字里面一个女声叫喊起来。继续是呜咽之声。我茫然了。幸而这时光敌机已渐渐飞远去，隆隆之声渐渐弱起来。大家抽一口气。我站起来，满身是灰尘。匍匐到Ｖ字口上去探看。他们看见我都惊奇，因为他们不知我躲在哪里，是否安全。我见人人无恙，便问叫声何来。原来这Ｖ字里面有胡蜂作窠。有一女郎碰了蜂窠，被胡蜂螫了一口，所以叫喊呜咽。

敌机投了十几个炸弹，杀人欲似已满足，便远去了。过了好久，解除警报的钟声响出，我们相率离开 V 字，眼前还是烟尘弥漫，不辨远景。蜂螫的女郎用手捧着红肿的脸，也向烟尘中回家去了。

我饱受了一顿虚惊，回到小屋里，心中的恐怖已经消逝，却充满了委屈之情。我觉得这样不行！我的生死之权决不愿被敌人操持！但有何办法呢？正在踌躇，儿女们回来报告：车站旁、运动场上、江边、公园内投了无数炸弹，死了若干人，伤了若干人。有一个女子死在树下，头已炸烂，身体还是坐着不倒。许多受伤的人呻吟叫喊，被抬赴医院去。……我听了这些报道，觉得我们真是侥幸！原来敌人的炸弹不投在闹市，而故意投在郊外。他们料知这时候人民都走出闹市而躲

躲在 V 字形的岩石中

在郊外的。那么我们的 V 字，正是他们的好目标！我们这一群人不知有何功德，而幸免于难。现在想来，这 V 字也许就是三十四（1945）年八月十日之夜出现的 V 字，最后胜利的象征。

这一晚，我不胜委屈之情。我觉得"空袭"这一种杀人办法，太无人道。"盗亦有道"，则"杀亦有道"。大家在平地上，你杀过来，我逃。我逃不脱，被你杀死。这样的杀，在杀的世界中还有道理可说，死也死得情愿。如今从上面杀来，在下面逃命，杀的稳占优势，逃的稳是吃亏。死的事体还在其次，这种人道上的不平，和感情上的委屈，实在非人所能忍受！我一定要想个办法，使空中杀人者对我无可奈

不知有无警报

何，使我不再受此种委屈。

次日，我有办法了。吃过早饭，约了家里几个同志，携带着书物及点心，自动入山，走到四里外的九龙岩，坐在那大岩洞口读书。

逍遥一天，傍晚回家。我根本不知道有无警报了。这样的生活，继续月余，我果然不再受那种委屈。城里亦不再轰炸。但在不久之后，传来南宁失守的消息。我又只得带了委屈之情，而走上逃难之路。

卅五（1946）年五月十六日于沙坪 [①]

[①]　应为：二十八（1939）年七月二十一日于宜山。作者于 1946 年再度发表此文时误署。

『七七』三周随感

　　"七七"三周年了。流年如水，屈指堪惊！然而惊中有喜。因为回想过去的一周、二周，我所见闻和感想步步好转。倘使多数人对我以下的话有同感，便足证明我国情形步步好转。安得不使人惊喜呢？

　　我回想过去两个"七七"，觉得我所见所闻的人，大都一年干练一年，一年团结一年。

　　怎见得一年干练一年呢？当七七事变的时候，我住在故乡，沪杭之间。环境中不乏江南佳丽的风流人物，富贵之家的纨绔子弟。他们游手好闲，锦衣玉食。有繁华都市供他们开心，有重门深院给他们娇养。他们简直不知有苦患，不知有世界，不知有国家。他们好像可以一辈子坐享安乐，所以不须劳作，不屑磨炼。个个面如冠玉，手如柔荑。不久"八一三"到了。敌人的炮火从上海蔓延开来，遍满江南。抗战军从各地云集拢来，遍满江南。繁华都市都被摧毁了，重门深院都被打开了。不论风流人物，纨绔子弟，一概要逃警报，逃难，甚至扒车顶，宿凉亭，吃大饼，喝冷水。真如古词人所咏："一旦刀兵齐举，旌旗拥、百万貔貅。长驱入，歌楼舞榭，风卷落花愁。"但这些"风卷落花"似的江南人物，毕竟是聪明的。他们一时虽然"愁了一愁"，不久就奋发起来，为生存而奋斗了。他们的能力，往日为安逸所阻而闲却着；但并不退化，而潜蓄在内。到了生存发生问题的时候，大家会拿出来用。往日脚不落地的，居然会爬山。往日穿惯高跟皮鞋的，居然会提水。往日手不碰书的，居然会看报。往日不知东西的，居然熟悉了中国的地理。这是"七七"一周内我所见闻的事实。据传闻，不限定江南人如此，全国其他各处也都有这样的人。这种人本来昏昧，被敌人的炮声唤醒了；本来是无用的人，敌人强迫他们变成了干练有用的人。

"七七"二周内我所见闻，情形又不同了：向来娇养游荡惯常的人，以及埋没在市井中的人，不但变了干练有用之才，又都得了职业，直接或间接地参加了抗战工作。常常碰到穿军装的人用军礼招呼我。定睛一看，原来是某家的三囝，某村上的阿二，某店铺里的学徒阿毛。他们现在已经变成赳赳武夫，国家的干城①了。他们的仪态和言语，与"三囝""阿二""阿毛"等名字都配合不来了，使我一时难于称呼他们。古人说："士别三日，刮目相视。"当今之世，确有此事。

"七七"三周内我所见闻的情形，又不同了：这些人不但都去从公，而且立了勋业。有的从前线回来，已经成了一个知己知彼的将才。有的周游了全中国回来，已经变成天下为家的大丈夫。有的精通了某种工作，已经变成团体机关的领袖人物。抗战供给人们磨炼和劳作的机会。往日沦落在风尘中的天才，埋没在草野间的俊杰，值此风云际会，大家抬头起来。各尽其才，各逞其能，各遂其愿，各偿其志。这一次，我国的人才可谓尽量发挥，不负天意了。所以我眼见得三年以来，国人一年干练一年。大多数的人，拿现在和七七事变时比较起来，

---

① 干城，指盾牌或城墙。比喻捍卫者。

简直判若两人。读者推想自己所认识的人，即知吾言之不谬。

又怎见得一年团结一年呢？我国版图广大而山川险阻。故各地方言歧异，风俗乖殊，向来各地隔阂，乡土观念相当地深。譬如我们浙江人，昔日极少有深入贵州四川的。一般的人，视贵州四川好比异域，只在教科书里读到，地图中看到，做梦也不想亲身来到。有些愚民，甚至相信贵州就是夜郎国，四川酆都就是阴司。交通的不便利，竟会产生这样的笑话来。近年来，公路开辟日多，航空又渐发展，全国的人民往来比昔日频繁，比昔日连通。然而多数的人，为了经济的限制，职业的牵累，还是足不出省，一口土白。大有鸡鸣犬吠相闻，至老死

散沙团结，可以御敌。

276

不相往来之风。但是，七七事变一起，敌人就来介绍我们往来，强迫我们团结了。古语云："病有工夫急有钱。"敌人的来犯，好比一种病菌侵入了我们的血管，使我们都害病着急。向来为职业所牵累的人，如今都有了旅行的工夫；向来为经济所限制的人，如今都有了旅行的费用。于是每一地方有了全国各省的人。这仿佛一桌人正在叉麻雀，突然一只野猫跳上桌子来把麻雀牌扰乱了。又好比一个池塘里本来筑着许多坝，把水块块隔开，或高或低，或清或浊，很不调和。如今忽然把坝撤去，高低清浊诸水和合一气，全池就统一了。

在"七七"第一周内，甲省同胞流离到乙省，难免有不甚融洽之状。因为乙省大概是后方，其土人只在报纸上看见敌人侵犯的消息，只从传闻中听到敌人杀掠的惨状。好比看小说，听说书，一时激动，而少有切身之感。其中胸怀不广的人，抱着门户之见，对客民便歧视。本地人与外省人就隔着一个界限，而成不团结状态。但是不久，敌人又用一种方法来代替撤去这界限，强迫我们团结了。其方法便是轰炸。他们用飞机载了炸弹，到我们的后方各地来轰炸。城市乡村一切不设防区域，他们都投下几个炸弹，杀死几个妇孺，使一生足不出闾的土人也亲眼看见了敌人的暴行，使器量褊狭性情冷酷的人对他方逃来的难民也深感同情。"七七"第二周年中我住在桂林的乡下。初到时，桂林尚未被炸。有些土人卖东西给我们——他们称为"中央人"——要贵一点。说因为"你们的钞票比我们贵一倍①"。我们常常愤慨。后来，桂林大炸，三分之一都市被毁。不拘"中央人"或广西人，同为暴敌的炸弹的目标，怀着同样的愤慨，自然互相亲爱起来。逃警报时，互相指导，互相扶助，竟同一家人一样。买卖中的二价也就取消了。现在，"七七"三周纪念，我已深入贵州。

---

① 当时"法币"一元相当于"桂币"二元。

来时车辆难得，把十人的家族分作四队，各自进行。当初很不放心，略有"父子不相见，兄弟妻子离散"之苦。谁知全家到达目的地团聚后，各述其经历，都很顺利。有一个孩子说就同在家乡本镇上游历一样，因为各地都有同乡人，使他们没有离乡之感；各地的人对幼弱都帮助，使他们没有孤苦之感。所以我眼见得三年以来，国人一年团结一年。到了"七七"三周的今日，我国简直没有县界省界，凡是中国人民，都是一家人了。

"七七"三周了。我的感觉，是国内情形步步好转：人民一年干练一年，一年团结一年。现在，虽有小小磨阻——卖国贼的倒戈，但终是小小的阻力，大部分干练的民众，还是团结在大后方，而且正在齐心协力地诛伪抗敌。只要团结到底，"七七"四周、五周、六周⋯⋯最后胜利自会来到。这不是可以喜慰的事？

回想过去的事实，环顾世界的现状，我们实在可以自矜。挪威揖敌，十二小时便亡国。英国怯弱如妇人，几次仰德人的鼻息。法国不到一月也就求和而接受缴械的亡国条件。而我们已经支撑三足年了！虽然遍体鳞伤，但好比一株大树，被斩伐了枝叶，根干上拼命地抽发出新的条枝来，生气蓬勃，不久可以长成一株比前更茂盛的大树。这不是可以自矜的吗？可以自矜，但是不愿自矜！因为矜必败；我们一日不达到最后胜利，一日不愿自矜。大家埋头苦干，直到成功。"三年"的长日月都已过去了，以后还怕什么呢？

廿九（1940）年六月二十五日于遵义

『艺术的逃难』

那年日本军在广西南宁登陆，向北攻陷宾阳。浙江大学正在宾阳附近的宜山，学生、教师扶老携幼，仓皇向贵州逃命。道路崎岖，交通阻塞，大家吃尽千辛万苦，才到得安全地带。我正是其中之一人，带了从一岁到七十二岁的眷属十人，和行李十余件，好容易来到遵义。看见比我早到的张其昀先生，他幽默地说："听说你这次逃难很是'艺术的'？"我不禁失笑，因为我这次逃难，的确是受艺术的帮忙。

其实与其称为"艺术的逃难"，不如称为"宗教的逃难"。因为如果没有"缘"，艺术是根本无用的。且让我告诉你这逃难的经过：那时我还在浙江大学任教。因为宜山每天两次警报，不胜奔命之苦，我把老弱者六人送到百余里外的思恩县的学生家里。自己和十六岁以上的儿女四人（三女一男）住在宜山；我是为了教课，儿女是为了读书。敌兵在南宁登陆之后，宜山的人，大家忧心悄悄，计划逃难。然因学校当局未有决议，大家无所适从。我每天逃两个警报，吃一顿酒，迁延度日。现在回想，真是糊里糊涂！

不久宾阳沦陷了！宜山空气极度紧张。汽车大敲竹杠。"大难临头各自飞"，不管学校如何，大家各自设法向贵州逃。我家分两处，呼应不灵，如之奈何！幸有一位朋友①，代我及其他两家合雇一辆汽车，竹杠敲得不重，一千二百元［廿八（1939）年的］送到都匀。言定经过离此九十里的德胜站时，添载我在思恩的老弱六人。同时打长途电话到思恩，叫他们连夜收拾，明晨一早雇滑竿到四十里外的德胜站，等候我们的汽车来载。岂知到了开车的那一天，大家一早来到约定地点，而汽车杳无影踪。等到上午，车还是不来，却挂了一个预报球！行李尽在路旁，逃也不好，不逃也不好，大家捏两把汗。幸而警报不来；但汽车也不来！直到下午，始知被骗。丢了定洋一百块钱（1939年的），站了一天公路。这一天真是狼狈之极！

找旅馆住了一夜。第二日我决定办法：叫儿女四人分别携带轻便行李，各自去找车子，以都匀为目的地。谁先到目的地，就在车站及邮局门口贴个字条，说明住处，以便相会。这样，化整为零，较为轻便了。我惦记着在德胜站路旁候我汽车的老弱六人，想找短路汽车先到德胜。找了一个朝晨，找不到。却来了一个警报，我便向德胜的公路上走。息下脚来，已经走了数里。我向来车招手，他们都不睬，管自开过。一看表还只八点钟，我想，求人不如求己，我决定徒步四十五里到怀远站，然后再找车子到德胜。拔脚迈进，果然走到了怀远。

怀远我曾到过，是很热闹的一个镇。但这一天很奇怪：我走上长街，店门都关，不见人影。正在纳罕，猛忆"岂非在警报中？"连忙逃出长街，一口气走了三四里路，看见公路旁村下有人卖团子，方才息足。一问，才知道是紧急警报！看表，是下午一点钟。问问吃团子

---

① 一位朋友，指浙大教育系心理学教授黄翼（黄羽仪）。

的两个兵，知道此去德胜，还有四十里，他们是要步行赴德胜的。我打听得汽车滑竿都无希望，便再下一个决心，继续步行。我吃了一碗团子，用毛巾填在一只鞋子底里，又脱下头上的毛线帽子来，填在另一只鞋子底里。一个兵送我一根绳，我用绳将鞋和脚扎住，使不脱落。然后跟了这两个兵，再上长途。我准拟在这一天走九十里路，打破我平生走路的纪录。

路上和两个兵闲谈，知道前面某处常有盗匪路劫。我身上有钞票八百余元（1939年的），担起心来。我把八百元整数票子从袋里摸出，用破纸裹好，握在手里。倘遇盗匪，可把钞票抛在草里，过后再回来找。幸而不曾遇见盗匪，天黑，居然走到了德胜。到区公所一问，知

行路难

道我家老弱六人昨天一早就到，住在某伙铺里。我找到伙铺，相见互相惊讶，谈话不尽。此时我两足酸痛，动弹不得。伙铺老板原是熟识的，为我沽酒煮菜。我坐在被窝里，一边饮酒，一边谈话，感到特殊的愉快。颠沛流离的生活，也有其温暖的一面。

次日得宜山友人电话，知道我的儿女四人中，三人已于当日找到车子出发。啊！原来在我步行九十里的途中，他们三人就在我身旁驶过的车子里，早已疾行先长者而去了！我这里有七十二岁的老岳母、我的老姐、老妻、十一岁的男孩、十岁的女孩，以及一岁多的婴孩，外加十余件行李。这些人物，如何运往贵州呢？到车站问问，失望而回。又次日，又到车站，见一车中有浙大学生。蒙他们帮忙，将我老姐及一男孩带走，但不能带行李。于是留在德胜的，还有老小五人，和行李十余件，这五人不能再行分班，找车愈加困难。而战事日益逼近，警报每天两次。我的头发便是在这种时光不知不觉地变白的！

在德胜空住了数天，决定坐滑竿，雇挑夫，到河池，再觅汽车。这早上来了十二名广西苦力，四乘滑竿，四个脚夫，把人连物，一齐扛走。迤逦而西，晓行夜宿，三天才到河池。这三天的生活竟是古风。旧小说中所写的关山行旅之状，如今更能理解了。

河池地方很繁盛，旅馆也很漂亮。我赁居某旅馆，楼上一室，镜台、痰盂、茶具、蚊帐，一切俱全，竟像杭州的二三等旅馆。老板是读书人，知道我的"大名"，招待得很客气；但问起向贵州的汽车，他只有摇头。我起个大早，破晓就到车站去找车子，但见仓皇、拥挤、混乱之状，不可向迩，废然而返。第二天又破晓到车站，我手里拿了一大束钞票而找司机。有的看看我手中的钞票，抱歉地说，人满了，搭不上了！有的问我有几个人，我说人三个，行李八件（其实是五个，十二件），他好像吓了一跳，掉头就走。如是者凡数次。我颓唐地回旅馆。站在窗前怅望，南国的冬日，骄阳艳艳，青天漫漫；而予怀渺渺，后事茫茫，这一群老幼，流落道旁，如何是好呢？传闻敌将先攻河池，包围宜山、柳州。又传闻河池日内将有大空袭。这晴明的日子，正是标准的空袭天气。一有警报，我们这位七十二岁的老太太怎样逃呢？万一突然打到河池来，那更不堪设想了！

这样提心吊胆地过了好几天，前途似乎已经绝望。旅馆老板安慰我说："先生还是暂时不走，在这里休息一下，等时局稍定再说。"我说："你真是一片好心！但是，万一打到这里来，我人地生疏，如之奈何？"他说："我有家在山中，可请先生同去避乱。"我说："你真是义士！我多蒙照拂了。但流亡之人，何以为报呢？"他说："若得先生到乡，趁避乱之暇，写些书画，给我子孙世代宝藏，我便受赐不浅了！"在这样交谈之下，我们便成了朋友。我心中已有七八分跟老板入山；二三分还想觅车向都匀走。

次日，老板拿出一副大红闪金纸对联来，要我写字。说："老父今年七十，蛰居山中。做儿子的糊口四方，不能奉觞上寿，欲乞名家写联一副，托人带去，聊表寸草之心，可使蓬荜生辉！"我满口答允。就到楼下客厅中写对。墨早磨好，浓淡恰到好处，我提笔就写。普通庆寿的八言联，文句也不值得记述了。那闪金纸是不吸水的，墨渖堆积，历久不干。门外马路边太阳光作金黄色。他的管账提议：抬出门外去晒，老板反对，说怕被人踏损了。管账说："我坐着看管！"就由茶房帮同，把墨迹淋漓的一副大红对联抬了出去。我写字时，暂时忘怀了逃难。这时候又带了一颗沉重的心，上楼去休息，岂知一线生机，就在这里发现。

老板亲自上楼来，说有一位赵先生要见我。我想下楼，一位穿皮上衣的壮年男子已经走上楼来了。他握住我的手，连称"久仰"，"难得"。我听他的口音，是无锡、常州之类，乡音入耳，分外可亲。就请他在楼上客间里坐谈。他是此地汽车加油站的站长，来得不久。适才路过旅馆，看见门口晒着红对子，是我写的，而墨迹未干，料想我一定在旅馆内，便来访问。我向他诉说了来由和苦衷，他慷慨地说："我有办法。也是先生运道太好：明天正有一辆运汽油的车子开都匀。所有空位，原是运送我的家眷，如今我让先生先走。途中只说我的眷属是了。"我说："那么你自己呢？"他说："我另有办法。况且战事尚未十分逼近，我是要到最后才好走的。"讲定了，他起身就走，说晚上再同司机来看我。

我好比暗中忽见灯光，惊喜之下，几乎雀跃起来。但一刹那间，我又消沉，颓唐，以至于绝望。因为过去种种忧患伤害了我的神经，使它由过敏而变成衰弱。我对人事都怀疑。这江苏人与我萍水相逢，他的话岂可尽信？况在找车难于上青天的今日，我岂敢盼望这种侥幸！他的话多分是不负责的。我没有把这话告诉我的家人，免得她们空欢喜。

岂知这天晚上，赵君果然带了司机来了。问明人数，点明行李，叮嘱司机。之后，他拿出一卷纸来，要我作画。我就在灯光之下，替他画了一幅墨画。这件事我很乐愿，同时又很苦痛。赵君慷慨乐助，救我一家出险，我写一幅画送他留个永念，是很乐愿的。但在作画这件事说，我一向欢喜自动，兴到落笔，毫无外力强迫，为作画而作画，这才是艺术品。如果为了敷衍应酬，为了交换条件，为了某种目的或作用而作画，我的手就不自然，觉得画出来的笔笔没有意味，我这个人也毫无意味。故凡笔债——平时友好请求的，和开画展时重订的——我认为是一件苦痛的事。为避免这苦痛，我把纸整理清楚，叠在手边。待兴到时，拉一张来就画。过后补题上款，送给请求者。总之，我欢喜画的时候不知道为谁而画，或为若干润笔而画，而只知道为画而画。这才有艺术的意味。这掩耳盗铃之计，在平日可行，在那时候却行不通。为了一个情不可却的请求，为了交换一辆汽车，我不得不在疲劳

284

人世难逢开口笑，菊花须插满头归。

忧伤之余，在昏昏灯火之下，用恶劣的纸笔作画。这在艺术上是一件最苦痛，最不合理的事！但我当晚勉力执行了。

次日一早，赵君亲来送行，汽车顺利地开走。下午，我们老幼五人及行李十二件，安全地到达了目的地都匀。汽车站壁上贴着我的老姐及儿女们的住址，他们都已先到了。全家十一人，在离散了十六天之后，在安全地带重行团聚，老幼俱各无恙。我们找到了他们的时候，大家笑得合不拢嘴来。正是"人世难逢开口笑，茅台须饮两千杯！"这晚上十一人在中华饭店聚餐，我饮茅台酒大醉。

一个普通平民，要在战事紧张的区域内舒泰地运出老幼五人和十余件行李，确是难得的事。我全靠一副对联的因缘，居然得到了这权利。当时朋友们夸饰为美谈。这就是张其昀先生所谓"艺术的逃难"。但当时那副对联倘不拿出去晒，赵君无由和我相见，我就无法得到这权利，我这逃难就得另换一种情状。也许更好；但也许更坏：死在铁蹄下，转乎沟壑……都是可能的事。人真是可怜的动物！极微细的一个"缘"，例如晒对联，可以左右你的命运，操纵你的生死。而这些"缘"都是天造地设，全非人力所能把握的。寒山子诗云："碌碌群汉子，万事由天公。"人生的最高境界，只有宗教。所以我说，我的逃难，与其说是"艺术的"，不如说是"宗教的"。人的一切生活，都可说是"宗教的"。

赵君名正民，最近还和我通信。

三十五（1946）年四月二十九日于重庆

卅年来艺术教育之回顾

科举废，学堂兴。学堂设图画音乐两科，使担当艺术教育。沿袭到今，已有三十余年了。

学堂是参仿西洋的。西法最初移植到东土时，各科都不自然，后来渐渐改进。譬如英语，最初像符咒一般授受，生吞活剥，很不自然。但后来渐渐改进，便成青年人必修的一科。又如体操，最初像武艺一般演习，机械唐突，很不自然。但后来也渐渐改进，便成了人生日常需要的一科。其他各科也都如此。只有艺术科，三十余年来少有改进。最初生吞活剥地闯进学堂的课程里，到现在还是机械唐突地夹在学校的各科中。游离人生，疏远教育；既不重要，又少效用。今日学校的课程表里添加图画一小时与音乐二小时，犹之中医的药方里添写陈皮两张，甘草三分，可得可失，无关紧要。

艺术科何以如此不见长进？这是因为师资缺乏，教学法不良，一向偏重艺术的末技而忽略艺术的精神的缘故。

请申说之：普通教育是养成健全人格的教育，不是培植专门人才的教育。这是十分合理的教育宗旨，全无异议的。因此，普通教育中的各科，都以精神修养为主目的，而以技法传授为副目的。换言之，都注重间接的效果，而不注重直接的效果。譬如国语科，主目的是锻炼学生的言语思想，使合于逻辑，并非仅求其能看报写信。看报写信只是自然随附而至的副产物。又如数学科，主目的是锻炼学生的理智头脑，使日渐精密；并非仅求其能算账买物。算账买物只是自然随附而至的副产物。不然，倘有国文先生以教学生看报写信为尽能事，数学先生以教学生算账买物为尽能事，这两人一定是最坏的先生，不容于现今中国的教育界。因为他们只求学科的直接的效果，而不求其间接的效果；只知技法传授，而不知精神修养，不合于普通教育的宗旨。所以这两人都只是教书匠，而不是教育者。

学堂初兴的时候，这种教书匠甚多，后来渐渐淘汰。三十余年来，别的各科都向着合理的教育宗旨而迈进，到现今都已渐近完全之域。只有艺术科，图画和音乐，老不长进，一向是只求直接的效果而不求间接的效果；只知技法传授而不知精神修养。艺术科之所以生吞活剥，机械唐突地夹在各科中，而形成一种游离人生、无关教育的空套具文者，便是如此。

请再申说之：图画科之主旨，原是要使学生赏识自然与艺术之美，应用其美以改善生活方式，感化其美而陶冶高尚的精神（主目的）；并不是但求学生都能描画（副目的）而已。然而多数中小学的图画科，都只是追求其副目的而已。其中少数追求得到的，便算是艺术科成绩特殊优良的了。其余多数的学校，可怜连副目的都追求不到！我们童年时，先生教我们每人买一部铅笔画临本。上课时先生指定一幅，我们便在象牌图画纸上依样画葫芦。画毕缴卷，先生用红笔在画面上打分数，发还我们。一学期积了一叠依样画葫芦的象牌图画纸，图画科的成绩就在于此。此外更无何等影响于我们的身心了。我离开普通学校已近三十年，我以为近来的图画科一定改进得多了。谁知近年来参

某種教育

子愷畫

某种教育

观各地学校的图画，依然多数是画葫芦的教育，不但如此，竟有好几次被我发见学生将图纸罩在临本上，映在玻璃窗上用铅笔起稿！他们连葫芦都不会画，直将变作一架印刷机器了！这样看来，三十年来的图画教育，没有进步，只有退步。如前所说，图画教育的目的，是"要使学生赏识自然与艺术之美，应用其美以改进生活的方式，感化其美以陶冶高尚的精神"。但在这种教育法之下，如何达得这目的？抗战开始以后，浅薄的图画先生，不明白自己的使命，而最怕"落伍"，便强求图画与抗战在表面上发生关系。于是完全废止了"赏识自然与艺术之美"之本职，而令学生专描抗战宣传画。抗战宣传当然是很有用的；学生身处抗战时代，应该用图画发表关于抗战的思想感情，同用文字发表一样。但是，废止了图画科的本职，而专描宣传画；而其描法又勉强躐等，使全无基本练习的学生立刻依样描写比葫芦更艰难的东西。这好比未能步而先逼之跳，未能坐而先逼之立。这样虐待学生以换得抗战宣传，得不偿失，决不是国家之福。但在现今，这种图画教育算是成绩最优，可以博得"抗战美术""热心救国"的美名。但是丧尽了图画教育的真义！这种图画教育，比较我们幼时的图画教育，只是九十步与百步之差。

音乐科之主旨，原是要使学生赏识声音之美，应用其美以增加生活的趣味，感化其美而长养和爱的精神（主目的）；并不是但求学生都能唱歌（副目的）而已。然而多数中小学的音乐科，大都只追求副目的而已。而副目的也多数不能完全求得。因为他们的乐曲不良，而教学法又不良。我们童年时，先生按着一架三组小风琴，教唱一曲"龙旗兮飞扬"。先生唱一句，我们唱一句，同现在的教兵士唱歌一样。教会之后，再来一曲"男儿第一志气高"。先生弹得高兴起来，滚转指头去加一点花。我们也滚转舌头来加一点花，同茶馆酒店卖唱的一样。这大都不像唱而像喊。我们这样地喊了一学期，喊会十几支歌，音乐科的成绩尽在乎此。此外更无何等影响于我们的身心了。这是三十年前的事。近来的音乐科，教学法上固然进步了一些，但是总平均起来，反而退步。因为选音不良，含有毒质，学生的精神损失很大，自从《葡萄仙子》《毛毛雨》^①等出世以来，好像魔鬼降生，把学校及民众的乐坛，搅得一塌糊涂。到处都是靡靡之声与亡国之音。后来虽经当局禁除，但其势力深入民间，遗音至今不绝。类似的东西又层出不穷。不生耳朵的音乐先生，竟把它们采作教材，害得学生尽行化作卖唱儿。最近，不生耳朵的作歌者，又把它们采作军歌，害得兵士拿不起枪来。（他们不解曲趣，在靡靡之音上配着慷慨激昂之词，唱起来好比用娇痴的语调来宣誓，怪难听的。）唱这样的歌，还不如喊"男儿第一志气高"。这些歌虽然幼稚，却不含毒质。这样看来，三十年来的音乐教育，并无进步，只有退步。如前所说，音乐科的目的，原是要使学生赏识声音之美，应用其美，以增加生活的趣味，感化其美以长养和爱的精神。但在这种教学法之下，如何达到这目的？

　　我要声明：充分了解设立艺术科之大义，而正确地实行艺术教育的人，在中国固然有，但是有的不久为环境所阻碍所告退，有的反被无知之徒非笑而排斥，有的"人微言轻"而不知于世。结果多数的得势的图画音乐先生，是不懂艺术教育的画匠与乐匠。因此，三十年来，图画与音乐老不长进。艺术科始终是生吞活剥，机械唐突地夹在学校的各科中，而形成一种游离人生、无关教育的空套具文。

　　造成这缺陷的原因，不止一端。但主要的是师资的缺乏。环境有时能压迫人，但改造环境的，毕竟还是人，我国向来缺乏良好的艺术师资养成所。故多数学校中的图画先生与音乐先生，是画家（或画匠）与音乐家（或乐匠），而不是图画教育者与音乐教育者。画家与音乐

---

① 当时流行的两首歌曲。

某种教师

丰子恺·艺术的逃难

某種教師

家是专门家，缺乏教育的修养与誓愿，不配当图画音乐先生（画匠与乐匠更不必说）。但是学校因为缺乏师资，只得胡乱拿专门家来代用。而专门家在中国无以为生，唯一的出路也只有当教师。这样地将错就错，就铸成了三十余年来艺术教育界的大错！

为补救这大错计，应该多有几个良好的中小学艺术师资养成所，培养出许多健全的艺术教师来。使他们都具有圆满的人格，抱着热诚的教育心，学得正当的技术，深明艺术教育的大义，然后去担当国民的艺术科教师。这才可挽回三十年来艺术教育的颓运。

抗战期间，军事第一，胜利第一。艺术教育恐要一直排在后面了。但抗战以后还要建国，建国的基础还是教育。故深望教育界的有力者与有心人，对于这个问题稍加注意。

廿九（1940）年四月十八于遵义

杀身成仁

贪生恶死，是一切动物的本能，人是动物之一，当然也有这种本能，但人贪生恶死，与其他动物的贪生恶死有点不同：其他动物的贪生恶死是无条件的，人的贪生恶死则为有条件的。古人云："人之所以异于禽兽者几希。"这几希可说就在于此。

何谓无条件的？只要吃得着东西就吃，只要逃得脱性命就逃，而不顾其他一切道理，叫作无条件的。人以外的动物都如此，狗争食肉骨头，猫争食鱼骨头，母鸡被掳，小鸡管自逃走，母猪被杀，小猪管自吃食，不是人所常见的吗？

何谓有条件？照道理可以吃，方才肯吃。照道理活不得，情愿死去。这叫作有条件的。条件就是道理。故人可说是讲道理的动物。除了白痴及法西斯暴徒以外，世间一切人都是讲道理的动物。

许多动物中，何以只有人讲道理呢？是为了人具有别的动物所没有的一件宝贝，这宝贝名叫"同情"。同情就是用自己的心来推谅别人的心。人间一切道德，一切文明，皆从这点出发。

孔子曰："己所不欲，勿施于人。"又曰："己欲立而立人，己欲达而达人。"这就是说：自己所不愿有的事，不要使别人有。自己要立身，希望别人都立身。自己要发达，希望别人都发达。故韩诗外传曰："己恶饥寒焉，则知天下之欲衣食也。己恶劳苦焉，则知天下之欲安佚也。己恶衰乏焉，则知天下之欲富足也。"这便是孔子所谓"忠恕"。忠恕就是同情的扩充。我国古代的圣人，普遍爱护一切同类。故孟子说："禹思天下有溺者，犹己溺之也。稷思天下有饥者，犹己饥之也。"伊尹也是如此，孟子说他"思天下之民，匹夫匹妇，有不被尧舜之泽者，若己推而纳之沟中"。他们为什么能如此？就为了富有同情。同情极度扩张，能把全人类看作一个身体。左手受伤，右手岂能独乐？一颗牙齿痛，全身为之不安。这样，"一己"和"大群"就不可分离。我就有"小我"和"大我"。小我就是一身，大我就是全群。

孔子曰："志士仁人，无求生以害仁，有杀身以成仁。"求生害仁，就是贪小我而不顾大我。杀身成仁，就是除小我以保全大我。子贡问政，子曰："足食，足兵，民信之矣。"子贡曰："必不得已而去，于斯三者何先？"孔子曰："去兵。"子贡曰："必不得已而去，于斯二者何先？"孔子曰："去食。自古皆有死，民无信不立。"信就是做人的道理。倘去信而保全食，就同不讲道理的禽兽一样。人是讲道理的动物，故最后必然去食而保住信。去食虽杀身，但人道可以保全。即虽失小我，而大我无恙。人总有一死。失了身体还是小事，倘失了人道，则万人万世沦为禽兽，损失甚大。志士仁人，因富有同情，故能为全体着想，故能杀身成仁。

舍小我以全大我，轻身体而重精神，不独志士仁人如此，一般人都有如此的倾向。孟子说得很详细："鱼，我所欲也。熊掌，亦我所欲也。二者不可得兼，舍鱼而取熊掌者也。生我所欲也，义亦我所欲也。二者不可得兼，舍生而取义者也。生亦我所欲，所欲有甚于生者，故不为苟得也。死亦我所恶，所恶有甚于死者，故患有所不避也。"

他又加以反证："如使人之所欲莫甚于生，则凡可以得生者，何不用也？使人之所恶莫甚于死，则凡可以避患者，何不为也？"然后加以结论："由是则生，而有不用也。由是可以避患，而有不为也。是故所欲有甚于生者，所恶有甚于死者，非独贤者有是心也，人皆有之。贤者能勿丧耳。"他又举一个实例："一箪食，一豆羹，得之则生，弗得则死。呼尔而与之，行道之人勿受。蹴尔而与之，乞人不屑也。"这就是前面所谓照道理可以吃，方才肯吃。照道理活不得，情愿死去。除了疯狂者及法西斯暴徒以外，凡人皆有此心，即凡人皆有杀身成仁之心，不过强弱厚薄有等差耳。

（1939 年）

箪食壶浆

296

戎衣更不着，今日告成功。

读《爱国诗选》

汪精卫到东京的消息传到那一天，汪静之诗人送我他的新著《爱国诗选》一部。上自《无衣》《出车》（《诗经》里的爱国诗），下至秋瑾女士等慷慨激昂之作，都数千首，分三厚册，最近由商务印书馆出版的。我一口气读完了这三厚册，觉得有话要说，心身非常疲劳。因为读的时候，全身的血时时沸腾起来，呼吸时时喘急，常想抛却了书卷去找扇子。而终于在两三天内一口气读完了。

读完之后，休息了一会，回想了一番，觉得话要说，就写在下面：

秦良玉，明末的一位女子，是忠州人，石砫宣抚使马千乘的夫人。这女子有胆识，善骑射，又长于文词。马千乘死了，她代他领兵，讨叛贼奢崇明。有功，封都督签事，充统兵官。崇祯皇帝派她去援辽东，亲制诗四首赐她，其中一首曰：

> 凭将箕帚靖皇都，一派欢声动地歌。
>
> 试看他年麟阁上，丹青先画美人图。

流贼入川，良玉守石砫，屡次攻破贼阵。张献忠陷四川，良玉召集她所部的兵士，下令道："有从贼者，杀无赦。"
乃分兵守四境。这时张献忠迫诱兵民投降，各地从贼者甚多。独有石
硅境内没有一人降贼的。绵州知州陆逊之到良玉的营中来访问。良玉
作男子装，冠带出见。办酒请他，并在席上慷慨谈论兵事。陆逊之看
她穿着男子的战袍，用手拉她的衣袖。良玉拔出佩刀来，立刻把他所
拉的衣袖斩断，使得陆逊之大惊大惭，不敢再放肆。后来良玉出战，
连斩六贼，自己觉得筋疲力尽了，深恐为贼所侮辱，就在战场中自刎
而死。

　　沈云英，也是明末的一位女子，萧山人，道州守备沈至绪的女儿。
工书法，通经史。至绪与张献忠战，死在阵中了。云英闻知父亲战死，

他年麟阁上，先画美人图。

自己拿了矛冲进贼阵，夺得父亲的尸体。贼左右围攻，想捉住她，终被她奋勇杀却，负父尸还家。而道州亦得保全。皇帝封她为游击将军，使她继承她父亲的事业。

清朝董榕著一部传奇，名叫《芝龛记》，就是描写秦良玉、沈云英英勇抗战的故事的，凡百余出。秋瑾女士《题〈芝龛记〉》诗曰：

今古争传女状头，红颜谁说不封侯？
马家妇共沈家女，曾有威名振九州。
莫重男儿薄女儿，平台诗句赐蛾眉。
吾侪得此添生色，始信英雄亦有雌。

"状头"就是状元，"平台诗句"就是崇祯皇帝赐秦良玉的诗。

毕著，也是明末的一位女子，歙县人，好勇，能诗。她的父亲为蓟邱守，与贼抗战，败死。尸体为贼掳去。部下将士都主张向京师请兵复仇。毕著时年二十，独表示反对，她说："请兵要许多日子，使贼有所戒备。不如今夜立刻冲杀过去。"这晚上，她自己领了精锐的部队，闯入贼营，亲手斩杀贼的首领，驱逐贼兵，抬了父亲的尸体还家。自作纪事曰：

吾父矢报国，战死于蓟邱。
父马为贼乘，父尸为贼收。
父雠不能报，有愧秦女休。
乘贼不及防，夜率千貔貅。
杀贼血漉漉，手握仇人头。
贼众自相杀，横尸满院沟。
父体与亲归，薄葬荒山陬。

相期智勇士，慨焉赋同仇。
蚁贼一扫清，国家固金瓯。

郑启秀，是明末的一位少女，湖南人，从小读书知礼，长后蕙心兰质。清兵犯湖南，启秀逃难不及，被清兵掳去，装在船里，预备送北方去。船过黄鹤渚，启秀乘贼不备，一跃入水，仅留八首凄惨慷慨的绝命诗在人间。其诗曰：

照影江干不暇悲，永辞鸾镜敛双眉。
朱门曾识谐秦晋，死后相逢总不知。

征帆已说过双姑，掩泪声声海夜乌。
葬入江鱼波底没，不留青冢在单于。

少小伶仃画阁时，诗书曾拜母兄师。
涛声夜夜催何急，犹记挑灯读楚辞。

生来弱质未簪笄，身没狂澜叹不齐。
河伯有灵怜薄命，东流直绕洞庭西。

当年闺阁惜如金，何事牵裾逐水滨。
寄语双亲休眷恋，入江犹是女儿身。

遮身只是旧罗衣，梦到湘江恐未归。
冥冥风涛又谁伴，声声遥祝两灵妃。

厌听行间带笑歌，几回肠断已无多。

青鸾有意随王母，空费人间设网罗。

国史当年强记亲，杀身自古以成仁。

簪缨虽愧奇男子，犹胜王朝供事人。

汪静之君的《爱国诗选》中只录其第二首。其余七首我从《曼殊文集》里找得，全录在此。我想这诗必可使读者特别感动。因为假如当时有学校，这少女正是一位中学生，与本刊读者是一类的人！她虽是一个民间女子，但是志气极高，不肯像王昭君似的觍颜事胡而留"青冢在单于"。她虽是一个"生来弱质"的少女，但抵抗力极强，终使敌人"空设网罗"，一点也奈何她不得。她虽是一个"未簪笄"的女孩子，但胸怀极大，能体会"杀身成仁"之道，愧杀无数忍耻偷生的"王朝供事人"。但同时又多情善感，缠绵悱恻，显然不是暴虎冯河死而无怨的蛮子，而是富有人性人情的淑女。故命将临终，犹叹"朱门曾识谐秦晋，死后相逢总不知"。犹不忘"少小伶仃画阁时""挑灯读楚辞"之事。想见她垂髫读《离骚》时，小小的芳心对于屈原的高洁早已向往，早已打定"不以身之察察受物之汶汶"的决心了。看到她"寄语双亲休眷恋，入江犹是女儿身"之句，使人觉得悲壮无极，不忍卒读，同时又钦佩这少女节孝双全，人格伟大！我最初想象作者是一个小姑娘。但越读她的诗，看见她的人越大，读到这里，看见她顶天立地，高不可仰了。

随后我又想起了另一女子，不知姓氏，但知是徐君宝之妻。徐君宝守岳阳，为寇兵所杀。其妻貌美，且能诗词，被寇所执，掳到杭州。酋长欲娶她，逼迫再三。她假意答允了，对酋长说："我愿相从。但须向先夫之灵奠祭一番，然后改嫁。"酋长信以为真，也答允了。她乘人不备，投河自杀，留下一阕《高阳台》在人间。其词曰：

> 汉上繁华，江南人物，尚遗宣政风流。绿窗朱户，十里烂银钩。一旦刀兵齐举，旌旗拥、百万貔貅。长驱入，歌楼舞榭，风卷落花愁。
>
> 清平三百载，典章人物，扫地都休。幸此身未北，犹客南州。破鉴徐郎何在？空惆怅、相见无由。从今后，断魂千里，夜夜岳阳楼。

这位徐夫人与郑启秀女士，志行相契，若合符节，可谓千古双绝。两相比较，徐夫人词笔委婉，长于描述。如"绿窗朱户，十里烂银钩"，如"长驱入，歌楼舞榭，风卷落花愁"，正是今日江南浩劫之状，使人读之疑为现代人所作。然其所惆怅，归结于"破鉴徐郎""相见无由"。但望"从今后，断魂千里，夜夜岳阳楼"，而无一语涉及社稷与纲常。其行虽烈，其志较郑女士终差一筹。但这原是求全之毁，比较起所谓"王朝供事人"来，又不可同日而语了。

徐夫人的词，《爱国诗选》中亦未选入，是我在《词选》里见到的。但《爱国诗选》中，诚不乏轰轰烈烈、惊天动地的大作。三厚册中，印着许多赤心，洒着许多碧血，流着许多热泪。永远绚焕灿烂，与日月争光。我所以不讲爱国男儿而单讲爱国女子者，一则因为一般人说起爱国英雄就想起烈士、义士，心目中总认定是男性的；独不知吾国礼教渊深，不但男子勇于杀身成仁，妇人少女亦知舍身取义。所以我特别提出来说，以明救国不分男女。二则因为抗战以来，常闻无耻之徒，见利忘义。为顺民者有之，当汉奸者有之，希望屈膝求和者有之，甚至身为党国要人，而倒戈事敌者，竟亦有之！此等人名为男子，实与熊狗无异！而上述的许多女性，虽现女身，所行实是大丈夫事。所以我特别提出来说，以明无耻男子之耻。《爱国诗选》中所载秋瑾作《满江红》词曰：

> 小住京华，早又是中秋佳节。为篱下黄花开遍，秋容如拭。四面歌残终破楚，八年风味徒思浙。苦将侬强派作蛾眉，殊未屑。
>
> 身不得，男儿列。心却比，男儿烈！算平生肝胆，因人常热。俗子胸襟谁识我？英雄末路当磨折。莽红尘何处觅知音，青衫湿。

所谓"俗子胸怀"，指其王廷钧，也可说是指一般庸碌男子。故秋瑾耻为男子，而恨天公"强派"她"作蛾眉"。有诗曰：

> 谪来尘世耻为男，翠鬢荷戈上将坛。
> 忠孝而今归女子，千秋羞说左宁南。

左宁南者，明末大将左良玉是也，拥重兵四十万守武昌。清兵南下，不战自退，终至国破身亡。故秋瑾讥之，而耻为男子。不料秋瑾死后，神圣抗战中又有更羞于左宁南之人。秋瑾死而有知，当在地下立誓，生生世世不为男子也。

二十（1931）年[①] 六月二日于宜山

---

① 原刊作"二十（1931）年"，应为二十八（1939）年。

生道杀民

某日上午，某处被空袭。车站附近被投炸弹一百多枚。当天下午，一位军界的朋友告诉我："都是汉奸不好，我们有大批飞机从外国运来，今天上午经过该地。汉奸把这消息报告敌人，他们就拼命地来投炸弹。"当时有许多人在旁静听。听到这里，大家异口同声地焦灼地问：

"飞机被炸着没有？飞机被炸着没有？"

那朋友骄傲地回答道："没有！早已运到别处去了！"听的人又异口同声地说道："还好，还好。"大家脸上表出满足幸运的神气。接着就扬眉高谈汉奸的可恶和敌人的可笑。一时竟没有人问起炸死多少人。直到后来，才有人提出这问题，据说是炸死两个人，和一头牛。

我想起了《论语》中一段话："厩焚。子退朝，曰：'伤人乎？'不问马。"孔子退朝下来，听得人说马厩火烧了。但他问有没有烧伤人，却不问有没有烧伤马。他并非不爱马，但因为人比马更贵，故只须问有没有伤人，若不伤人，则大事已定，马的伤不伤无关重要，所以他不问了。

天地间人最贵。故孟子曰："民为贵，社稷次

惊骇

之。"但上述这班人已经把这定理变通，变作"飞机为贵，人次之"了。我觉得这变通颇可原谅。他们并非不爱人，并非"非人道"。只因禽兽逼人，人不得不用武力杀其锋。不得不以战弭战，以杀止杀。要为人类除暴，不得不借飞机的威力。要安天下之人，不得不一怒。孟子曰："以生道杀民，虽死不怨。"我们为了要消灭扰乱人类和平的暴徒，所以运大批飞机。为了运飞机，所以被轰炸。为了被轰炸，所以死两个同胞。这两个同胞死而有知，一定不怨政府。因为如程子所解释："以生道杀民，谓本欲生之也。除害去恶之类是也。盖不得已而为其所当为，则虽拂民之欲，而民不怨。"可知这一天被炸死的两个同胞，倘死而有知，其英魂只恨敌人，决不怪怨人们先问"有没有炸着飞机"，而后问"有没有炸死人"。所以目下的人暂把"民为贵"的定理变通为"飞机为贵"，我觉得是可以原谅的。

孟子又说："以佚道使民，虽劳不怨。"程子解释道："以佚道使民，谓本欲佚之也，播谷乘屋之类是也。"为播谷乘屋，况且虽劳不怨，何况为求全民族的生存？所以抗战以来，前方将士出生入死，后方民众颠沛流离，而再接再厉，百折不挠，毫无一句怨言者，便是为了"以生道杀民""以佚道使民"之故。反之，日本民众间的情形就和我们相反：他们的军阀强迫他们参加这野蛮的侵略战，拿他们的性命来满足自己的野心。换言之，他们的政府不是"以佚道使民"，而是"以劳道使民"；不是"以生道杀民"，而是"以死道杀民"。所以日本民众反战，所以日本军人厌战，所以日本的侵略战一定要失败。

假辫子——答《漫画阿Q正传》读者

抗战开始前数月，我画了一册《漫画阿Q正传》。正在刊印，战争开始，我逃到大后方，此画原稿在上海南市的印刷店内被毁。我在大后方重画一遍，遥寄上海开明书店，在孤岛上海出版；在大后方也有土纸印的本子流行。我住在遵义的时候，《贵州日报》上有一天登出一篇关于此书的批评。前面是称赞我画得好；后面说，不过有一点错误，就是第十二图正在用哭丧棒打阿Q的假洋鬼子多了一条辫子。评者说假洋鬼子的辫子明明是在留东的时候早已剪了的；为此，他的老婆跳了三回井。为什么这第二十四图中给他画了一条辫子呢？末了很客气，他说这小小的笔误，本来无关大体，只因爱护我的画，所以提出来说，希望这画册尽善尽美云云。

我一看这评文，就知道他评错了。因为我作画时把鲁迅先生的原文读过多遍，很熟悉。我记得假洋鬼子回国后是装一条假辫子的。所以我的画并没有画错。只是画里的辫子看不出真假，因此引起误会。鲁迅先生原文里说："阿Q尤其深恶而痛绝之的，是他的一条假辫子，辫子而至于假,就是没有做人的资格。他的老婆不跳第四回井,也不是好女人。"(见第三章《优胜记略》)我就写一篇答辩,也登在《贵州日报》上。末了说,我没有把装假辫子的一段文字摘录在画旁,因此引起读者误会,也是难怪的云云。

昨天,开明书店徐调孚兄转来一封信,是同样的批评。我想战时的《贵州日报》是不普遍的;这画集的读者中,这样误解的人也许还有,因此我又写这一篇登在《申报》上,免得再有人误会。

误会的原因,固然是读者没有细读鲁迅先生原文,而我没有把假辫子一段摘录画旁的缘故。但今天我又想起另外一个重要原因:读者

阿 Q 遗像

大都是未满三十六岁的人，即生在民国时代的人，根本没有亲见过"假辫子"这件东西。所以即使细读原文，看见过上述这一段文字，也马马虎虎读过，留下的印象不深，便容易忘记。这真是"难怪"的。

我是十五岁的时候剪辫子的，我看见过假辫子。在四十岁以下的人（四十岁以上的人看见，一定忘记了。）面前，我可以吹一吹牛。这是用假发做的一条辫子，缀在帽子的后面，连帽戴上，看不出真假。但切不可脱帽。装假辫子的人，有两种：一种是从外国回来的人，一种是被人捉奸把辫剪去的人。假洋鬼子便是属于第一种的。我小时候，我乡这两种人都有。属于第一种的，是小学里的俞先生。他是从外乡

"你怎么会姓赵——你那里配姓赵？"

请来教英文及唱歌的。他曾经留学日本，把辫剪去。回国后在街上走路，人都要指点嘲笑，背后常有人喊"偷老婆的！"他因此装一条假辫子，以免麻烦。那时候吾乡初有"香洋肥皂"，人们把它装在袋里，挂在襟上，当作香牌。而俞先生竟用香洋肥皂洗脚。此事盛传全镇，大家认为此人"没淘剩①"，其辫子多分是偷老婆而被剪，不见得是留学而剪脱的，果然不久他就不容于石门湾，打打铺盖，拖着假辫子回外乡去。

属于第二种的，是烂污阿二。他是我乡一个流氓，其名字由"撒烂污"一语得来，其人可想而知。烂污阿二同一个有夫之妇嬲姘头。女人被丈夫痛打，自己寻死，丈夫和地方上的人把烂污阿二捉来，把他和死尸两人脱光衣裳，用索子捆在一起，关闭在一间空屋里。这正是炎夏天气。关了三天放出来时，烂污阿二没有死，但浑身是烂肉和蛆虫，又少了一条辫子。

烂污阿二为了有碍观瞻，装一条假辫子。他夏天也戴帽子。另有个叫作钟庆和的，也是流氓，故与烂污阿二要好。两人常常戏耍。烂污阿二看见钟庆和，当众高声向他招呼："庆和吃过了吗？"但说时鼻子闭紧，把"庆和"二字读作"吃污"，全句就变成："吃污（吾乡称屎曰污）吃过了吗？"众人大笑。庆和受了这嘲弄，不作一声，飞奔过去揭他的帽子，连假辫子一起揭下。众人又大笑。庆和要把帽子连辫子抛到屋上，烂污阿二跪下来讨饶，一幕戏方始演毕。——这很像是鲁迅先生《阿Q正传》里的材料。现在因了答辩假辫子问题，使我得重温儿时的旧梦。

卅六（1947）年六月五日于杭州作

---

① 没淘剩，作者家乡话，意即没出息。

"畜生！"阿Q怒目而视的说。

第六编

"抗战胜利后八个月零十天，

我卖脱了三年前在重庆沙坪坝庙湾地方自建的小屋，

迁居城中去等候归舟。"

热烈的重庆（大曲、辣椒与赤日）

这时候的重庆，正有很多大事、好事等待着丰子恺。

首先是丰子恺在重庆第一次举办了由他本人到场的画展。他在报上发表《画展自序》："抗战以前，我的画以人物描写为主，而且为欲抒发感兴，大都只是寥寥数笔的小幅。这些画都用毛笔写成，都可照相缩小铸版刊印。……抗战军兴，我暂别江南，率眷西行。一到浙南，就看见高山大水。经过江西湖南，所见的又都是山。到了桂林，就看见所谓'甲天下'的山水。从此，我的眼光渐由人物移注到山水上。我的笔底下也渐渐有山水画出现。我的画纸渐渐放大起来，我的用笔渐渐繁多起来。最初是人物为主，山水为背景。后来居然也写山水为主人物点景的画了。最初用墨水画，后来也居然用色彩作画了。"这一点，与丰子恺的老师夏丏尊对他的建议不谋而合。

第二件事是丰子恺自逃难以来第一次有了自己的家。当时的重庆住房极其紧张，丰子恺在离重庆一二小时车程的沙坪坝建起了带有竹篱笆围起来的大院子的抗建式小屋。所谓抗建式小屋，也就是用竹子糊泥巴为墙的简陋住处，虽极其简陋，无甚装饰，丰子恺却十分知足，后来还填了一首《贺新凉》，其中有"去日孩童皆长大，添得娇儿一口。都会得奉觞进酒。今夜月明人尽望，但团圞骨肉几家有？天于我，相当厚"的句子。沙坪小屋周边没有邻居，孤零零地矗立在山边，远看像似一座亭子，丰子恺因此风趣地戏称自己是"亭长"。中央大学也在沙坪坝，子女丰陈宝与丰华瞻平时住校，每到周末都回到家里团聚，真可谓其乐融融。

沙坪小屋的墙上贴着梅兰芳留须照片，这第三件事就与梅兰芳有关。当时丰子恺的大女儿丰陈宝与小女儿丰一吟正迷京剧，不但学唱京剧，还在沙坪小屋的东墙前演京剧。丰子恺虽在逃难之前的缘缘堂里也备有梅兰芳的京剧唱片，但听说梅兰芳蓄须抗日的故事，越发敬佩梅兰芳，同时也燃起对京剧的兴趣。沙坪小屋里虽徒有四壁，却拥有三台留声机：一台正在使用，听京剧，听交响乐；另一台完好的备用，因为这种用发条的留声机比较容易损坏；还有一台坏了等待修理。丰先生就是这样一个富有生活情趣的人，在这种乐观的情趣中，在逃难的重庆这一站，他迎来了日本人的投降，这是丰子恺在重庆等来的最大喜讯。

再有就是女儿丰陈宝从中央大学毕业，并在沙坪坝附近找到工作——在西迁的南开中学担任高中英语教师，丰子恺肩上的生活重担渐渐轻了起来。

丰家是在日本人投降以后将近一年的1946年7月3日才离开重庆踏上返回江南的路程。这一路同样艰险，几乎用光了所有盘缠，经长时间等待与波折，丰子恺终于在1946年11月10日回到家乡石门湾，凭吊那已成一片瓦砾的缘缘堂。

（杨子耘）

蜀道奇遇记

　　我旅游蜀地，途中曾经遇到一件奇事。这奇事并无关于四川，却是战争这件万恶的事所产生的畸形怪相。现在写出来，刊印出来，使我的读者知道，战争的结果，除了家破人亡之外，还有使人哭笑不得的副产物。

　　民国三十一（1942）年冬，我曾在蜀道中一个小县城投宿。滑竿夫把我扛进一家旅馆。照例，外面是茶店，许多白包头的人坐着吃茶，许多绿色的痰点缀在地上。里面是旅馆，没有窗，床头却有一个没有盖的粪桶，里面盛着半桶便溺。幸而是冬天，还闻不到气味。

　　么司（川人称茶房为么司）拿登记簿来要我登记姓名来历，我一一如实填写了。我洗了一个脸，叮嘱我的工友替我铺陈被褥，自己携了一根手杖，出去吃饭。看见门口旅客姓名牌上，已经用白粉笔写下我姓名了。

　　我初到一个地方，找饭吃是一件难事。我不吃荤，而饭店总是荤的。请他们不用猪油而用麻油烧菜，他们须得特地去买麻油，大都摇头。有几家认真的，还摇手忠告我："要不得，锅子是烧荤的。"

其实我并不同一般佛徒一样认真，只是生来吃不进肉和猪油，荤锅子倒不在乎的。这一天找了两家，碰了两个钉子。找到第三家，遇到老板娘，一个中年女人，是浙江人，言语畅通，就接受了我这主雇。我在这地方遇到同省人，觉得有点乡谊，吃饭时便同她谈话。知道她是嘉兴人，离我故乡不过数十里。她一家二十六年冬天从嘉兴逃难出来，到过衡阳、桂林、重庆，去年才到这地方来。我说："这铺子是你开的？"她说："是。"我想问"你的丈夫呢"，觉得不妥，改口说："你家里几个人？"她指着一个五六岁的孩子说："就是我们俩，我同这个孩子。"这才可问起她的丈夫，我就说："你的先生呢？""就在这里××公司办事。这饮食店是我管的。"说时音调和脸色都带些不自然的样子。这样子只有我们同乡人可以看出。我想：人世之事，复杂万状。这妇人心中或许有难言之恸。但我这行旅之人，萍水相逢，谁管你们这些闲事呢？我搭讪着："很好，你们两人挣钱，一定发财了。"起身就走。

回到旅馆，工友告诉我，有一个军友来访，留名片在此，过一小时他还要来的。原来是二十年前的美术学生王警华，我眼前立刻浮出一个笑嘻嘻的圆面孔来。这人爱漫画，与我最亲近，我至今还清楚记得。我就打发工友出去吃夜饭，自己歪在铺盖上休息，等候王警华来访。过了约半小时，果然走进一个军装的人来。我伸出右手，他却双手抱住了我的肩膀，表示握手还不够的意思。他口中连称："老师，难得，老师，难得！"我也双手抱住了他的肩膀，看他面孔还是圆圆的，不过放大了些，苍老些，笑嘻嘻的表情还是有，不过不及二十年前的自然了。他的面孔从前好比一只生番茄，结实、玲珑，而有光彩；现在好比番茄煮熟了，和软、稳重，而沉着了。二十年来的世故辛酸、人事悲欢把一个青年改成壮夫，犹之烈火沸汤、油盐酱醋，把一只生番茄烧成熟番茄。我每逢阔别的人，常有此感。今天看见王警华，觉得这比方更是适当。

一番寒暄，彼此说明了别后的经过，和到此的来由，便继之以慨叹。原来他在学校毕业后，不久就投笔从戎。抗战军兴，他随军辗转，一年前来到此地。他说在这个小县中，最苦的是缺少旧日师友。适才他到此吃茶，看见名牌上我的姓名，万料不到我会来此，以为必定是同姓名的。后来问我的工友，方才知道是本人。谈到这里，他模仿本地人对下江人的客套话："要不是抗战，请也请不到这里！我们真要感谢鬼子，哈哈哈哈。"

寒暄过后，他定要我出去吃夜饭。我说吃过了，刚才出门便是吃夜饭。他不信，问我哪里吃的。我告诉他地方，并且说有一个嘉兴籍的中年妇人和一个小孩子的那一家。他脸上现出神秘的笑容，说道："啊，老师怎么会找到那一家去？那是一个古今东西从来未有的奇女子啊！若把她的故事告诉老师，老师定有一篇动人的小说可写呢！"我正想问这故事，一个勤务兵立正在门口，大叫"报告"。他听了"报告"，便说："我有些小事，去一去就来，今晚我陪老师宿在这里，可以长谈。"说着就走，一面大声喊："么司，丰老师的房金不收！都是我的！"室中原有两张床。一张我原来准备给工友睡的。如今他要来陪我，我就吩咐工友另外去开个单房，把这床让给他睡。到了八点钟，他换穿便衣，欣然地来了，后面跟一个勤务兵，提着一只篮，篮内是酒、肴馔和一匣美国香烟，都放在桌上，勤务兵就去了。他便同我对酌对谈，我们把门关了，寒漏迢迢，旧话娓娓，这真是旅中难得的乐事啊！我忽想起他所提出的故事，就要他讲，他一面笑，一面摇头，烧起一支美国香烟，说道：

"这样的奇人，这样的奇事，古今东西，恐怕是独一无二的。老师要知道这奇，请慢慢地听我讲来：我初到这里时，租一间房子。某处一个三开的堂屋，我租了东边。西边早有租客，便是这女子和她的小丈夫、小儿子。为何称他小丈夫呢？因为比妻子小了十岁。"

我诧异地叫："咦！"他说："这并不算奇，奇文还在后面：我因和他们住在同一个屋里，又是大同乡，所以很亲热。我的女人同那奇女子更要好。因此便详知他们的奇事。这女子是嘉兴人，曾在故乡嫁过姓范的，生下一女，名叫玲姐。二十六年冬天，他们一家三口从嘉兴逃出，辗转流徙，到了衡阳。二十七年秋，武汉、广州吃紧，衡阳空袭很凶。一个炸弹，把她的丈夫范某炸死，租的房子也烧光，只剩下范嫂母女二人，两双空手。不能糊口，便替人家当佣工，范嫂到了一家当汽车站员的人家做老妈子。这站员姓李，名侠，是南京人，也是逃难到衡阳的，那时不过二十余岁，家中只有一个太太，和一个初生的婴孩。李太太是师范毕业生，在逃难途中做产后，身体太亏，需要人帮忙，得了范嫂，甚是欢喜。至于那女儿玲姐呢，那时年方十五岁，经人介绍，到某团长家当女仆。团长太太也待她很好。这样，寡妇孤女，大家有了托身之所，免于冻馁了。

"最初，母女二人工余往来，常常相见，倒也可以互相安慰。谁知战局变化，广州、武汉失守，衡阳的人事大有变迁。李侠夫妇先赴桂林，范嫂跟他们同走。她临别叮嘱女儿，好生做工，将来好好地拣个丈夫。母女就分散了。听说起初还可通信，后来团长的军队开往他处，就音信不通。后来打听得那团长已经战死，就无法探问女儿的下落了。"

我插话道："啊，孤儿寡妇，还要骨肉分离，真是人间惨事！不过这样的事，今日世间恐怕多得很，有什么奇呢？"他捧一支美国香烟敬我，续说道："奇文还在后面，你听我说呀：且说李侠带了太太和范嫂迁桂林，时局暂定，倒也可以安住。李太太担任当地某女校教师。范嫂起初想念女儿，后来也置之度外。因为李氏夫妇，都待她很好。夫妻二人白天出门办公，家事及婴孩都交给范嫂。范嫂非常忠心，对婴孩尤其疼爱，喂牛奶代乳粉，是她一手包办的。后来孩子竟疏远母亲而亲近范嫂，晚上也跟范嫂睡了。李侠南京的家中原有父母二人。李侠夫妇逃出后，母亲就得病而死。父亲在南京，饮酒使气，豪侠好义。自母亲死后，父子音讯也很少通了。所以李侠常常说，范嫂好比我的母亲。李太太呢？对范嫂更好，后来竟订盟约，改称大姐。李侠也跟着改口。范嫂这时已经三十开头，但因生得年轻，看上去只有二十四五。李侠和李太太都是二十开头。这三人并辈称呼，原是很自然的。"

　　说到这里，勤务兵又来"报告"。我趁空出去洗了一次手。回来勤务兵已走，他继续讲："范嫂在李家做大姐，很是安乐。讵知不到数月，李太太染了流行病，一命呜呼。李侠哀悼逾常。大姐更是哭得泪人儿一般。"说到这里，他站起来转个圈圈，说："那么你想，下文是什么？"我笑问："大姐嫁了李侠？"他坐下来，敲着桌子说："对啊，对啊！还是李太太的临终遗嘱。这时候李侠二十二岁，大姐已经三十二岁，女比男大了十岁。但因感情的投合，事实的趋势，加了爱妻的遗志，使他们自然地结合了。那孩子一向是跟范嫂的，死了母亲全不觉得，从此就叫范嫂做妈妈，就是你看见的那一个。后来李侠迁调到重庆，改业经商，辗转地到了这地方。我和他们结了半年邻。后来他们发了些财，自己开铺子，才和我们分手，迁到这店铺里头去。奇事奇文就发生在与我结邻的时代。

　　"李侠入川后，经济渐渐宽裕。本性孝友，便想起了沦落在南京的父亲。常常通信，汇款子去。太平洋战事发生后，李侠认为上海不妥，便写信去，劝父亲到后方来，走界首、洛阳、西安、宝鸡入川，路是畅通的。又说所娶继媳虽未拜见，但秉性贤淑，必能尽孝，请勿远虑。他父亲起初拒绝，来信说，上海还可住，他近来戒了酒，谋得一个小差使，生活也可过去，教儿子不必挂念。（后来才知道，这差使原来是替日本人当翻译。他父亲原是东洋留学生，通日本话的。）
后来李侠再三去信劝驾，他父亲来信老实说：你母死后，家中无人照
料，去年已经娶后母，所以不便独赴后方；若偕后母同来呢，又太费
事云云。李侠接到信，笑对大姐说：原来我已有了后母了。不知是怎
样的一个人。李侠这时手头很丰裕，夫妇二人又都是孝友存心的，便
决计汇二人的盘费去，欢迎父亲和继母同来。又说生活一切由儿子供
养；万一不安心，此地要找点安闲的差使也很容易云云。父亲回信说，
即日动身。有一天，父亲果然到了，怪剧就发生了。那时我正在家，
亲眼看见这一幕怪剧。儿子、媳妇对父亲表示欢迎后，就向初见的继
母施礼。继母是一个很年轻的女人，看来不过二十开头，我和我的女
人从窗洞里偷窥，私下惊奇地说：他后母的脸很像他的太太呢！没有
说完，忽然看见新来的后母抢上前去，抱住了她的媳妇狂呼母亲，把
头撞在她的怀里，号啕大哭起来。"

"原来这后母就是她的女儿？"我吃了一惊，立起身来。王警华
也立起身来，用了手足姿势的帮助而演讲这故事的最精彩部分。"这
一哭之后，全家沉默了，连我们偷看的两人也沉默了。约摸一二分钟
之后，方有动静。他们四人如何，不得而知。我和我的女人，面面相
觑，有时摇头，有时苦笑。好像多吃停了食，不能消化似的。你想：
一家是母女二人，一家是父子二人。儿子娶了那母亲，父亲娶了那女
儿。这不是古今东西从来未有的奇事么？"

"那女儿怎样会嫁给这父亲呢？"我问。他说道："事后我女人
从大姐处探听详情，原来是这样：当年的范嫂离开衡阳时，把女儿留
在团长家里当女工。后来军队开拔，这女儿跟团长太太同走，住在江
西某处。后来团长阵亡了。团长太太是南京人，就带了这女工回到沦
陷的故乡南京。那时女儿已经十七八岁，自己觉得当女工没有出头，
辞了团长太太到纱厂里做工。有一天，偶然晚上外出，行至冷静处，

抱住了她的媳妇狂呼母亲

突被兽兵二人用手枪恐吓，拉着就走。女儿原有七八分姿色，何况暗夜碰着兽兵，自知难免受辱，一路呜咽。忽然弄里转出一人，正是李侠的父亲，做完了翻译工作回家。他本性豪侠好义，又是日本通，看见这情形，立刻上前叫声'女儿'，用日本话向两个兽兵说情，说这是我的女儿，找我来的。偶然冒犯，请求恕罪。并说明自己任职的机关，拿出证章来看。兽兵知道不是生意，便释放那女子而去。李老拉了这假女儿，恐被兽兵侦出破绽，一直拉回家中。问明她的住处，然后再送她回厂。李老是个义侠，原来光明正大，毫无私意。讵知玲姐自遭逢这次危险以后，痛惜自己的孤苦伶仃，又深感李老的英勇义侠，便常常拿纤手做出来的工资，买了礼物去报谢李老。后来知道李老鳏居，便起了依托终身的念头。这时李老年已四十二岁，但因生得年轻，看来不过三十余岁。玲姐还只十九岁，实际上相差二十三岁，外形上倒并无不称。玲姐长年飘泊，深感一个弱女生在这万恶的社会里危险与苦痛。她决意找一个正直英雄来托付终身。年龄等事，在所不计了。这愿望果然立刻达到，不久她就做了李侠的继母。她也知道丈夫有个前妻的儿子名叫李连夫（李侠这名字是后来起的），在四川经商；但不知道就是她母亲的主人，衡阳的汽车站员李侠。又万万想不到李侠会娶了她的母亲！"讲到这里大家默默无言了好久。王警华从袋里拿出一张纸来，用铅笔画四个人，用线把每二人连接起来，单线表示亲子关系，双线表示夫妻关系。（我看出他的画技并未抛荒，虽然改业已经多年。）然后按图说道：

"这两对，一方面都是天成佳偶，但在另一方面都是越礼背义，骇俗乱伦！推究这大错铸成的原因，无他，便是这万恶的战争！假使没有战争，哪里会有这种奇事呢？现在我们试来派派这四人的关系看，有更奇妙的情形。"他拿起铅笔，在图的旁边列表。"先就范嫂说：她的丈夫，同时又是她的外孙。她的公公，同时又是她的女婿。她的

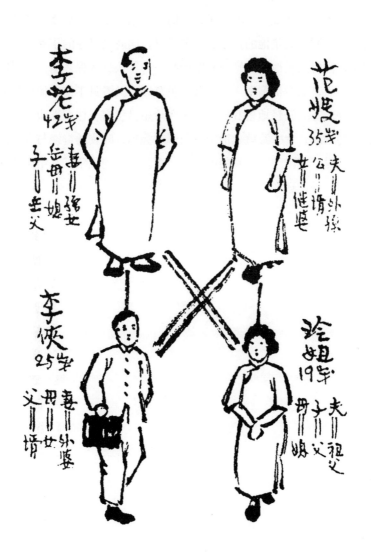

李老 42岁
妻‖强女
岳母‖娘
子‖
岳父

花娘 35岁
夫‖外孙
公‖婿
廿‖他匙

李侠 25岁
妻‖外婆
母‖女
父‖婿

玲姐 19年
夫‖恶
子‖父
母‖娘

女儿，同时又是她的继婆婆。次就玲姐说：她的母亲，同时又是她的媳妇。再就李老说：他的儿子，同时又是他的岳父。最后就李侠说：他的妻，同时又是他的外婆。他的继母，同时又是他的干女儿。他的父亲，同时又是他的女婿。哈哈哈哈……"次日登程之前，王君陪我去吃早点，故意仍到那一家。我看见范嫂，又看见李侠，他们都向王君招呼。王君轻轻地告我：他父亲和玲姐另租房子住在那边，听说两家不往来的。食毕我就上滑竿，与王君握别。昨夜的奇谈与今晨的目击，就做了我滑竿上的冥想的题材。啊！万恶的战争！其结果除了家破人亡之外，还有这使人哭笑不得的副产物！

一九四六年作

新枚的故事

我家有一个七岁而未曾上学的男孩子，叫作新枚。新枚是抗战第二年在桂林出世的。流亡中为防空袭，常住乡下，因此没有送他上学；但由他的姑母及兄姊们自己教教。他每天学习不过二三小时，余多的时间是玩。玩得腻了，就要我讲一只故事。这已成了习惯。我肚里的故事讲完了，就自己编造。兴之所至，信口乱造，讲完就算，从来不曾记录。今天又讲一只。偶然高兴，把它记录在下面：

有一天，我到一处地方去玩，看见旷野中有一伙人打架。起先是两人相打，一个是老人。他身上穿的衣服很高贵，而且很多。狐皮外套，貂皮褂子，缎罗，缎匹，一重一重的，穿得身体十分庞大。他的帽子更高贵，嵌着许多宝石。他的靴子也很出色，是用海外奇材制成的。但他年纪很老，而且脸色憔悴，好像是有病的。另一个青年，一看就知道是个流氓。他一双浓眉毛，一脸横肉，装一种狞笑，可怕而又可恶。他穿的衣服不及那老人的多而好。但他身体很强健，而且手里拿一根棒。——这样的两个人最先打起架来。

两人为什么打架呢？我是从头至尾看到的：那

流氓看见那老人身上穿得比自己好，起了不良之心，想掠夺他老人家的。无端不好动手。他便走到老人身边，假装绊了一跤，爬起来狠狠地说："你这老头子真可恶！身体这么庞大，走路这么迟笨，我为了避你，才被树根绊倒。我痛得很！你非赔偿我损失不可！"他举起棒来要打。那老人自然不敢对抗，连忙拱手，向他赔话。他说："人家跌坏了身体，不是一句空话可以了事的，我要打你！"他举起棒来。老人连忙作揖，答允赔偿。那流氓说："把你头上的帽子给我，当作医疗费，我就不打。"老人实在舍不得这帽子，而且觉得冤屈得很！他看见附近有几个壮年人在旁观，就向他们求救，要他们做公正的调停。但他们都对他冷笑，反背着手，一切不管。而流氓又举起棒来了。于是老人不得不忍痛答允，把帽子除下来送给他。流氓得了老人的珍贵的帽子就走开了。

过了一会，流氓又走到老人的背后来了。老人一阵咳嗽，想要吐痰。他不提防流氓在他背后，旋转头去"呸"的一声，一点痰沫溅在流氓的脚上了！这在流氓是求之不得的，他直跳起来，骂道："你这肺病鬼！把痰吐在我身上，教我传染肺病？这明明是有意伤害我的生命，我非打死你不可！"老人又是拱手作揖，努力辩白；但流氓不理，一棒打去，正打在老人的秃头上。老人痛得发昏，一面伸手招架，一面连说："莫打，莫打，有话好讲，有话好讲！"流氓放下棒，乘势又在老人屁股上打了一下，然后说道："要我不打，把你的外套脱下来给我，作为肺病防治费！不然我就……"他又举起棒来了。老人连忙答允。他摸摸他的珍贵的狐皮外套，抬起眼来看看附近的几个壮年男子，意思是说："这回太冤枉，请你们帮帮忙了！"但他们悠然地吸着雪茄，在旁闲看，不管别人的账。在流氓的漫骂和恐吓之下，老人终于脱下了狐皮外套。流氓拿了外套就走。

流氓去了一会，又转来了。手里除棒以外，又拿着一枝红花，像桃花，又像杏花，不知从哪里采来的。他走过老人的身旁，故意把花枝擦过老人的庞大的身体，擦下了一朵红花。"哇呀！好花被你擦坏了！"他把花摔在地上，顺手抓住了老人的衣领，厉声骂道："你这老糊涂！赔偿我的名花来！这是天下最美丽的樱花。我是盆栽的专家。我费了很大苦心，才得到这枝名花。这是无价之宝！如今被你毁坏了，无法赔偿，我只要打死你！"说过，举起棒来向老人的腰里痛打。老人已经忍耐了两次，积愤在胸。如今他第三次敲诈，而且来势这样横蛮，老人实在不能再忍耐了。他就提起精神，大叫一声，拔出老拳来抵抗。老人本性爱好和平，而且自知力弱，外加手无寸铁，不是他的对手。但对方无赖敲诈，层出不穷，而且得寸进尺，欲壑难填。老人毕竟读圣贤书，深明大义，到了忍无可忍的时候，为了正义人道，他就不顾这条老命了！一棒打来，一拳还去；跌倒爬起，爬起跌倒，两人打个落花流水。流氓一面打，一面剥夺老人的衣服。剥了裤子，剥了棉袄，剥了衬衣，脱了靴子，脱了袜子……打到后来，老人只剩一条裤子，和遍体鳞伤。而流氓则越打越强，大有剥他的裤子，要他的老命之势。最使老人伤心的，是他在被流氓拷打剥夺的中间，瞥见旁观的壮年人们非但不救，而且其中有人看见流氓的棒掉了，帮他拾起来教他再打。但在这片旷野中，只有势利、强权和暴力，而全无道义与法律。老人在这情况之下，眼见得只有死路一条！

老人只穿一条裤子，在血泊中挣扎。流氓穿了老人的衣帽靴袜，得意洋洋，高声喊道："你把裤子脱了来给我，向我屈膝跪拜！这才饶你的狗命！"老人哪里肯屈膝？他坚不答应，只管在血泊中挣扎。流氓见此情形，得意忘形，便使起棒来，好像戏台上的孙行者。

他使棒，显武艺。旁边的几个壮年人们坐着欣赏。他见他们悠然地吸着雪茄，欣赏武艺，忽然想道："我武运长久，天下无敌！这老家伙不是我的对手，打死了也不够味。这几个壮年人嬉皮笑脸，神气活现的，大约都是饭桶，经不起打的。我何不乘势打倒他们，独占这旷野，这才真是天下无敌呢！时机不可错过，来！"突然一棒，打在一个壮年人的脚上。这人正坐在花坡上闲眺，把他那穿着珍珠缀成的鞋子的脚伸出在外，靠近流氓的身边。不提防这重重的一棒，打得珍珠飞散，皮破肉绽，血流如注。这壮年人受此意外打击，一时狼狈周章，想不出对付办法。流氓以为他不敢抵抗，便用力再打他的腿，乘便又打了另一个人的脚和腿。两人都受了伤。但他们都是魁梧奇伟，年富力强的，虽然受伤，还是站得起来。他们立刻站起，挥着手杖，大骂"这小流氓胆敢惹你老子？"便打将过来。流氓吃惊，拼命乱打。三人酣战，一时不分胜负。老人见此情形，心中大快，连忙从血泊中爬起身来，一跷一拐地走到壮年人们身边，同他们合伙，拔出老拳，共打流氓。拳头没有打到流氓身上，反被他棒头一拨，跌倒在地。壮年人扶持，没有跌死。从此他便双手挽住壮年人的衣带，同他们并肩作战。他的参加，虽然只有空口叫喊，没有实力，但也可助长威势，况且他以前的拼命抵抗，多少已经消耗了流氓的气力。如今流氓以一抵三，毕竟吃力，终于渐渐退却了。壮年人和老人乘势追击，打伤了流氓的腿，又打断了流氓的臂，又打破了流氓的头。最后，一个壮年人身边摸出一部弹弓来，一颗弹子"扑"地飞出，正打中流氓的右额；又一颗弹子"扑"地飞出，正打中流氓的左额。流氓头破血淋，遍体重伤，便丢了棒，向壮年人和老年人跪下，口称"饶命！"老人转败为胜，不胜庆喜，连忙剥取流氓身上的衣服、靴帽，收回原物，连很早以前被他夺去的一个鼻烟壶也收回了。老人依旧穿得很阔绰而且庞大。壮年人们便把这个打得半死半活的流氓用索子拴在树上，尽行剥取他的衣物，永远不许他自由行动。一场打架，如此结束。

　　故事讲完了。现在我们来回想想看：那流氓欺侮老弱，穷凶极恶，而且野心勃发，不自量力。他的败亡是自取的。这人可恨而又可怜。

行年七十初心在，偶展舆图泪自倾。

那壮年人呢，吃了亏起来报复，终于算清冤债，还有赔偿，真是了不起的强者。实在可羡而又可佩。至于那老人呢，已经到了九死一生的时候，忽然转败为胜；外加如数收回他所失去的东西，真是意想不到的奇迹！我觉得可庆而又可笑。可庆的是他的运命好。假使流氓不打壮年人这一棒，老人孤立无援，结果必死无疑。流氓这一棒，不啻把老人从地狱里赶上了天堂，而自己钻进了地狱。这真是"天道有知"，"报应不爽"，岂非老人的大庆？可笑的是在这不讲道义而只有强权的旷野中，强人居然会跪在老人的面前，好像是做梦而不是事实；如今真成事实，一向气高趾昂的人对着一向打躬作揖的人跪倒下来，岂不太难为情？使人看了要笑。

老人交此好运，前途应该很有希望。可惜最近这老人正在患病，头晕眼花，麻木不仁，好像有病菌在他体内作祟。我们希望他赶快请医服药，好好地注意营养，使身体恢复健康。古语云："老当益壮。"老人只要自爱，未始不能比壮年人更强的。

重庆觅屋记

三十一(1942)年的重庆，房荒的程度比胜利复员后的京、沪、杭更高。那时我不顾一切，冒昧地从遵义移家到重庆。现在回想，着实替当时的自己担心。但在当时，铤而走险已成习惯，满不在乎的。

那时候，我家的大儿女们，已都住宿学校，家里只剩两个小儿女，连我夫妇，一共四人。四人还不敢一同走，分作两批，把我妻及一幼儿暂留在遵义，我带一小女孩和行李先赴重庆，住在朋友人家，着手觅屋。

这朋友住在重庆郊外，因为来得早，优先地租得房屋，竟有一间空室可暂借我住。不过他们去晒衣服，必须走过我们的住室。

不久，我在附近找到了一间楼面，楼底下是店铺，楼上划分两间，后楼已有一家租住，我就住了前楼。到这时候，才写信去叫其余的两人来归。大小四口，住一方丈半的前楼，在当时的重庆，已经算得其所哉了。可是楼矮得很，站在楼窗前，额骨上面就是屋檐。这已是四月中。重庆夏日的炎威，到处闻名。旁人忠告我，再过一个月，此屋如火坑，即使你不怕热，恐要发痧生病。我着急得很，四处托人物色，终于在五月初找到了附近一间坟庄屋，如获至宝。

这坟庄屋位在重庆的郊外。附近荒坟累累，墓木森森。房子倒有两起。一起是房东自己住的，另一起是三开间平屋。中间供着牌位，死气沉沉，非人所居；东间另有一家租住，我就住了西间。泥墙很厚，足有二尺。四周并无窗子，只有三十二开本大小的一个天窗。因此室中幽暗阴凉。介绍人说，在这屋里过夏，倒是好的。这无异一个山洞，我不惯穴居，而且要求光明。我在屋上添开了一排天窗，好比装了日光灯，皆大欢喜。

我在重庆开个画展，得了五万多法币。就拿出四万元来，在附近租地造两间小屋。屋快造好，方始和房东来往。我知道他有一个儿子在中学读书，他的家教很严。他家的工人说，他教儿子，常把儿子吊在树上，用鞭子抽。

不久我的小屋落成，我乔迁了。我向房东和邻家告别。邻家也是一个文化人，分手以后，互相往还，反比邻居时亲近了。这正是盛夏，重庆的太阳大肆炎威的时候。街上发生了一件命案，是儿子毒死了老子。据说，最近有一家，老子重伤风，到医院里看，医生给他一包药粉，叫他次日早晨空肚里用开水送下。他拿了药粉回家，放在床前桌上。儿子偷将毒药调换。这毒药是以前儿子腿上生疮时医生给他洗疮用的。次日早晨老子醒来，倒一杯开水，将药送下。忽然四肢发痉，不省人事。赶速叫滑竿抬到医院里看。没有抬到医院门口，病人已经在滑竿上气绝了。

我家的人听了这新闻，当作报上看见的一样，评论一回，叹息一回而已。后来又知道了死者的姓名，才惊奇起来。原来死者就是我们以前的房东！过了三天，我冒了太阳，去访我的邻居。走到门口，看见许多人正在进进出出，大家以手掩鼻。我起初不解其意，走到了门

积尸数十万，流血三千里。我今亦破家，对此可无愧。

口，忽然闻着一阵臭气，倒退了几步。这种臭气的滋味，我们的笔难以形容：好像粪臭，但比粪臭新鲜；好比屁臭，但比屁臭得浓烈；好比咸鲞臭，但比咸鲞臭更入味；好比绍兴人常吃的霉千张臭，但比霉千张臭得更动人；好比臭豆腐干臭，但比臭豆腐干臭得更腥气——总之，把粪、屁、咸鲞、霉千张、臭豆腐干五种东西放在一起，嗅它们的总和，大约可以懂得我那时所闻到的那种臭气了。我恍然大悟，这是死人臭！我想：定是打官司，尸体还停在屋中。我连忙向后转。我十分同情于我的邻居，不知他们一家是否与尸为邻。重庆的炎夏的太阳晒在头上，异味的臭气进入鼻孔，我头晕眼花起来。我在路上走进一个做医生的朋友人家去休息。医生给我吃几颗人丹。

后来我才知道，那人家的亲族，有的主张告官，有的反对，争论了好几天，终于没有告官，私自买棺成殓。但尸体停了数天，烂得面目模糊，身上遍是蛆虫。屋里烧了好几炉檀香，仍是不可向迩。而停尸的屋，正是我以前所住的屋的中央一间，供牌位的一间。我的邻居竟是与尸为邻。在房荒严重的重庆，他虽欲暂避，竟无可投奔，只得密密地关闭了与中间相通的门，从后门进出。幸而如我以前所说，这屋泥墙有二尺多厚，四周没有窗子而开天窗，故那种臭气，没有侵入他的室中。但生受了好几天的嫌恶与恐怖。

我想假如我的小屋迟一点落成，又如房东家的命案早一点发生，我也必须与尸为邻。我又想：虽说逃难中颠沛流离，我比前线上的兵士究竟好得多。战场上尸横遍野，夏日臭气熏天。兵士们倘得饱尝那种"五味调和"的臭气，而自己不变成尸体，还是极大的幸福呢！

一九四七年作

我的烧香癖

《论语》出这个题目要我作文。我初接到邵洵美先生的信的时候，决定不能作。因为我想，我的生活平淡无奇，与普通人无异，并无癖好可说。我把征稿启事和信札塞在抽斗里，准备置之不理。我坐在案前，预备做别的写作。忽然觉得缺乏一种条件。原来是案头的炉香已经熄灭，眼睛看不见篆缕，鼻子闻不到香气，我的笔就提不起来。于是开开香炉盖，把香灰推平，把梅花架子装上，把香末添进，用铜帚细细地塑制。正在这时候，我忽然觉悟了：这不是一种癖好吗？为什么写作一定要点香呢？这样一想，就发见我自己原有癖好，我的生活并不平淡，与普通人并不相同。同时我又发生一种警惕之感，即主观的蒙蔽的可怕。凡有嗜好的人，因为主观的感情作用，往往认为这嗜好是最合理的，最有意义的，是人人应该有的，不是我一人的偏好。于是就不认为这是一种癖好。我刚才的初感，便是由主观的蒙蔽而生。此事虽小，可以喻大，我安得不警惕呢！

于是我就来写自己的癖好，以应《论语》的雅嘱。抗战以前，我闲居石门湾缘缘堂时，癖好最多。

首屈一指的是烧香。我烧的是"寿字香"。寿字香者，就是在一铜制的香炉中，用香末依寿字形的模型塑成的香。这模型普通是一篆文寿字。从头至尾，一气连贯。也有不取寿字而取别种形式的；但因多数为寿字，故统称为寿字香。这种香炉，大都分两层，上层底下盛香灰，寿字香末就塑在这层香灰上面。下层是盛香末以及工具的地方。工具共有四件：一是铜模，模中雕出弯弯曲曲一个寿字，从头至尾，一气连贯。二是铜片，乃和香炉同样大小的一片铜，寿字香点过以后欲重制时，先拿这铜片将香灰压平，然后重新塑制于香灰之上。三是铜瓢，形似小铲刀，用以取香末的。四是铜帚，用以刮平香末，完成塑制的。这种香炉我家共有八九只之多。有方形的，有圆形的，有梅花形的，有如意形的。我每次到杭州上海，必赴旧货店找寻此物，找到了我家所未有的形式，便买回来。因此积聚了八九只之多。我的书案上，不断地供着这种香炉。看厌了，换一只。所点的香末，也分数种，常常调换，有檀香末、降香末、麝香末，以及福建香末，都是托药店定制的。我当时生活很普罗[①]，布衣，蔬食，不慕奢侈；独于点香一事，不惜费用。每月为香所费的，比吃饭贵得多！这正是一种癖好。为什么有这种癖好？我爱它有两种好处：第一是香的气味的美。香气使鼻子的嗅觉发生快感。美学者言，人的感觉，分高等下等两种：视觉与听觉，对精神发生关系的，称为高等感觉；味觉触觉等，对肉体发生关系的，称为下等感觉。其实这也不能绝对分别。只是视觉与听觉不须接触身体，隔着距离即可摄受，故认为高等耳。味觉与触觉必须接触身体，不能隔开距离，故认为下等耳。照这说法，嗅觉应该称为中等感觉。因为它可以隔着距离，凭香气的接触而摄受。欣赏艺术品，如看画，听乐，是用高等感觉的。吃饭穿衣，是用下等感觉的。其中

---

① 普罗，英文 proletarian（无产阶级的）译音的简化，在这里是朴实的意思。

间还有一种闻香，是用中等感觉的。因为它不接不离，若接若离，介乎高等与下等之间。我们爱好艺术的人，常常追求高等感觉的快美。所以欢喜看画，欢喜读书，欢喜听乐，欢喜看戏。但好画，好书，好戏，是不能常得的。所以高等感觉常被闲却。这是一件憾事。我所以欢喜点香，就是为了要利用中等感觉的快感来补充美欲的不满足。吃烟，也是与嗅觉发生关系的。但它必须通过嘴巴深入肺腑，而且有瘾，近于饮酒吃饭，与美欲相去太远。故吃烟不是完全属于中等感觉的。唯有点香，完全属于中等感觉，其品位还在吃饭穿衣之上。而仅次于看画，读书，听乐，看戏。古人对于这中等感觉，早已注意。所以"炉香""篆缕""沉水""金鸭"等字眼，屡见于诗词。我常觉得，古人的事不一定可取法。但烧香这件事，大可效仿。我效仿了多年，居然成了一种癖好。鼻子闻不到香气时，意懒懒的提不起笔来，展不开书来。

其次，我的爱点香，是为了香的烟缕的形象的美。我们所居的房屋中，所陈列的物件，都是静止的。好画满壁，好花满瓶，好书满架，都是不动的。久居在静止的房间内，有沉闷、单调之感。有的人爱养鸟，大概是欢喜它的动。窗前挂一个鸟笼，听听鸟的鸣声，看看鸟在樊笼内跳来跳去的动作，可以打破静的沉闷与单调。但我不爱这办法。把天空翱翔的动物禁锢在立方尺内，让它哀鸣挣扎，而认为乐事，到底不是好办法。与其养鸟，远不如点香。香烟缭绕，在空中画出万千种美妙的形状，实在是可以赏心悦目的。古人称之为"篆缕""篆烟"，以其飘曳的形状颇像篆文。又有"心字香"之称。考据者说是古人的线香制成篆文心字的形，故名。但我以为不一定要线香制成心字形，香的烟气的形状，也常绕成篆文心字形状，一切香都不妨称为"心字香"。而且还有一种意义。香烟缭绕之形，象征着人心的思想。思想也是缥缈无定的东西，与烟气的随风飘荡，委婉曲折，十分相似。

故静看炉烟，可助思想。或思入风云变态中，或想入非非，或成独笑，或做昼梦。烟缕有启发思想之功。龚定庵诗云："瓶花贴妥炉烟定，觅我童心四十年。"炉烟的飘曳，可以教人怀旧，引人回忆，促人反省，助人收回失去的童心。

点香对我固有上述的好处，就成了我的癖好。但这是抗战以前，故国平居时的话。抗战军兴，我弃家西窜，流离迁徙，深入不毛。有时连香烟都缺乏，谈不到炉烟。有时连吃饭都成问题，谈不到点香。重庆的四年，生活比较安定；但是抗战未了，生灵涂炭未已，我哪有闲情逸致去点香呢？所以这癖好一直戒除了九年。去年秋天，我复员

昔年欢宴处，
树高已三丈。

返沪。回到故乡石门湾去看看，故居缘缘堂不是焦土，而早已变成草地，昔日供炉烟的地方，已有很高的野生树木在欣欣向荣了。我到杭州来找住处。杭州住屋亦不易得，我先住在功德林的旅馆内。住了几天，找不到房子，就借住在和尚寺内。我一进和尚寺，就到梅花碑 ①去找旧货店，想买一只香炉，恢复我旧时的癖好。岂知十年战乱之后，民生凋疲，此物自知无人顾问，都已消形灭迹，无处寻访了。好容易在一处旧货店内找到一只梅花形的寿字香 ②。出一万块钱 ② 买了回来，供在寺内的案头。香末更难访到，我就向香烛铺去买檀香末，聊以代替。檀香末是粗粒的，实在不宜于点寿字香。但在十年战乱之后，能恢复我这小小的癖好，已经心满意足了。我得了这东西，好比失恋的人恢复了旧欢。我正想与它订白头之盟，从此永不分离。只是内乱方殷，民生还在涂炭，使我这炉烟的香气的美，与篆缕的形状的美，都大打折扣，不知何日方得全部恢复也。

卅六（1947）年三月三日于杭州

---

① 梅花碑，是当时杭州旧货店集中的地方。
② 一万块钱，是当时的"法币"。

沙坪的酒

　　胜利快来到了。逃难的辛劳渐渐忘却了。我辞去教职，恢复了战前的闲居生活。住在重庆郊外的沙坪坝庙湾特五号自造的抗建式小屋中的数年间，晚酌是每日的一件乐事，是白天笔耕的一种慰劳。

　　我不喜吃白酒，味近白酒的白兰地，我也不要吃。巴拿马赛会得奖的贵州茅台酒，我也不要吃。总之，凡白酒之类的，含有多量酒精的酒，我都不要吃。所以我逃难中住在广西贵州的几年，差不多戒酒。因为广西的山花，贵州的茅台，均含有多量酒精，无论本地人说得怎样好，我都不要吃。

　　自从由贵州茅台酒的产地遵义迁居到重庆沙坪坝，我开始恢复晚酌，酌的是"渝酒"，即重庆人仿造的黄酒。

　　富有风趣的一位朋友讥笑我说："你不吃白酒，而爱吃黄酒，我知道你的意思了；吃白酒是不出钱的，揩别人的油。你不用人间造孽钱，笔耕墨稼，自食其力，所以讨厌白酒两字。黄酒是你们故乡的特产，你身窜异地，心念故乡，所以爱吃黄酒。对不对？"我说："其然，岂其然欤？"这朋友的话颇有诗意，然而并没有猜中我不爱白酒爱黄酒的原因。揩别人的油，原是我所不欲的；然而吃酒揩油，我觉得比其他的揩油好些。古人诗云："三杯不记主人谁"。吃酒是兴味的，是无条件的，是艺术的。既然共饮，就不必斤斤计较酒的所有权；吝情去留，反而杀风景，反而有伤生活的诗趣。我倒并不绝对不吃"白酒"（不出钱的酒）。至于为了怀乡而吃黄酒，也大可不必。我住在大后方各省各地的时候，天天嘴上所说的是家乡土白。若要怀乡，这已尽够，不必再用吃黄酒来表示了。

我所以不喜白酒而喜黄酒，原因很简单：就为了白酒容易醉，而黄酒不易醉。"吃酒图醉，放债图利"，这种功利的吃酒，实在不合于吃酒的本旨。吃饭，吃药，是功利的。吃饭求饱，吃药求愈，是对的。但吃酒这件事，性状就完全不同。吃酒是为兴味，为享乐，不是求其速醉。譬如二三人情投意合，促膝谈心，倘添上各人一杯黄酒在手，话兴一定更浓。吃到三杯，心窗洞开，真情挚语，娓娓而来。古人所谓"酒三昧"，即在于此。但决不可吃醉，醉了，胡言乱道，诽谤唾骂，甚至呕吐，打架。那真是不会吃酒，违背吃酒的本旨了。所以吃酒决不是图醉。所以容易醉人的酒决不是好酒。巴拿马赛会的评判员倘换了我，一定把一等奖给绍兴黄酒。

沙坪的酒，当然远不及杭州、上海的绍兴酒。然而"使人醺醺而不醉"，这重要条件是具足了的。人家都讲究好酒，我却不大关心。有的朋友把从上海坐飞机来的真正"陈绍"送我。其酒固然比沙坪的酒气味清香些，上口舒适些；但其效果也不过是"醺醺而不醉"。在抗战期间，请绍酒坐飞机，与请洋狗坐飞机有相似的意义。这意义所给人的不快，早已抵消了其气味的清香与上口的舒适了。我与其吃这种绍酒，宁愿吃沙坪的渝酒。

"醉翁之意不在酒"，这真是善于吃酒的人说的至理名言。我抗战期间在沙坪小屋中的晚酌，正是"意不在酒"。我借饮酒作为一天

故郷来的酒

子愷

故乡来的酒

的慰劳，又作为家庭聚会的助兴品。在我看来，晚餐是一天的大团圆。我的工作完毕了；读书的、办公的孩子们都回来了；家离市远，访客不再光临了；下文是休息和睡眠，时间尽可从容了。若是这大团圆的晚餐只有饭菜而没有酒，则不能延长时间，匆匆地把肚皮吃饱就散场，未免太功利的，太少兴趣。况且我的吃饭，从小养成一种快速习惯，要慢也慢不来。有的朋友吃一餐饭能消磨一两小时，我不相信他们如何吃法。在我，吃一餐饭至多只花十分钟。这是我小时从李叔同先生学钢琴时养成的习惯。那时我在师范学校读书，只有吃午饭后到一点钟上课的时间，和吃夜饭后到七点钟上自修的时间，是教弹琴的时间。我十二点吃午饭，十二点一刻须得到弹琴室；六点钟吃夜饭，六点一刻须得到弹琴室。吃饭、洗碗、洗面，都要在十五分钟内了结。这样的数年，使我养成了快吃的习惯。后来虽无快吃的必要，但我仍是非快不可。这就好比反刍类的牛，野生时代因为怕狮虎侵害而匆匆地把草吞入胃内，急忙回到洞内，再吐出来细细地咀嚼，养成了反刍的习惯；做了家畜以后，虽无快吃的必要，但它仍是要反刍。如果有人劝我慢慢吃，在我是一件苦事。因为慢吃违背了惯性，很不自然，很不舒服。一天的大团圆的晚餐，倘使我以十分钟了事，岂不太草草了？所以我的晚酌，意不在酒，是要借饮酒来延长晚餐的时间，增加晚餐的兴味。

沙坪的晚酌，回想起来颇有兴味。那时我的儿女五人，正在大学或专科或高中求学，晚上回家，报告学校的事情，讨论学业的问题。他们的身体在我的晚酌中渐渐地高大起来。我在晚酌中看他们升级，看他们毕业，看他们任职，就差一个没有看他们结婚。在晚酌中看成群的儿女长大成人，照一般的人生观说来是"福气"，照我的人生观说来只是"兴味"。这好比饮酒赏春，眼看花草树木，欣欣向荣；自然的美，造物的用意，神的恩宠，我在晚酌中历历地感到了。陶渊明诗云："试酌百情远，重觞忽忘天。"我在晚酌三杯以后，便能体会这两句诗的真味。我曾改古人诗云："满眼儿孙身外事，闲将美酒对银灯。"因为沙坪小屋的电灯特别明亮。

还有一种兴味，却是千载一遇的：我在沙坪小屋的晚酌中，眼看抗战局势的好转。我们白天各自看报，晚餐桌上大家报告讨论。我在晚酌中眼看东京的大轰炸，莫索里尼（墨索里尼）的被杀，德国的败亡，独山的收复，直到波士坦（波茨坦）宣言的发出，八月十日夜日本的无条件投降。我的酒味越吃越美。我的酒量越吃越大，从每晚八两增加到一斤。大家说我们的胜利是有史以来的一大奇迹。我更觉得奇怪。我的胜利的欢喜，是在沙坪小屋晚上吃酒吃出来的！所以我确认，世间的美酒，无过于沙坪坝的四川人仿造的渝酒。我有生以来，从未吃过那样的美酒。即如现在，我已"胜利复员，荣归故乡"；故乡的真正陈绍，比沙坪坝的渝酒好到不可比拟。我也照旧每天晚酌，然而味道远不及沙坪坝的渝酒。因为晚酌的下酒物，不是物价狂涨，便是盗贼蜂起；不是贪污舞弊，便是横暴压迫！沙坪小屋中的晚酌的那种兴味，现在了不可得了！唉，我很想回重庆去，再到沙坪小屋里去吃那种美酒。

卅六（1947）年二月于杭州

狂欢之夜

处处响着爆竹声。我挤向一家卖炮竹的铺子，好容易挤到了铺子门口。我摸出钞票来，预备买两串爆竹。那铺子里的四川老板正在手忙脚乱地关店门，几乎把我推出门外。我连喊"买鞭炮，买鞭炮"，把手中的钞票高举送上。老板娘急忙收了钞票，也不点数，就从架上随便取了两包爆竹递给我，他们的门就关上了。我恍然想道：前几天报上登着，美国人预料胜利将至，狂欢之夜，店铺难免损失，所以酒吧、咖啡店等，已在及早防备。我们这四川老板急忙关门，便是要避免这种"欢喜的损失"。那老板娘嘴里咕噜咕噜，表示他们已经为这最后胜利的庆祝会尽过义务了。

挤得倦了，欢呼得声嘶力竭了，我拿着炮竹，转入小弄，带着兴奋，缓步回家。路上遇到许多邻人，他们也是欢乐得疲倦了，这才离开这疯狂的群众的。"丰先生，我们来讨酒吃了！"后面有几个人向我喊。这都是我们的邻人，他们与我，平日相见时非常客气。我们的交情的深度，距离"讨酒吃"还很远；若在平时，他们向我说这句话，实在唐突。但在这晚上，"唐突"两字已从中国词典里删去，无所谓唐突，只觉得亲热了。我热诚地招呼他们来吃酒。我回到家里到主母房里搜寻一下，发见两瓶茅台酒。这是贵州的来客带送我的，据说是真茅台酒，不易多得的。我藏久矣，今日不吃，更待何时？我把酒拿到院子里，许多邻人早已坐着笑谈；许多小孩正在燃放爆竹。不知谁买来的一大包蛋糕，就算是酒肴。不待主人劝酒大家自斟自饮。平日不吃酒的人，也豪爽地举杯。一个青年端着一杯酒，去敬坐在篱角里小凳上吃烟的老姜。这本地产的男工，素来难得开口，脸上从无笑容。这晚上他照旧默默地坐在篱角里的小凳上吃他的烟，"胜利"这件事在他似乎木知木觉。那个青年，不知是谁，我竟记不起了，他大约是闹得不够味，或者是怪那工人不参加狂欢，也许是敬慕他的宠辱不惊的修养功夫，恭敬地站在他面前，替他奉觞上寿。口里说："老姜，恭喜恭喜！"那工人被他弄得莫名其妙，站起身来，从来不曾笑过的脸上，居然露出笑容来。他接了酒杯，一口饮尽。大家拍手欢呼。老姜瞠目四顾表示狼狈，口里说："啥子吗？"照这样子看来，他的确是不知"胜利"的！他对于街上的狂欢，眼前的热闹，大约看作四川各地新年闹龙灯一样，每年照例一次，不足为奇，他也向不参加。他全不知道这是千载一遇的盛会！他全不知道这种欢乐与光荣在他是有份的！当时大家笑他，我却敬佩他的"不动心"，有"至人"风。到现在，胜利后一年多，我回想起他，觉得更可敬佩；他也许是个无名的大预言家，早知胜利以后民生非但不得幸福，反而要比战时更苦。所以他认为不值得参加这晚上的狂欢。他瞠目四顾，冷静地说："啥子吗？"恐怕其意思就是说："你们高兴啥子？胜利就是糟糕！苦痛就在后面！"幸而当晚他肯赏光，居然笑嘻嘻地接受了我们这青年所敬他的一杯茅台酒，总算维持了我们这一夜狂欢的场面。

酒醉之后，被街上的狂欢声所诱，我又跟了青年们去看热闹。带了满身欢乐的疲劳而返家的时候，已是后半夜两点钟了。就寝之后，我思如潮涌，不能成眠。我想起了复员东归的事，想起了八年前被毁的缘缘堂，想起了八年前仓皇出走的情景，想起了八年来生离死别的亲友，想起了一群汉奸的下场，想起了惨败的日本的命运，想起了奇迹地胜利了的中国的前途……无端地悲从中来。这大约就是古人所谓"欢乐极兮哀情多"，或许就是心理学家所谓"胜利的悲哀"。不知不觉之间，东方已经泛白。我差不多没有睡觉，一早起来，欢迎千古未有的光明的白日。

卅五（1946）年复员途中作

八月十日的爆竹比八年的炸弹更凶

日本人气质

日本投降后数日，欢庆的空气还没有消散的时候，我们几个朋友，聚会在一堂，漫谈未来的幸福的梦。话头自然地转到了日本人身上。大家一致地非笑日本人的愚蠢，慨叹日本人的下场。结论是，这民族的小气的根性，是其败亡的主因。因此，我想起了昔年在东京所遇到的一件事，这件事正是当日聚谈座上的佳话。

我到东京去，是为了研究美术，但因自费不多，不能正式入学，不合称为"留学"。又因我不是做官的，也不能美其名曰："考察美术。"所以至多只能称为参观或游览。我跑来跑去，东看西看。东京、西京、横滨等处的画展、音乐会、歌剧场、旧书铺中，多有我的足迹。有一次，我有感于日本的玩具的精美，发心参观玩具厂。因为我确信，玩具是美术、教育与工业三者密切合作的产物；只懂美术与教育，而不懂工业，或只懂工业而不懂美术与教育，决定不能制造出良好的玩具来，所以我有参观工厂的必要。我向中国使馆里的朋友讨了一张介绍片，拣定了一个赛璐珞玩具厂，贸然地去参观。

玩具工厂

　　我走进玩具厂，把名片和介绍书交给阍人①，求见他们的经理。不久，经理果然出来了，但脸色下沉没有笑容。从日本人特有的这种表情上，我已猜到了事情不妙。我说明来意之后，他率直地答道："我们厂里的规定，是谢绝参观的。对不起得很！"我也率直地答道："啊，是这样么？我没有知道，对不起得很！再会！"

　　我碰了一个钉子，回到我的下宿里。恰巧，一位提琴研究所里的日本同学来访。这位日本同学是帝大医科的学生，年纪已有三十多岁了，胡子满面，眉毛极浓，日本相十足的。但为人很诚实，对我特别要好，因为他是比我迟进研究所，而且初学提琴，进步极难，嫌先生教的时间太少，全靠我的友谊的指导的补充，才得入门的。他常常把日本生活的种种门槛指示我，例如神田区的食堂哪家最便宜，冰哪家最好，乘电车的捷径以及小病的自疗法等，藉以报答我的提琴指导的辛劳。这一天他来访我，我便把参观玩具厂碰钉子的事告诉了他。他

---

①　看门的人。

劈头便问："你有没有送礼物给他？"我觉得这一问来得稀奇，岂有素不相识而带了礼物去参观的？我说："没有。"他笑道："你毕竟是中国人，不知道日本人的性情。日本人是很重情面的。你有礼节，他一定客气，我劝你明天买一点礼物，再去访问那经理。他一定会欢迎你进去参观。"我以为他是说笑，答道："那远不如问他多少钱看一次，干脆地送他多少钱吧！"他认真地说："送钱不行，钱不是礼物！他的工厂又不是戏馆，怎么可以送钱呢？你必须买礼物，才可表示你有礼貌！"我也认真起来："你的话当真？"他正式地用指导的口气说："自然当真！你到某家铺子去买一匣糖果，大约五元钱，叫店员加上装潢，用帕子包了拿去，恭敬地送上，包管你成功。"我口上答应，心中吃惊："日本人作风是这样的！"他告辞时又反复地指导了一遍，我表示接受。

次日我有些犹疑，我怕我不会做这出戏。又怕上了那人的当，再碰一个钉子。继而我想：日本人的确眼光很浅，为了研究玩具，我做戏，碰钉子，都不在乎。我告了奋勇，照他所指导的去做了。

我走进工厂大门，照理交名片求见经理，经理果然又出来了。我硬着头皮，双手捧上礼物。经理的脸孔本来同昨日一样沉下，至此忽然笑逐颜开。口中说着谦让的话，双手接受我的糖果匣子。我没有开口他先说了："先生是要参观我们的工厂吗？我们本来是谢绝参观的。不过，先生这样热心，又这样客气，我们破例请你参观。"他表示引导我进内，我好比渔夫探桃花源，忽觉"豁然开朗"，跟他走进里面，承他逐一指示，而且详加说明。约摸参观了两小时之久，方始告辞。赛璐珞玩具制造法的要点及其工业与美术教育的关联，我心中便已了然。这是五元钱糖果换来的。

又次日，我在提琴研究所里会见那日本同学。他一见便问："成功了没有？"我说："多谢多谢！完全成功了。"便把经过的详情告诉了他，而归功于他的指导。他也同玩具厂经理一样笑逐颜开，而且得意非常。又热心地补充一点指导："还有一点，你也要记着：你以后凡有请求，送上礼物之后，务须立刻开口，不要怕难为情。倘你当时不说，过了一天再请求，便难得见效了。"我惊骇之极，索性用演剧似的腔调答道："对啊！对啊！过了一天，糖果已经吃完了！"他却认真地说："对啊！这便难得见效了！"

上述这一件事，给我印象很深，这可说是日本人眼光浅的一个实例。但我必须声明，我确实知日本人决不个个如此。日本人中尽有伟大的灵魂与高远的眼光。只是像那玩具厂经理的人，不在少数而已。记得从前李鸿章督办中国海军，伊藤博文特来参观。他看见一只军舰上晒着一条红裤子，便断定中国海军不可怕，因为晒红裤表示没有军纪。他就进攻，果然中国海军被歼。我倘用伊藤博文的看法来推论，该□□说："日本的侵略不可怕。因为玩具厂经理的接受糖果，表示日本人眼光浅，眼光浅必定败亡。"

糟糕社会逼迫一个人走上绝路很容易，而在我们的想象中事情不会那么坏。一个大悲剧发生时我们往往谴责作者笔下太不留情，说不定他完全是叙述真实，未添枝叶；我们谴责作者而不谴责社会，这说明是我们认识尚浅，我们谴责作者而不谴责造成悲剧的主角，这说明是我们对人性了解不深。我们的心软手软虽然可以帮助我们做一个好人，但是要做一个好的作家却不能不把善恶说个分明。因此，我就想，你我读到的许多夸张的情节也许就是真实，我们还是仔细地观察观察社会，认真地研究研究人性再下结论的好，不然，我们就显得幼稚得可笑了。

我想，好好做人，好好努力，对于我们这就是一切。此外，我不知道更有旁的，如果说还有旁的，那该是我希望藉着这封信，□你奠定一生的友谊，把这友谊建立在相互砥砺的基础上。

沙坪小屋的鹅

　　抗战胜利后八个月零十天，我卖脱了三年前在重庆沙坪坝庙湾地方自建的小屋，迁居城中去等候归舟。

　　除了托庇三年的情感以外，我对这小屋实在毫无留恋。因为这屋太简陋了，这环境太荒凉了；我去屋如弃敝屣。倒是屋里养的一只白鹅，使我恋恋不忘。

　　这白鹅，是一位将要远行的朋友送给我的。这朋友住在北碚，特地从北碚把这鹅带到重庆来送给我。我亲自抱了这雪白的大鸟回家，放在院子内。它伸长了头颈，左顾右盼，我一看这姿态，想道："好一个高傲的动物！"凡动物，头是最主要部分。这部分的形状，最能表明动物的性格。例如狮子、老虎，头都是大的，表示其力强。麒麟、骆驼，头都是高的，表示其高超。狼、狐、狗等，头都是尖的，表示其刁奸猥鄙。猪猡、乌龟等，头都是缩的，表示其冥顽愚蠢。鹅的头在比例上比骆驼更高，与麒麟相似，正是高超的性格的表示。而在它的叫声、步态、吃相中，更表示出一种傲慢之气。

　　鹅的叫声，与鸭的叫声大体相似，都是"轧轧"

354

然的。但音调上大不相同。鸭的"轧轧"，其音调琐碎而愉快，有小
心翼翼的意味；鹅的"轧轧"，其音调严肃郑重，有似厉声呵斥。它
的旧主人告诉我：养鹅等于养狗，它也能看守门户。后来我看到果然：
凡有生客进来，鹅必然厉声叫嚣；甚至篱笆外有人走路，也要它引
吭大叫，其叫声的严厉，不亚于狗的狂吠。狗的狂吠，是专对生客
或宵小用的；见了主人，狗会摇头摆尾，呜呜地乞怜。鹅则对无论
何人，都是厉声呵斥；要求饲食时的叫声，也好像大爷嫌饭迟而怒
骂小使一样。

　　鹅的步态，更是傲慢了。这在大体上也与鸭相似。但鸭的步调急
速，有局促不安之相。鹅的步调从容，大模大样的，颇像平剧（京剧）

鹅老爷吃饭

里的净角出场。这正是它的傲慢的性格的表现。我们走近鸡或鸭，这鸡或鸭一定让步逃走。这是表示对人惧怕。所以我们要捉住鸡或鸭，颇不容易。那鹅就不然：它傲然地站着，看见人走来简直不让；有时非但不让，竟伸过颈子来咬你一口。这表示它不怕人，看不起人。但这傲慢终归是狂妄的。我们一伸手，就可一把抓住它的项颈，而任意处置它。家畜之中，最傲人的无过于鹅。同时最容易捉住的也无过于鹅。

鹅的吃饭，常常使我们发笑。我们的鹅是吃冷饭的，一日三餐。它需要三样东西下饭：一样是水，一样是泥，一样是草。先吃一口冷饭，次吃一口水，然后再到某地方去吃一口泥及草。这地方是它自己选定的，选的目标，我们做人的无法知道。大约泥和草也有各种滋味，它是依着它的胃口而选定的。这食料并不奢侈；但它的吃法，三眼一板，丝毫不苟。譬如吃了一口饭，倘水盆偶然放在远处，它一定从容不迫地踏大步走上前去，饮水一口，再踏大步走到一定的地方去吃泥、吃草。吃过泥和草再回来吃饭。这样从容不迫地吃饭，必须有一个人在旁侍候，像饭馆里的侍者一样。因为附近的狗，都知道我们这位鹅老爷的脾气，每逢它吃饭的时候，狗就躲在篱边窥伺。等它吃过一口饭，踱着方步去吃水、吃泥、吃草的当儿，狗就敏捷地跑上来，努力地吃它的饭。没有吃完，鹅老爷偶然早归，伸颈去咬狗，并且厉声叫骂，狗立刻逃往篱边，蹲着静候；看它再吃了一口饭，再走开去吃水、吃草、吃泥的时候，狗又敏捷地跑上来，这回就把它的饭吃完，扬长而去了。等到鹅再来吃饭的时候，饭罐已经空空如也。鹅便昂首大叫，似乎责备人们供养不周。这时我们便替它添饭，并且站着侍候。因为邻近狗很多，一狗方去，一狗又来蹲着窥伺了。邻近的鸡也很多，也常蹑手蹑脚地来偷鹅的饭吃。我们不胜其烦，以后便将饭罐和水盆放在一起，免得它走远去，让鸡、狗偷饭吃。然而它所必须的盛馔泥和草，所在的地点远近无定。为了找这盛馔，它仍是要走远去的。因此鹅的吃饭，非有一人侍候不可。真是架子十足的！

鹅，不拘它如何高傲，我们始终要养它，直到房子卖脱为止。因为它对我们，物质上和精神上都有贡献，使主母和主人都欢喜它。物质上的贡献，是生蛋。它每天或隔天生一个蛋，篱边特设一堆稻草，鹅蹲伏在稻草中了，便是要生蛋了。家里的小孩子更兴奋，站在它旁边等候。它分娩毕，就起身，大踏步走进屋里去，大声叫开饭。这时候孩子们把蛋热热地捡起，藏在背后拿进屋子来，说是怕鹅看见了要生气。鹅蛋真是大，有鸡蛋的四倍呢！主母的蛋篓子内积得多了，就拿来制盐蛋，炖一个盐鹅蛋，一家人吃不了的！工友上街买菜回来说："今天菜市上有卖鹅蛋的，要四百元一个，我们的鹅每天挣四百元，一个月挣一万二，比我们做工还好呢。哈哈哈哈。"大家陪他"哈哈哈哈"。望望那鹅，它正吃饱了饭，昂胸凸肚地，在院子里踱方步，看野景，似乎更加神气活现了。但我觉得，比吃鹅蛋更好的，还是它的精神的贡献。因为我们这屋实在太简陋，环境实在太荒凉，生活实在太岑寂了。赖有这一只白鹅，点缀庭院，增加生气，慰我寂寞。

且说我这屋子，真是简陋极了：篱笆之内，地皮二十方丈，屋所占的只六方丈，其余算是庭院。这六方丈上，建着三间"抗建式"平屋，每间前后划分为二室，共得六室，每室平均一方丈。中央一间，前室特别大些，约有一方丈半弱，算是食堂兼客堂；后室就只有半方丈强，比公共汽车还小，作为家人的卧室。西边一间，平均划分为二，算是厨房及工友室。东边一间，也平均划分为二，后室也是家人的卧室，前室便是我的书房兼卧房。三年以来，我坐卧写作，都在这一方丈内。归熙甫《项脊轩志》中说："室仅方丈，可容一人居。"又说："雨泽下注，每移案，顾视无可置者。"我只有想起这些话的时候，感觉得自己满足。我的屋虽不上漏，可是墙是竹制的，单薄得很。夏天九点钟以后，东墙上炙手可热，室内好比开放了热水汀。这时候反教人希望警报，可到六七丈深的地下室去凉快一下呢。

竹篱之内的院子，薄薄的泥层下面尽是岩石，只能种些番茄、蚕豆、芭蕉之类，却不能种树木。竹篱之外，坡岩起伏，尽是荒郊。因此这小屋赤裸裸的，孤零零的，毫无依蔽；远远望来，正像一个亭子。我长年坐守其中，就好比一个亭长。这地点离街约有里许，小径迂回，不易寻找，来客极稀。杜诗"幽栖地僻经过少"一句，这屋可以受之无愧。风雨之日，泥泞载途，狗也懒得走过，环境荒凉更甚。这些日子的岑寂的滋味，至今回想还觉得可怕。

自从这小屋落成之后，我就辞绝了教职，恢复了战前的闲居生活。

沙坪小屋

我对外间绝少往来，每日只是读书作画，饮酒闲谈而已。我的时间全部是我自己的。这是我的性格的要求，这在我是认为幸福的。然而这幸福必需两个条件：在太平时，在都会里。如今在抗战期，在荒村里，这幸福就伴着一种苦闷——岑寂。为避免这苦闷，我便在读书、作画之余，在院子里种豆、种菜、养鸽、养鹅。而鹅给我的印象最深。因为它有那么庞大的身体，那么雪白的颜色，那么雄壮的叫声，那么轩昂的态度，那么高傲的脾气，和那么可笑的行为。在这荒凉岑寂的环境中，这鹅竟成了一个焦点。凄风苦雨之日，手酸意倦之时，推窗一望，死气沉沉，唯有这伟大的雪白的东西，高擎着琥珀色的喙，在雨中昂然独步，好像一个武装的守卫，使得这小屋有了保障，这院子有了主宰，这环境有了生气。

我的小屋易主的前几天，我把这鹅送给住在小龙坎的朋友人家。送出之后的几天内，颇有异样的感觉。这感觉与诀别一个人的时候所发生的感觉完全相同，不过分量较为轻微而已。原来一切众生，本是同根，凡属血气，皆有共感。所以这禽鸟比这房屋更是牵惹人情，更能使人留恋。现在我写这篇短文，就好比为一个永诀的朋友立传，写照。

这鹅的旧主人姓夏名宗禹，现在与我邻居着。

卅五（1946）年四月二十五日于重庆

画展自序

　　我的画已经在全国各处展览了十几年了。自从民国十五年 ①，我的画在《文学周报》发表以来，十余年间我的画不绝地在各种报纸书籍上刊载，统计起来恐已达数万幅之多。这不是一个极广大极长久的画展吗？这样说来，我的画已无在励志社展览三天的必要了。

　　然而并不如此。我这画展，除了卖画之外，还有一点可以开办的理由：

　　我生长在江南，体弱不喜旅行，抗战前常居沪杭一带。平原沃野，繁华富庶，人烟稠密，都市连绵。那时我张开眼睛，所见的都是人物相、社会相，却难得看到山景，从来没有见过崇山峻岭之美。所以抗战以前，我的画以人物描写为主，而且为欲抒发感兴，大都只是寥寥数笔的小幅。这些画都用毛笔写成，都可照相缩小铸版刊印。那时朋友办报纸，都刊登我的画，不相识的编者记者也多来索我的画去刊载。全国各地的乡僻处都有我的画的踪迹，连花生米的包纸中也有我的画的断片。我自信有着不

----

① 应为十四（1925）年。

少的读者。这回逃难中，一路上还靠这些读者帮了不少的忙。

抗战军兴，我暂别江南，率眷西行。一到浙南，就看见高山大水。经过江西、湖南，所见的又都是山。到了桂林，就看见所谓"甲天下"的山水。从此，我的眼光渐由人物移注到山水上。我的笔底下也渐渐有山水画出现。我的画纸渐渐放大起来，我的用笔渐渐繁多起来。最初是人物为主，山水为背景。后来居然也写山水为主人物点景的画了。最初用墨水画，后来也居然用色彩作画了。好事的朋友，看见我画山水，拿古人来对比，这像石涛，这像云林，其实我一向画现代人物，以目前的现实为师，根本没有研究或临摹过古人的画。我的画山水，还是以目前的现实——黔桂一带山水——为师。古人说："画不师古，如夜行无烛。"我不师古，恐怕全在暗中摸索？但摸了数年，摸得着路，也就摸下去。——如上所说，我的画以抗战军兴为转机，已由人物主变为山水主，由小幅变为较大幅，由简笔变为较繁笔，由单色变为彩色了。

以前小幅的简笔单色的人物画，都可照相铸版，展览在全国各地。现在较繁的色彩山水画，在战时却无法复制，只有裱起来，挂起来，才可展览。前面说这展览会还有一点开办的理由，理由就在于此。至于这些画有无展览的价值，就同我以前的数万幅画有无发表的价值一样，我自己不得而知。我只是乘兴而作，任人观览，真好比"聋人也唱胡笳曲，好恶高低自不闻"。

三十一（1942）年十一月于国立艺专

悼丏师

我从重庆郊外迁居城中，候船返沪。刚才迁到，接得夏丏尊老师逝世的消息。记得三年前，我从遵义迁重庆，临行时接得弘一法师往生的电报。我所敬爱的两位教师的最后消息，都在我行旅倥偬的时候传到。这偶然的事，在我觉得很是蹊跷。因为这两位老师同样的可敬可爱，昔年曾经给我同样宝贵的教诲；如今噩耗传来，也好比给我同样的最后训示。这使我感到分外的哀悼与警惕。

我早已确信夏先生是要死的，同确信任何人都要死的一样。但料不到如此其速。八年违教，快要再见，而终于不得再见！真是天实为之，谓之何哉！

犹忆二十六（1937）年秋，卢沟桥事变之际，我从南京回杭州，中途在上海下车，到梧州路去看夏先生。先生满面忧愁，说一句话，叹一口气。我因为要乘当天的夜车返杭，匆匆告别。我说："夏先生再见。"夏先生好像骂我一般愤然地答道："不晓得能不能再见！"同时又用凝注的眼光，站立在门口目送我。我回头对他发笑。因为夏先生老是善愁，而我总是笑他多忧。岂知这一次正是我们的最后一面，果然这一别"不能再见"了！

夏丏尊漫画

　　后来我扶老携幼，仓皇出奔，辗转长沙、桂林、宜山、遵义、重庆各地。夏先生始终住在上海。初年还常通信。自从夏先生被敌人捉去监禁了一回之后，我就不敢写信给他，免得使他受累。胜利一到，我写了一封长信给他。见他回信的笔迹依旧遒劲挺秀，我很高兴。字是精神的象征，足证夏先生精神依旧。当时以为马上可以再见了，岂知交通与生活日益困难，使我不能早归；终于在胜利后八个半月的今日，在这山城客寓中接到他的噩耗，也可说是"抱恨终天"的事！

　　夏先生之死，使"文坛少了一位老将""青年失了一位导师"，这些话一定有许多人说，用不着我再讲。我现在只就我们的师弟情缘上表示哀悼之情。

　　夏先生与李叔同先生（弘一法师），具有同样的才调，同样的胸怀。不过表面上一位做和尚，一位是居士而已。

　　犹忆三十余年前，我当学生的时候，李先生教我们图画、音乐，夏先生教我们国文。我觉得这三种学科同样的严肃而有兴趣，就为了他们二人同样的深解文艺的真谛，故能引人入胜。夏先生常说："李先生教图画、音乐，学生对图画、音乐，看得比国文、数学等更重。

舍监的头

丰子恺·艺术的逃难

364

这是有人格作背景的缘故。因为他教图画、音乐，而他所懂得的不仅是图画、音乐；他的诗文比国文先生的更好，他的书法比习字先生的更好，他的英文比英文先生的更好……这好比一尊佛像，有后光，故能令人敬仰。"这话也可说是"夫子自道"。夏先生初任舍监，后来教国文。但他也是博学多能，只除不弄音乐以外，其他诗文、绘画（鉴赏）、金石、书法、理学、佛典，以至外国文、科学等，他都懂得。因此能和李先生交游，因此能得学生的心悦诚服。

他当舍监的时候，学生们私下给他起个诨名，叫夏木瓜。但这并非恶意，却是好心。因为他对学生如对子女，率直开导，不用敷衍、欺蒙、压迫等手段。学生们最初觉得忠言逆耳，看见他的头大而圆，就给他起这个诨名。但后来大家都知道夏先生是真爱我们，这绰号就变成了爱称而沿用下去。凡学生有所请愿，大家都说："同夏木瓜讲，这才成功。"他听到请愿，也许喑呜叱咤地骂你一顿；但如果你的请愿合乎情理，他就当作自己的请愿，而替你设法了。

他教国文的时候，正是"五四"将近。我们做惯了"太王留别父老书""黄花主人致无肠公子书"之类的文题之后，他突然叫我们做一篇"自述"，而且说："不准讲空话，要老实写。"有一位同学，写他父亲客死他乡，他"星夜匍匐奔丧"。夏先生苦笑着问他："你那天晚上真个是在地上爬去的？"引得大家发笑，那位同学脸孔绯红。又有一位同学发牢骚，赞隐遁，说要"乐琴书以消忧，抚孤松而盘桓"。夏先生厉声问他："你为什么来考师范学校？"弄得那人无言可对。这样的教法，最初被顽固守旧的青年所反对。他们以为文章不用古典，不发牢骚，就不高雅。竟有人说："他自己不会做古文（其实做得很好），所以不许学生做。"但这样的人，毕竟是少数。多数学生，对夏先生这种从来未有的、大胆的革命主张，觉得惊奇与折服，好似长梦猛醒，恍悟今是昨非。这正是五四运动的初步。

李先生做教师，以身作则，不多讲话，使学生衷心感动，自然诚服。譬如上课，他一定先到教室，黑板上应写的，都先写好（用另一黑板遮住，用到的时候推开来）。然后端坐在讲台上等学生到齐。譬如学生还琴时弹错了，他举目对你一看，但说："下次再还。"有时他没有说，学生吃了他一眼，自己请求下次再还了。他话很少，说时总是和颜悦色的。但学生非常怕他，敬爱他。夏先生则不然，毫无矜持，有话直说。学生便嬉皮笑脸，同他亲近。偶然走过校庭，看见年纪小的学生弄狗，他也要管："为啥同狗为难！"放假日子，学生出门，夏先生看见了便喊："早些回来，勿可吃酒啊！"学生笑着连说："不吃，不吃！"赶快走路。走得远了，夏先生还要大喊："铜钿少用些！"学生一方面笑他，一方面实在感激他，敬爱他。

夏先生与李先生对学生的态度，完全不同。而学生对他们的敬爱，则完全相同。这两位导师，如同父母一样。李先生的是"爸爸的教育"，夏先生的是"妈妈的教育"。夏先生后来翻译的《爱的教育》，风行国内，深入人心，甚至被取作国文教材。这不是偶然的事。

我师范毕业后，就赴日本。从日本回来就同夏先生共事，当教师，当编辑。我遭母丧后辞职闲居，直至逃难。但其间与书店关系仍多，常到上海与夏先生相晤。故自我离开夏先生的绛帐，直到抗战前数日的诀别，二十年间，常与夏先生接近，不断地受他的教诲。其时李先生已经做了和尚，芒鞋破钵，云游四方，和夏先生仿佛是两个世界的人。但在我觉得仍是以前的两位导师，不过所导的对象由学校扩大为人世罢了。

李先生不是"走投无路，遁入空门"的，是为了人生根本问题而做和尚的。他是真正的做和尚，他是痛感于众生疾苦愚迷，要彻底解决人生根本问题，而"行大丈夫事"的。世间一切事业，没有比做真正的和尚更伟大的了；世间一切人物，没有比真正的和尚更具大丈夫相的了。夏先生虽然没有做和尚，但也是完全理解李先生的胸怀的；他是赞善李先生的行大丈夫事的。只因种种尘缘的牵阻，使夏先生没有勇气行大丈夫事。夏先生一生的忧愁苦闷，由此发生。

凡熟识夏先生的人，没有一个不晓得夏先生是个多忧善愁的人。他看见世间的一切不快、不安、不真、不善、不美的状态，都要皱眉，叹气。他不但忧自家，又忧友，忧校，忧店，忧国，忧世。朋友中有人生病了，夏先生就皱着眉头替他担忧；有人失业了，夏先生又皱着眉头替他着急；有人吵架了，有人吃醉了，甚至朋友的太太要生产了，

谁言争战地，春色渺难寻。
小草生沙袋，慈祥天地心。

丏尊老师正
子恺自桂林寄

367

小孩子跌跤了……夏先生都要皱着眉头替他们忧愁。学校的问题，公司的问题，别人都当作例行公事处理的，夏先生却当作自家的问题，真心地担忧。国家的事，世界的事，别人当作历史小说看的，在夏先生都是切身问题，真心地忧愁、皱眉、叹气。故我和他共事的时候，对夏先生凡事都要讲得乐观些，有时竟瞒过他，免得使他增忧。他和李先生一样地痛感众生的疾苦愚迷。但他不能和李先生一样地彻底解决人生根本问题而行大丈夫事；他只能忧伤终老。在"人世"这个大学校里，这二位导师所施的仍是"爸爸的教育"与"妈妈的教育"。

朋友的太太生产，小孩子跌跤等事，都要夏先生担忧。那么，八年来水深火热的上海生活，不知为夏先生增添了几十万斛的忧愁！忧能伤人，夏先生之死，是供给忧愁材料的社会所致使，日本侵略者所促成的！

以往我每逢写一篇文章，写完之后，总要想："不知这篇东西夏先生看了怎么说。"因为我的写文，是在夏先生的指导鼓励之下学起来的。今天写完了这篇文章，我又本能地想："不知这篇东西夏先生看了怎么说。"两行热泪，一齐沉重地落在这原稿纸上。

卅五（1946）年五月一日于重庆客寓

谢谢重庆

　　胜利前一年，民国三十三（1944）年的中秋，我住在重庆沙坪坝的"抗建式"小屋内。当夜月明如昼，我家十人团聚。我庆喜之余，饮酒大醉，没有赏月就酣睡了。次晨醒来，在枕上填一曲打油词。其词曰：

　　　　七载飘零久。喜中秋巴山客里，全家聚首。去日孩童皆长大，添得娇儿一口。都会得奉觞进酒。今夜月明人尽望，但团圞骨肉几家有？天于我，相当厚。

　　　　故园焦土蹂躏后。幸联军痛饮黄龙，快到时候。来日盟机千万架，扫荡中原暴寇。便还我河山依旧。漫卷诗书归去也，问群儿恋此山城否？言未毕，齐摇手。

　　（《贺新凉》）

　　我向不填词，这首打油词，全是偶然游戏；况且后半夸口狂言，火气十足，也不过是"抗战八股"之一种而已，本来不值得提及。岂知第二年的中秋，我国果然胜利。我这夸口狂言竟成了预言。我高兴

賀新涼　甲申中秋重慶作

壬寅中秋寄天津屬新校
係藏撾見口即新故矣
甲申即九四　壬寅即五六二

七載飄零苦　算只喜巴山蜀裏　中秋全家聚首

玄月孩童皆長大　橋導猾兒已都曾屠壽鶴

進酒今夜月照人老　里但團圞骨肉華家有

天荒荒相當厚　故園進土蓬蘺故　秋相里江

南風物舊時親友　來日盟樣子萬架掃蕩

中原景冠便還家何依舊　慢捲詩書歸

玄也問羣兒　憲此山城百　言未畢　齊催予

丰子恺绘《沙坪小屋》

得很，三十四年八月十日后数天内，用宣纸写这首词，写了不少张，分送亲友，为胜利助喜。自己留下一张，贴在室内壁上，天天观赏。

起初看看壁上的词，读读后面一段，觉得心情痛快。后来越读越不快了。过了几个月，我把这张字条撕去，不要再看了！为什么缘故呢？因为最后几句，与事实渐渐发生冲突，使我读了觉得难以为情。

最后几句是："漫卷诗书归去也，问群儿恋此山城否？言未毕，齐摇手。"岂知胜利后数月内，那些"劫收"的丑恶，物价的飞涨，交通的困难，以及内战的消息，把胜利的欢喜消除殆尽。我不卷诗书，无法归去，而群儿都说："还是重庆好。"在这情况之下，我重读那几句词句，觉得无以为颜。我只得苦笑着说，我填错了词，应该说："言未毕，齐点首。"

　　做人倘全为实利打算，我是最应该不复员而长做重庆人的。因为一者，我的故乡石门湾，二十六（1937）年冬天就被敌人的炮火改成一片焦土。我的缘缘堂以及其他几间老屋和市房，全部不存，我已无家可归。而在重庆的沙坪坝，倒有自建的几间"抗建式"小屋，可避风雨。二者，我因为身体不好，没有担任公教职员，多年来闲居在重庆沙坪坝的小屋里卖画为生，没有职业的牵累，全无急急复员的必要。我在重庆，在上海，一样地是一个闲人。何必钻进忙人里去赶热闹呢？三者，我的子女当时已有三个人成长，都在重庆当公教人员。他们没有家室，又不要担负父母的生活，所得报酬，尽可买书买物，从容自给。况且四川当局曾有布告，欢迎下江教师留渝，报酬特别优厚。为他们计，也何必辛苦地回到"人浮于事"的下江去另找饭碗呢？——从上述这三点打算，我家是最不应该复员而最应该长做重庆人的。

　　不知道一种什么力，终于使我厌弃重庆，而心向杭州。不知道一种什么心理，使我决然地舍弃了沙坪坝的衽席之安，而走上东归的崎岖之路。明知道今后衣食住行，要受一切的困苦；明知道此次复员，等于再逃一次难；然而大家情愿受苦，情愿逃难，拼命要回杭州。这是什么缘故？自己也不知道。想来想去，大约是"做人不能全为实利打算"的缘故吧。全为实利打算，换言之，就是只要便宜。充其极端，做人全无感情，全无意气，全无趣味，而人就变成枯燥、死板、冷酷、无情的一种动物。这就不是"生活"，而仅是一种"生存"了。古人有警句云："不为无益之事，何以遣有涯之生？"（清项忆云语）这句话看似翻案好奇，却含有人生的至理。无益之事，就是不为利害打算的事，就是由感情、意气、趣味的要求而做的事。我的去重庆而返杭州，正是感情、意气、趣味的要求，正是所谓"无益之事"。我幸有这一类的事，才能排遣我这"有涯之生"。

　　"漫卷诗书归去也，问群儿恋此山城否？言未毕，齐摇手。"其实并非厌恶这山城，只是感情、意气、趣味所发生的豪语而已。凡人都爱故乡。外国语有 nostalgia 一语，译曰"怀乡病"。中国古代诗文中，此病尤为流行。"去国怀乡"，自古叹为不幸。今后世界交通便捷，人的生活流动，"乡"的一个观念势必逐渐淡薄，而终至于消灭；到处为家，根本无所谓"故乡"。然而我们的血管里，还保留着不少"怀乡病"的细菌。故客居他乡，往往要发牢骚，无病呻吟。尤其是像我这样，被敌人的炮火所逼，放逐到重庆来的人，发点牢骚，正是有病呻吟。岂料呻吟之后，病居然好了，十年不得归去的故乡，居然有一天可以让我归去了！因此上，不管故园已成焦土，不管交通如何困难，不管下江生活如何昂贵，我一定要辞别重庆，遄返江南。

重庆的临去秋波，非常可爱！那正是清和的四月，我卖脱了沙坪坝的小屋，迁居到城里凯旋路来等候归舟。凯旋路这名词已够好了，何况这房子站在山坡上，开窗俯瞰嘉陵江，对岸遥望海棠溪。水光山色，悦目赏心。晴朗的重庆，不复有警报的哭声，但闻"炒米糖开水""盐茶鸡蛋"的节奏的叫唱。这真是一个可留恋的地方。可惜如马一浮先生赠诗所说："清和四月巴山路，定有行人忆六桥。"我苦忆六桥，不得不离开这清和四月的巴山而回到杭州去。临别满怀感谢之情！数年来全靠这山城的庇护，使我免于披发左衽。谢谢重庆！

一九四七年元旦脱稿

胜利还乡记

avoidance避寇西窜，流亡十年，终于有一天，我的脚重新踏到了上海的土地。我从京沪火车上跨到月台上的时候，第一脚特别踏得重些，好比同它握手。北站除了电车轨道照旧之外，其余的都已不可复识了。

我率眷投奔朋友家。预先函洽的一个楼面，空着等我们去息足。息了几天，我们就搭沪杭火车，在长安站下车，坐小舟到石门湾去探望故里。

我的故乡石门湾，位在运河旁边。运河北通嘉兴，南达杭州，在这里打一个弯，因此地名石门湾。石门湾属于石门县（即崇德县），其繁盛却在县城之上。抗战前，这地方船舶麇集，商贾辐辏。每日上午，你如果想通过最热闹的寺弄，必须与人摩肩接踵，又难免被人踏脱鞋子。因此石门湾有一句专用的俗语，形容拥挤，叫作"同寺弄里一样"。

当我的小舟停泊到石门湾南皋桥堍的埠头上的时候，我举头一望，疑心是弄错了地方。因为这全非石门湾，竟是另一地方。只除运河的湾没有变直，其他一切都改样了。这是我呱呱坠地的地方。但我十年归来，第一脚踏上故乡的土地的时候，感觉并不比上海亲切。因为十年以来，它不断地装着旧时的姿态而入我的客梦；而如今我所踏到的，并不是客梦中所惯见的故乡！

我沿着运河走向寺弄。沿路都是草棚、废墟，以及许多不相识的人。他们都用惊奇的眼光对我看，我觉得自己好像伊尔文 *Sketch Book* 中的 Rip Van Winkle[1]。我感情兴奋，旁若无人地与家人谈话："这里就是杨家米店。""这里大约是殷家弄了！""喏喏喏，那石埠头还存在！"旁边不相识的人，看见我们这一群陌生客操着道地的石门湾土白谈话，更显得惊奇起来。其中有几位父老，向我们注视了一会，和旁人窃窃私语，于是注目我们的更多，我从耳朵背后隐约听见低低的话声："丰子恺。""丰子恺回来了。"但我走到了寺弄口，竟无一个认识的人。因为这些人在十年前大都是孩子，或少年，现在都已变成成人，代替了他们的父亲。我若要认识他们，只有问他的父亲叫什么了。"儿童相见不相识，笑问客从何处来"，这两句诗从前是读读而已，想不到自己会做诗中的主角！

"石门湾的南京路[2]"的寺弄，也尽是草棚。"石门湾的市中心"的接待寺，已经全部不见。只凭寺前的几块石板，可以追忆昔日的繁荣。在寺前，忽然有人招呼我。一看，一位白须老翁，我认识是张兰墀。他是当地一大米店的老主人，在我的缘缘堂建筑之先，他也造一所房子。如今米店早已化为乌有，房子侥幸没有被烧掉。他老人家抗战至今，十年来并未离开故乡，只是在附近东躲西避，苟全性命。石门湾是游击区，房屋十分之八九变成焦土，住民大半流离死亡。像这老人，能保留一所劫余的房屋和一掬健康的白胡须，而与我重相见面，

---

[1]　"Rip Van Winkle"（《瑞普·凡·温克尔》）是美国作家华盛顿·欧文（指上文的伊尔文）的《见闻杂记》中的篇名，亦即该篇中的主人公名。

[2]　南京路是上海最热闹的一条路，这里是借喻。

一人出亡十人归（复员相之一）

凯归

实在难得之至，这可说是战后的石门湾的骄子了。这石门湾的骄子定要拉我去吃夜饭，我尚未凭吊缘缘堂废墟，约他次日再见。

从寺弄转进下西弄，也尽是茅屋或废墟，但凭方向与距离，走到了我家染坊店旁的木场桥。这原来是石桥。我生长在桥边，每块石板的形状和色彩我都熟悉。但如今已变成平平的木桥，上有木栏，好像公路上的小桥。桥堍一片荒草地，染坊店与缘缘堂不知去向了。根据河边石岸上一块突出的石头，我确定了染坊店墙界。这石岸上原来筑着晒布用的很高的木架子。染坊司务站在这块突出的石头上，用长竹竿把蓝布挑到架上去晒的。我做儿童时，这块石头被我们儿童视为危险地带。只有隔壁豆腐店里的王囡囡，身体好，胆量大，敢站到这石头上，而且做个"金鸡独立"。我是不敢站上去的。有一次我央另一个人拉住了手，上去站了一会，下临河水，胆战心惊。终被店里的人看见，叫我回来，并且告诉母亲，母亲警戒我以后不准再站。如今百事皆非，而这块石头依然如故。这一带地方的盛衰沧桑，染坊店、缘缘堂的兴废，以及我童年时的事，这块石头一一亲眼看到，详细知道。我很想请它讲一点给我听。但它默默不语，管自突出在石岸上。只有一排墙脚石，肯指示我缘缘堂所在之处。我由墙脚石按距离推测，在荒草地上约略认定了我的书斋的地址。一株野生树木，立在我的书桌的地方，比我的身体高到一倍。许多荆棘，生在书斋的窗的地方。这里曾有十扇长窗，四十块玻璃。石门湾沦陷前几日，日本兵在金山卫登陆，用两架飞机来炸十八里外的石门县，这十扇玻璃窗都震怒，发出愤怒的叫声。接着就来炸石门湾，一个炸弹落在书斋窗外五丈的地方，这些窗曾大声咆哮。我躲在窗内，幸免于难。这些回忆，在这时候一一浮出脑际。我再请墙脚石引导，探寻我们的灶间的地址。约略找到了，但见一片荒地，草长过膝。抗战后一年，民国二十七（1938）年，我在桂林得到我的老姑母的信，说缘缘堂虽毁，烟囱还是屹立。

这是"烟火不断"之象。老人对后辈的慰藉与祝福，使我诚心感动。如今烟囱已不知去向。而我家的烟火的确不断。我带了六个孩子（二男四女）逃出去，带回来时变了六个成人，又添了一个八岁的抗战儿子。倘使缘缘堂存在，它当日放出六个小的，今朝收进六个大的，又加一个小的做利息，这笔生意着实不错！它应该大开正门，欢迎我们这一群人的归来。可惜它和老姑母一样作古，如今只剩一片蔓草荒烟，只能招待我们站立片时而已！大儿华瞻，想找一点缘缘堂的遗物，带到北平去作纪念。寻来寻去，只有蔓草荒烟，遗物了不可得。后来用器物发掘草地，在尺来深的地方，掘得了一块焦木头。依地点推测，大约是门槛或堂窗的遗骸。他髫龄的时候，曾同它们共数晨夕。如今他收拾它们的残骸，藏在火柴匣里，带它们到北平去，也算是不忘旧交，对得起故人了。这一晚我们到一个同族人家去投宿。他们买了无量的酒来慰劳我，我痛饮数十钟，酣然入睡，梦也不做一个。次日就离开这销魂的地方，到杭州去觅我的新巢了。

一九四七年五月十日于杭州作

后　记

通读全书，回味无穷，再通过这篇后记来谈谈编书与《丰子恺·艺术的逃难》电影拍摄背后的一些故事。

这本与电影同名的丰子恺散文集，编选篇目主要按照丰子恺1937—1947年这十年间所跨越的十余个省份的逃难路线编排。书中划分的六编，是丰子恺与家人逃难途中的六个重要居留点，目的是帮助读者了解丰家在逃难途中某个时段所发生的事情。因为当年丰子恺写文、绘画时不曾想过编辑这么一本书，更没有想过还会把这十年的经历拍成电影，所以有的文章是他当时所记，有的是后来追记的，因而在时间、地点甚至事件的内容表述方面有交叉或者不完全一致，也是难免的。

由中央电视台电影频道、浙江传媒学院与桐乡市委宣传部联合拍摄的电影《丰子恺》于2020年夏完成拍摄，这是有关丰先生的第一部影片。因为其中有些镜头需要用"手替"演员，而我表哥宋雪君多年习丰体字画，摄制组便邀请我们前往横店影视基地。所谓"手替"，也就是只拍摄背影或手部特写，但凡电影中需要拍摄丰子恺先生作画或写字的镜头，都由表哥宋雪君来完成。

我们一行是怀着好奇的心情来到这里的。毕竟是第一次拍摄丰子恺主题电影，而且丰子恺电影的脚本又是选取丰子恺一生最难表述却又最有教育意义的一段——抗日战争时期的逃难。丰子恺有七个子女，其中最小的儿子丰新枚是在逃难路上出生的，电影脚本所写的时间跨度将近十年，这样光是丰子恺的子女就要有两套小演员班子：开始逃难时六个子女，后来孩子长大，要换另外一套演员并增加诞生于逃难路上的孩子丰新枚，这样就有十三个孩子。这些孩子怎样管理，怎样指导他们拍戏，以及这么多场景怎样协调，都是我们最最好奇的。

片场"手替"拍摄的任务顺利完成，抽空与部分演员合影后我们就回到上海，期待着电影配音、剪辑等后期制作的顺利完成。到2021年的春节前夕，我们等来了家属即将观看样片的好消息。兴奋之余，表哥宋雪君问了声："外公有关逃难这段经历的书还没有吧？"丰氏家族的著作权是我们几个在管理的，但记忆中确实没有这样一本书。丰先生的随笔集出版了很多，但选编类似的比较多，一些名篇都是反复入选，唯独写逃难路上艰险经历的文章、抗战中的一些檄文，以及表现抗战主题的许多漫画，却是很少入选，而这些，无论是在抗战时期，还是在当今社会，都是很有教育意义的。

于是立刻动手，查找资料，修整漫画图片，查找老照片，撰写前言、后记以及编者导言，我们在最短的时间里把这本书编写了出来。

《丰子恺》这部影片不是院线片，而是由电视台播放，所以不像院线商业片那样，要召集许多明星演员。这部片子的导演是王小列，以前曾担任《战狼Ⅱ》的海外拍摄，这一次是担任导演。主要演员，也就是丰子恺夫妇的扮演者，由毕业于北京电影学院表演专业的演员担任。演外公丰子恺的是李解，演外婆徐力民的是王晴。小演员是从五百多个孩子中海选的，主要是桐乡籍孩子，仅丰华瞻的扮演者是杭州人。他们虽然都是第一次担任电影演员，但演出认真、自然、到位，感人至深。

还有一件很有趣的事，电影拍摄期间，孩子们都按自己在剧中担任的角色相互称呼，就这样，我们在这群孩子身上看到了我们上一辈儿时的影像并听到了他们的名字：陈宝（阿宝、宝姐），林先（先姐），

宋雪君为电影中书法和绘画部分补镜

宋雪君（左四）、杨子耘（左五）与演员、制片人员合影

宁馨（软软），华瞻（瞻瞻），元草（草弟），一吟（小妹），新枚（恩哥），丰子恺夫妇和他们的孩子们，活跃在横店影视基地。

　　这部影片虽然不是院线片，可五百人以上的大场景就安排拍摄了四次。有不少镜头场面宏大，横店影视基地找不到合适的外景，只得移师浙江的乡村选取外景拍摄地。

　　可惜我们去的时候不是时间，仅看到了拍摄乘船逃难的一段。这一天摄制组全员出动，百十人摸黑分几批出发。据扮演大女儿丰陈宝的小演员梓丹同学记述，她是早晨五点起床，六点半出发前往仙居响岩村的永安溪河滩。一开始车队行驶在高速公路，最后一段是极其颠簸的泥路村道。在那里看到摄制组早已到达，所有拍摄准备工作也已完成，就等着换衣服开始拍摄了。

　　这一天仙居是三十八度高温，拍摄的内容是乘船逃难。由于丰子恺一家老人孩子多，为防抢劫，现金是分散放置的，有的卷起来塞在